にほんご

穩紮穩打日本語

教師手冊與解答　進階篇

目白ＪＦＬ教育研究会

穩紮穩打日本語　初級篇　　解　答

穩紮穩打日本語 進階篇

解說

第 25 課

うちへ　遊びに　来いよ。

◆ 本課主要學習「命令形」、「禁止形」以及「意向形」的動詞變化以及用法。此外，也會於意向形時，導入「〜（よ）うか」的用法。並於「句型 4」，學習「〜て　いないで、　〜　なさい」的固定常用表現。

◆ 「命令形」、「禁止形」以及「意向形」亦是運用於常體對話當中。

上一課「初級 4」第 24 課，學習到了常體的對話，並提及了「〜て　ください」的常體，使用「〜て」來表達；「〜ないで　ください」的常體則是使用「〜ないで」表達。

上述兩種常體的講法比較中性，而本課學習的「命令形」，則是「〜て　ください」比較偏向男性使用的常體口吻；「禁止形」則是「〜ないで　ください」比較偏向男性使用的常體口吻。

本課透過學習「禁止形」與「命令形」，也正好補足了上一課沒學到的「〜て　ください」、「〜ないで　ください」的男性講法。也透過學習「意向形」，來補足上一課沒學習到的「〜ましょう」的常體講法。

敬體	常體（中性）	常體（男性）
行って　ください	行って	行け（命令形）
行かないで　ください	行かないで	行くな（禁止形）

單　字

◆ 從本課起，建議老師教導單字時，可以適時引導學生將動詞改為動詞原形（辭書形）或其他型態（例如目前學過的ない形、て形、た形 ... 等），並且於發音動詞原形時，留意正確的高低重音。也可於遇到時，適時複習「初級 1」所學過的動詞之動詞原形。以下補充本課學習到的動詞之動詞原形及其種類以及語調：

・止まる（I/0）　　逃げる（II/2）　　負ける（II/0）　　諦める（II/4）
　止てる（II/0）　　動く（I/2）　　　愛する（III/3）　　やめる（II/0）
　遅れる（II/0）　　休む（I/2）　　　休憩（III/0）

括弧前方的 I、II、III，代表動詞的種類，一類、二類或三類。括弧後部的數字則為高低重音標示。由於「サ行變格動詞（名詞＋する）」其語調分為前後兩個部分，因此僅標示出前部分名詞的高低重音。「する」的高低重音為「0」號音。

◆ 授課老師可以教導「初級 3」第 17 課出現的「止める」與本課的「止まる」的差異。在於「～は　～を　止める」為「人為將（車子等物）停止」的 2 項動詞，而「～が　止まる」則為「人或物停止」的 1 項動詞。

因此「車を　止めろ」是「叫對方把車子停住」，而「止まれ」則是「叫正在行動中的人或運行中的車子停止動作」。可稍微先給學生「前者這樣的動詞叫做他動詞，後者這樣的動詞叫做自動詞」的概念。自他動詞會於本冊第 27 課做系統性地介紹。

句型 1：命令形

◆ 「命令形」與「禁止形」，由於口氣上較為粗暴，因此一般來說，女性不會使用，多是男性使用。主要使用於：

    1. 地位或年齡在上的男性（如父親、上司、老師、前輩等），對於下位者（如小孩、下屬、學生、後輩等）發號施令或者禁止其做某事時。

・早く　寝ろ！

・学校に　遅れるな！

    2. 危急情況（如火災、地震）時，無暇使用「～て　ください」等含敬意但攏長表現時。

・火事だ！　逃げろ！

・危ないから　入るな！

    3. 軍隊、體育活動等口令時。

・気を　つけ！

・休め！

・前へ　ならえ！

    4. 交通號誌、標語等書寫時，要求強烈視覺效果，重視簡潔時。

・止まれ！

・芝生に　入るな！

5. 運動賽事時，激情為選手加油時。此時女性亦可使用。

・もっと　早く　走れ！
・あいつに　負けるな！

6. 男性朋友之間的請求表現，一般不使用「～て　ください（敬體）」，亦不使用「～て（常體）」，會使用命令形與禁止形，並在後方加上終助詞「よ」。

・新しく　買った　携帯、　見せろよ。
・明日の　パーティー、　忘れるなよ。

本課僅導入 1、2、5、6 的四種用法。剛好對應「句型 1」與「句型 2」的各 4 句例句。

◆「命令形」與「禁止形」，只能使用於有意志性的表現上。若動詞為「わかる」、「できる」、「ある」…等無意志表現，則不可使用命令形（語意上有問題）。

・（×）早く　わかれ！

但若是像「元気を　出す」、「泣く」等，雖然含有意志性，但意志性很弱的動詞，則使用命令或禁止形時，語意則偏向「鼓勵」，而非強烈的「命令」。

・元気を　出せ！
・泣くな！

◆ 「禁止形」的用法，請參考「句型 1」命令形的解說。

◆ 禁止形「～な」與「初級 3」第 18 課「句型 3」：「～ては　いけません」兩者語意相當，多數的場合也都可以替換。

但若行為的禁止，是說話者個人的期望，而並非規定、規則或狀況使然時，則只能使用本句型「～な」。例如：

【說話者個人請求女友不要離開自己，待在自己身邊】
・（○）俺を　離れるな！
・（×）俺を　離れては　いけない。

【災難片中危機四伏，說話者要保護女友的狀況】
・（○）俺を　離れるな！
・（○）俺を　離れては　いけない。

句型 3：意向形

◆ 意向形「～（よ）う」，有兩種意思：

　　1. 若有說話對象存在時，用於表達說話者「邀約、提議」聽話者一起做某事。若使用於回答句中，則表示「答覆對方，首肯他的要約、提議」。

　　・疲れた。　ここに　座ろう。
　　・Ａ：あの　レストランで　少し　休まない？
　　　Ｂ：うん、そう　しよう。

　　2. 若沒有說話對象存在時，則多半是說話者自言自語或在內心獨白，表達自己目前的「意志」。也由於說話者並非在跟任何人講話，因此這種用法不可與終助詞「よ」、「ね」並用。

　　・つまらない。　もう　帰ろう。
　　・ああ、眠い。　そろそろ　寝よう。

　　本課僅導入第 1 種，表「邀約、提議」的用法。因此不導入自言自語時，說話者「意向」的語境。

◆ 「～（よ）うか」加上疑問詞時，若使用於兩者對話之間，則主要有四種用法：

　　1. 伸出援手：（例）その仕事、　俺が　やろうか。
　　2. 提議：（例）そろそろ　寝ようか。
　　3. 邀約：（例）映画でも　見に　行こうか。
　　4. 催促：（例）準備もできたし、出かけようか。

　　本課為避免造成學習者的負擔，僅提出第 1 種用法，也就是「說話者伸出援手說要幫聽話者做事」。

◆ 本課在教學時，以下列的用法為主：

・命令形：叫對方做（只有對方做動作）　やれ（你做！）
・意向形：邀對方做（兩人一起做動作）　やろう（一起做吧！）
・意向形＋か：幫對方做（只有說話者做）　（私が）やろうか（我幫你做吧）

做練習或提出例句時，也以上述三種形式為主即可。

◆「意向形」只能使用於有意志性的表現上。若動詞為「わかる」、「できる」、「ある」…等無意志表現，則不可使用命令形（語意上有問題）。

・（×）この　問題、　わかろう。

雖有少數幾個無意志動詞，如：「忘れる」可以使用意向形，但並非表達上述的「邀約」或「意志」之意，而是朝向此動作實現上的「努力」之意。

・あんな　奴、　忘れよう。

句型 4：〜なさい

◆ 由於口吻上的關係，「なさい」後方可加上終助詞「ね」來緩和語氣，但「命令形」與「禁止形」「〜ろ」、「〜な」的後方不可加上「ね」。

- （○）早く　寝なさいね。
- （×）早く　寝ろね。
- （×）テレビを　見るなね。

◆ 「〜て　いないで」為「別保持著前述的狀態，去做（後述動作）」。因此後句經常與命令形或者是「〜なさい」併用。本課練習 A 的第 1 小題就是練習「〜ていないで」與「〜なさい」一起使用的語境。本文當中，則是會出現「〜て　いないで、　（命令形よ）」這種男性友人之間對話的用法。

- 見て　いないで、　手伝いなさい。
- 見て　いないで、　手伝えよ。

◆ 本項文法也學習「〜て　みる」與「〜なさい」併用的進階複合表現，以「〜て　みなさい」的型態，來「勸使對方嘗試做某事」。

◆ 「さあ」於第 23 課本文時，學習了表遲疑、不解時：「さあ、　聞いて　いませんが」。本句型練習 A 的第 2 小題則是學習用於勸誘、催促對方時：「さあ、やって　みなさい」。此種用法最早出現於「初級 2」第 9 課的「句型 4」：「さあ、勉強しましょう」。授課時可以提出來複習一下。

◆ 練習 B 則是再度複習「目的語主題化」。關於主題化，本教師手冊的「初級篇」有許多課，都有詳細的篇幅說明，這裡就不再贅述。

- 家へ　帰ってから　漫画を　読みなさい。
- → 漫画 は 　家へ　帰ってから　読みなさい。

本　文

◆ 對話當中的「これを　どこに？」，省略了動詞「しまう／入れる」。這是因為光看「～を　～に」兩個必須補語，日語母語者就可猜測出動詞為「對象物移動型」的動詞，因此可以很輕易地從前後文當中就推測出，動詞為「しまう／入れる」等詞彙。

　　授課時，老師可以試著舉出這樣的例子，讓學習者猜猜看省略掉的動詞。例如：

・高橋先生は　どこに？　　　　（いますか）

・これから　どちらへ？　　　　（行きますか）

・この　手紙は　誰に？　　　　（出しますか）

◆ 「俺ん家」為「俺の　うち」的俗語講法，授課時，亦可簡單導入「～ん家」的講法。例如：僕んち、君んち。若是「～さんの　うち」，則是會變成「～さん家」（少掉一個ん）。

第 26 課

この　部屋って　高いでしょう？

學習重點

◆　本課主要學習日文中，關於「情態（modality）」的表現。初級篇的教師手冊第 15 課曾經提及，日文的句子是以「構造文型（核文、Proposition）」＋「表現文型（ムード modality）」而成的。而本課學習的 4 個句型，就是關於表現文型當中的「情態（modality）」

　　所謂的「情態（modality）」，指的就是說話者對於講述的這件事情（命題、Proposition），是以怎樣的態度來看待的。也就是說話者的主觀。

　　「句型 1」學習上升語調的「～でしょ（う）？／だろ（う）？」，用來表達說話者對聽話者「尋求同意」或者「確認」；「句型 2」則是學習下降語調的「～でしょう／だろう」，用來表達說話者的「推測、推量」；「句型 3」的「～かもしれません」則是用來表達說話者認為的「可能性」；「句型 4」的「～と　思います」則是表達說話者的「判斷」。

◆ 以下補充本課學習到的動詞之動詞原形及其種類以及語調：

・辞める（II/0）　　渇く（I/2）　　晴れる（II/2）　　曇る（I/2）
　咲く（I/0）　　增える（II/2）　　売れる（II/0）　　上がる（I/0）
　下がる（I/2）　　亡くなる（I/0）　　間に合う（I/1）

◆ 「〜に　ついて」為「複合格助詞」，用於表達相關的對象。中文意思為「關於 ...」。後方多為「考える、話す、聞く、書く、思う、調べる」等與「情報表達」相關連的動詞。本課僅會學習到「〜に　ついて、　どう　思いますか」一個固定的表現，因此請學習者死記下來即可，不需特別解釋其用法。

◆ 「進階 3」第 13 課學習了「これから」的用法，本課則是學習「あれから」的用法。「これから」指從「說話這一刻開始」，「あれから」則是指「過去的某個時刻起算」。

亦可順道複習「初級 2」第 10 課本文當中學習到的接續詞「それから」（然後），用於敘述「後句隨著前句之後發生」之意。

句型 1：～でしょう？（尋求同意・確認）

◆ 本句型表達尋求同意、確認的上升語調之「～だろう／でしょう」，由於口語形式上又可以省略「う」，因此本書以「～だろ（う）？」、「～でしょ（う）？」的標示方式來與「句型 2」的推測用法做區別。

◆ 第一個例句「この服、　素敵でしょ（う）？」為「尋求對方同意」的用法。第二個例句「林さんは　学生でしょ（う）？」則是「確認」的用法。

◆ 當「～だろ（う）？」接續在動詞、イ形容詞、ナ形容詞、名詞的「過去肯定」後方時，可省略「だ」。例如：「言っただろ（う）？→言ったろ（う）」（我就說吧！）「寒かっただろ（う）？→寒かったろ（う）？」（很冷，對吧！）。

下表左邊的形式為正式的形式，下表右邊的為簡約形式。可跟學習者提及有這樣的簡略說法，但練習時，建議還是以原本的形式為主。

動詞	来ただろ（う）？	来たろ（う）？
イ形容詞	暑かっただろ（う）？	暑かったろ（う）？
ナ形容詞	静かだっただろ（う）？	静かだったろ（う）？
名詞	学生だっただろ（う）？	学生だったろ（う）？

「～でしょ（う）？」並無省略「で」的形式。

◆ 此用法用於「向對方確認自己的判斷是否正確或成立（Yes or No 的封閉式疑問）」，因此不會與含有疑問詞的開放式問句一起使用。

・（×）誰が　来るでしょう。

◆ 例句「明日、　ルイさんの　引っ越し祝いの　パーティーが　あるでしょ（う）」。這句話嚴格上來說，不屬於「確認」的用法，而是屬於「注意喚起」的用法。

　　也就是說，雖然「說話者」也知道「聽話者」應該知道明天有派對這件事，但可能現在「聽話者」的注意力在別的地方，或者不是很關心這件事，因此「說話者」使用這種方式來再度喚起「聽話者」對這件事情的的注意。

句型 2：〜でしょう。（推測）

◆ 本項文法「〜だろう」可用於「說話者自言自語」上，亦可用於「向聽話者表明自己的推測」。前接各種品詞的過去式時，一樣有簡約的形式：

動詞	来ただろう	来たろう
イ形容詞	暑かっただろう	暑かったろう
ナ形容詞	静かだっただろう	静かだったろう
名詞	学生だっただろう	学生だったろう

「〜でしょう」並無省略「で」的形式。

◆ 敬體的「〜でしょう」多用於「基於客觀證據、分析所做出的推測」，因此經常使用於氣象預報。練習 B 第 1 題就是使用於氣象預報的語境。

◆ 「〜でしょう／だろう」的推測對象，都是說話者本來不知道的事情，因此即便是不確定的事情，只要是「說話者記憶中的事情」或者是「說話者自身的行動預定」，則不會使用「〜でしょう／だろう」，而是會改用「句形 3」即將學習的「〜かも　しれない」。

・出かける　前に　窓を　閉めるのを　忘れた
（× だろう／○かもしれない）。
・今晩　出かける（× だろう／○かもしれない）。

句型 3：～かも　しれません（可能性）

◆ 此句型的敬體有兩種表達方式，分別為「～かも　しれません」與「～かも　しれないです（よ／ね）」，但使用後者時，多半會配合終助詞「よ」、「ね」等一起使用。為不增加學習者的負擔，本課敬體部分僅學習「～かも　しれません」的講法。

◆ 常體「～かも　しれない」亦可省略「しれない」，僅以「かも」的形式出現。後方可與終助詞「よ」或「ね」一起使用。

◆ 本句型「～かも　しれない」用來表達「可能性」，而「句型 2」的「～でしょう／だろう」則是用來表達「說話者的推測」。

「互相矛盾」或「正反兩面」的兩件事情，可以使用「～かも　しれない」並列表達，因為兩種情況都有可能，但不可使用上個句型的「～だろう」並列表達，因為「だろう」用於表達說話者對於唯一事實的推測。

- ・（○）彼は　まだ　家に　いるかも　しれないし、
　　　　もう　家を　出たかも　しれない。
- ・（×）彼は　まだ　家に　いるだろうし、　もう　家を　出ただろう。

◆ 「句型 2」所學習到的副詞「たぶん」鮮少與「かもしれない」一起使用，「きっと」則是無法與「かもしれない」一起使用。

經常與「かもしれない」一起使用的副詞，為「もしかして／もしかすると／もしかしたら」、「ひょうっとして／ひょっとすると／ひょっとしたら」。但本課不導入，授課老師可視情況決定是否教導。

句型４：〜と　思います（判斷）

◆ 「〜と　思います」一定要有聽話者的存在，因此自言自語時不可使用。若看著天氣，覺得明天似乎會下雨，不可自言自語說：

・（×）明日は　雨が　降ると　思います。

此種自言自語的情況，可改為「句型2」的「〜だろう」。

・（○）明日は　雨が　降るだろう。

◆ 「〜と　思います」只可用來表達「說話者自身的思考」。而「〜と　思っています」則可用來表達「說話者自身」以及「第三者」的思考。但本句型暫不導入「〜と　思って　います」。

◆ 「〜と　思います」語感上帶有說話者「較強烈的主觀想法」。因此，像是客觀情報（氣象預報）、或者是論文類的文章，則不可使用「〜と　思います」，必須使用「句型2」的「〜でしょう／だろう」。

【天氣預報】
・（×）明日は 大雪に なると 思います。
　（○）明日は 大雪に なるでしょう。

◆ 疑問句時，思考「思います」的對象，可以使用複合格助詞「〜に　ついて」以及「〜を」。兩者原則上可以替換，但使用「〜を」詢問時，語感上較像是在詢問聽話者「個人的感情以及主觀意見」，使用「〜に　ついて」詢問時，較像是在詢問聽話者的「客觀判斷以及客觀意見」。

・首相を／に　ついて　どう　思いますか。

由於兩者都是合乎文法的詢問方式，因此授課時不需要特別要求學習者會區分。練習 B 的第 2 小題，疑問句的部分已由課本先行規定。

本　文

◆　對話文中的「南向きの　部屋って」當中的「って」，是一種口語的提示話題（主題）的方法，有用來「加深自己已知知識的功能」。

　　例如文中小陳本來就知道朝南的房間比較貴，因此在這裡再度將朝南的房間提出來與房仲人員談論，再次確認並加強自己對於「朝南房間較貴」的知識。

　　此表現已於「初級4」第20課的本文中出現，這裡僅需請學習者記住翻譯，當作常見表現暫時記住即可。

◆　「ございます」為「あります」的丁寧語，關於敬語的表現，將會於「中級篇」做系統性的介紹。這裡僅需告訴學習者，這是業務人員禮貌的講法即可。

◆　「でしたら」為接續詞，用來承接前句的話題，進而提出建議。常體的講法為「だったら」。

◆　「ご案内します」為謙讓表現，關於敬語的表現，將會於「中級篇」做系統性的介紹。這裡僅需告訴學習者，這是業務人員禮貌的講法即可。

第 27 課

顔認証機能が ついて います。

學習重點

◆ 本課學習表達「並列」的「〜し、〜」，同時，也學習用「〜し、〜」來「列舉出理由」的講法。

　給予建議時，使用的「〜ほうが　いいです」，本課僅學習前接「〜た」形的狀況，以及表達否定「〜ない」形的狀況。並不導入「動詞原形＋ほうが　いいです」的講法。

◆ 本系列「初級 4」的第 19 課，學習了「〜て　います」表達「進行」、「結果維持」以及「反覆習慣」的用法。本課則是學習其「結果殘存」的用法。

　「結果維持」與「結果殘存」雖然前方皆為「瞬間動作」，但前者為「意志性動詞」，後者則是本課將學習的「無意志動詞」。

◆ 由於「句型 3」所舉出的「無意志、瞬間動詞」，多為擁有自他對應動詞的「有對自動詞」，這些「有對自動詞」用於表達與其相對應之「有對他動詞」的結果狀態，因此於「句型 4」花一個句型的篇幅來學習何謂自動詞、何謂他動詞。請教學者務必於此處將此一概念傳達給學習者，因為這與下一課即將學習的「〜て　あります」有很大的關聯。

◆ 以下補充本課學習到的動詞之動詞原形及其種類以及語調：

・モテる（I/2）　　急ぐ（I/2）　　込む（I/1）　　入る（I/1）

　消える（II/0）　　破れる（II/3）　　つく（I/1）　　近づく（I/3）

　閉まる（I/2）　　止まる（I/0）　　故障（III/0）

・並べる（II/0）　　並ぶ（I/0）　　壊す（I/2）　　壊れる（II/3）

　汚す（I/0）　　汚れる（II/0）　　治す（I/2）　　治る（I/2）

　割る（I/0）　　割れる（II/0）　　燃やす（I/0）　　燃える（II/0）

・掛かる（I/2）　　取り替える（II/0）　　持ち歩く（I/4 或 0）

◆ 本課學習大量的自動詞，若時間上有餘裕，老師可順便帶入或複習單字中的「有對自動詞」之相對應的「有對他動詞」。

・消える　→　消す（L17）

　破れる　→　破る（本課隨堂測驗）

　電気が　つく　→　電気を　つける（L18）

　近づく　→　近づける（本系列進階篇未導入）

　閉まる　→　閉める（L18）

　止まる　→　止める（L17）

　鍵が　掛かる　→　鍵／眼鏡を　掛ける（L19）

◆ 「～し、～」的前方所接續的品詞以及文體非常自由。既可以接續動詞常體（普通形）亦可接續動詞敬體（ます形）。但要注意的是，若最後一句（主要子句）為常體，則「～し」的前方只能使用常體，而不能使用敬體。若最後一句（主要子句）為敬體，則「～し」的前方可以使用常體以及敬體。

◆ 「～し、～」可以單純用於「並列」，亦可用來表達「理由」。

　　・山田先生は　親切だし、　熱心だし、　それに　経験も　豊富です。（並列）

　　・もう　7時ですし、　そろそろ　帰りましょう。（理由）

　　「並列」就是用於列舉出主語的特點，或是列舉出所做過的動作。
　　「理由」的用法，則是用於表達「做後句（主要子句）部分，或者到達後句這個結論，其理由為 ...」。意思接近「～から」（最後一個「～し」可替換為「～から」）。

　　練習 A 以及練習 B 的第 1 題就是練習「並列」的用法，練習 B 第 2 題則是「理由」的用法。

◆ 由於「～し」在語感中帶有累加、添加的語氣，因此助詞「を」或者是「が」的部分多會改成表累加的「も」。其他的格，例如「に」，亦會加上「も」來表達。

◆ 「～し」與「～から」用於表達「理由」時，兩者語感上稍有不同。「～から」只是舉出這個理由，但「～し」感覺上則是暗示「除了這個理由以外，還有其他更多林林總總的理由在，（只是沒講出來…）」。

句型2：～た　ほうが　いいです（建議）

◆　「～た　ほうが　いいです」可用於：①表達向對方的建議、忠告（叫對方做…。行為者為聽話者）。②非針對個人，講述一般論述的建議。③表自己給自己的建議，應該做…（自己做…。行為者為說話者）。

　　① 大切な　会議ですから、　明日は　早く　行った　ほうが　いい。
　　② 論文の　発表会は、　スーツを　着て　いった　ほうが　いいです。
　　③ そろそろ　牛乳を　買って　おいた　ほうが　いいかな。

本課僅學習前兩種用法，不導入第③種用法。

◆　若要表達「建議不要做…」，則前方使用動詞「～ない」形，以「～ない　ほうが　いい」的形態表達否定，而非使用過去否定的「～なかった　ほうが　いい」的形態。

◆　「～動詞た形＋ほうが　いい」與「～動詞原形＋ほうが　いい」意思上相同，兩者也可替換。

　　就使用上的語境而言，「～動詞た形＋ほうが　いい」多用於上述第①種針對個人，表達向對方建議、忠告的場景，而「～動詞原形＋ほうが　いい」則多用於上述第②種非針對個人，講述一般論述的建議時。但此為大致上的使用傾向，並非絕對的規則。

　　・論文の　発表会は、　スーツを　着て　いく　ほうが　いいです。

　　本教材為了不增加學習者的負擔，僅提出「～動詞た形＋ほうが　いい」的講法。

◆ 本句型「～た　ほうが　いいです」與「初級 3」第 17 課「句型 3」的「～なければ　なりません」的不同，在於前者（本句型）僅為「建議」的口氣，但後者則是多了一股「強制（非做不可）」的語感在。

◆ 練習 B 的第 2 小題，練習與「句型 1」表達理由的「～し、～」一起使用的語境，用來列舉出「之所以給予對方此建議的理由」。

句型 3：～て　います（結果殘存）

◆ 「～て　いる」前方若接續「持續性動作」，則用於表達「進行」。

　　「～て　いる」前方若接續「瞬間性動作」，則用於表達「結果維持」（第19課）或「結果殘存」（本課）。

　　「結果維持」（第19課）前方為「意志性」的瞬間動作；

　　「結果殘存」（本課）前方則是「無意志性」的瞬間動作。

　　「無意志性」的「瞬間動作」，可以是「人的動作（主體為人）」，亦可以是「物的狀態（主體為物）」。

・無意志性、瞬間動作、人的動作：死ぬ、怪我（を）する ... 等。
・無意志性、瞬間動作、物的狀態：開く、壊れる、割れる、
　　　　　　　　　　　　　　　　（星が）出る ... 等。

　　無論是上述的「人的動作（主體為人）」還是「物的狀態（主體為物）」，只要是「無意志性、瞬間動作」，接上「～て　いる」後，都表達「結果殘存」。

・あっ、　人が　死んで　いる。（人死了，現在屍體躺在那裡的結果狀態。）
・彼は　怪我を　している。（受傷那一瞬間後，現在還維持著帶傷狀態。）
・ドアが　開いて　いる。（門開啟後，現在維持著開著的狀態。）

◆ 本課不學習「人的動作（主體為人）」，僅學習「物的狀態（主體為物）」，且這些表達「物的狀態（主體為物）」的動詞，都是「有對自動詞」，是它相對應的他動詞動作過後的結果狀態。

・私は　ドア**を**　開ける。
・ ☐ ドア**が**　開く。

他動詞用於表達人的行為「私は　ドアを　開ける」，其相對應的自動詞「ドアが　開く」則表達此他動詞動作後的結果狀態。這就是自他對應動詞之間的語意關係。

◆ 學習此句型時，要注意非過去「～る／ます」與「～ている」之間的語意不同。

　　若是講「ドアが　開きます／開く」，使用「～ます」形或者動詞原形，則並非表「門開著」的結果狀態，而是講述「近未來」即將要發生的事情（尚未發生）。同理，若是講「電気が　消えます／消える」，則並非表「燈熄滅了」，而是講述「燈即將要熄滅（請留意手邊的工作）」。

・電車が　来ます。　ドアが　開きます。　ご注意　ください。
　（電車要來了。車門要開了。請留意。）

・這種瞬間動詞，其時序上的先後發生順序為：
　電車が　来る　→　電車が　来た　→　電車が　来て　いる。
　（電車即將進站）　（進站的那一瞬間）　（電車停在月台上，等發車的狀態）
　ドアが　開く　→　ドアが　開いた　→　ドアが　開いて　いる。
　（門即將打開）　（門打開的那一瞬間）　（門開著的狀態）

◆ 表「物的狀態（主體為物）」的自動詞，有些是用來形容自然現象的（即便它沒有其相對應的他動詞），亦是使用此方式表達。

・花が　咲きます。　⇒　花が　咲いて　います。
　（花＜即將＞開。）　　（花開著的。）

・月が　出ます。　　⇒　月が　出て　います。
　（月亮＜即將＞出來。）　（月亮出來了／高掛著在天空中。）

◆ 練習 B 的第 1 小題與第 2 小題，則是將動作主體「～が」移前至句首「主題化」的講法。關於主題化，本教師手冊的「初級篇」有許多課，都有詳細的篇幅說明，這裡就不再贅述。

句型 4：自他動詞

◆　由於中文裡多使用「他動詞」，因此對於母語為中文的學習者而言，很難理解「自動詞」的意思。本項句型請老師花些時間，稍微解釋一下自他動詞的基本觀念，並建議以「語意」的觀點帶入，讓學習者了解兩者之間「意思」的不同。

　　有些學生會誤以為自動詞變成他動詞，或者他動詞變成自動詞是一種「動詞變化」，這並不是動詞變化，而是兩個不同語意的詞彙。只是這兩個詞彙之間，有一定的關聯。

◆　自動詞（不及物動詞）與他動詞（及物動詞）：

　　所謂的「自動詞」，指就是「描述某人的動作，但沒有動作對象（受詞／目的語）」的動詞，又或者是「描述某個事物狀態」的動詞。主要以「Aが（は）　動詞」的句型呈現。

　　所謂的「他動詞」，指的就是「描述某人的動作，且動作作用於某個對象（受詞／目的語）」的動詞（有些他動詞，其對象的狀態會產生變化）。主要以主要以「Aが（は）　Bを　動詞」的句型呈現。

　　自動詞：不及物，也就是不會有受詞「〜を」。至少會有一個補語：「Aが」
　　他動詞：及物，也就是一定要有受詞「〜を」。至少會有兩個補語：「Aが」和「Bを」

　　這裡請老師留意，有些學習者會誤以為自動詞前面使用「が」，而他動詞前面使用「を」這樣的二分法。但這樣的觀念並不正確，請老師以「句型」的方式帶入：

　　自動詞句型：「　　　Aが　動詞」
　　他動詞句型：「人が　Aを　動詞」

◆ 要判斷自他動詞，有一個小訣竅：僅有他動詞才可改為直接被動。因此若想測試一個動詞是自動詞還是他動詞，僅需試著將其語意改為被動即可（中、日文皆然）。改為被動後，語意仍然通順的動詞就是他動詞，無法改為被動的動詞（語意不通順者）就是自動詞。這也就是為何中文「被自殺、被出櫃、被去美國、被走路」…等字彙不合文法的緣故（自殺、出櫃、去、走路等動詞皆為自動詞）。

　　關於這一點，不需教導給學生知道。除了目前尚未學習到被動以外，學習者就算知道怎麼改為被動，也無法判斷是否語意通順。這規則只適合日語的母語者以及已經習得、並擁有一定語感的老師判斷使用。

◆ 日文當中，有些動詞，如：「道路を　走る、時間を　過ごす、会社を　出る」，雖然這些動詞也會使用到「を」，但這些「を」的部分並非表「動作的對象」，而是分別為：「道路を」（行經場域）、「時間を」（時間經過）、「会社を」（離脫場域）。因此「走る、過ごす、出る」這些動詞仍是屬於自動詞。請參考「初級3」的第 14 課「句型 2」

◆ 有些動詞，如：「犬が　私に　噛みつく」，雖然動作對象使用「〜に」，但從它可以改為直接被動（私は　犬に　噛みつかれる）一點，我們就可知道「噛みつく」也是屬於他動詞，但這樣的詞彙非常少，老師們僅需稍微了解即可。

◆ 日文中的自他動詞，有下列四種狀況（這裡僅補充給老師參考，不需教導給學習者）：

①只有自動詞，而沒有對應他動詞的　例如：行く、咲く、来る、降る…等。
②只有他動詞，而沒有對應自動詞的　例如：打つ、飲む、着る、食べる…等。
③自他同形的動詞　例如：風が吹く（自）／笛を吹く（他）、終わる、増す…等。
④自他對應的動詞　例如：流れる／流す、開く／開ける、入れる／入る…等。

　　有關於第③的「自他同形」的動詞，雖然說都是同一個字，但是它會隨著使用的狀況不同，語意上有可能是自動詞，也有可能是他動詞。例如：「風が　吹く」，

為自然現象。這句話僅是在描述某個狀態，因此屬於自動詞。但若是用在某人吹笛子：「私が　笛を　吹く」的狀況下，則是描述某人做動作，並且動作作用於笛子上（有對象／受詞），因此屬於他動詞。

・常見的自他同形的動詞：　　　（自動詞）　　　　　（他動詞）

終わる：	話が　終わる	私が　話を　終わる
	（話題結束了）	（我把話題結束掉）
閉じる：	門が　閉じる	私が　門を　閉じる
	（門關閉了）	（我把門關閉了）
増す　：	水が　増す	私が　水を　増す
	（水增加變多了）	（我加了水／灌水）
吹く　：	風が　吹く	私が　笛を　吹く
	（風吹起來了／起風了）	（我吹笛子）

有關於第④的「自他對應」的動詞，在語意上有以下的關聯：

・□□□□□ドアが　閉まった（自）
山田さんが　ドアを　閉めた　　（他）

・□□□太郎が　部屋に　入った（自）
私が　太郎を　部屋に　入れた（他）

　　自動詞用於描述主體「～が」部分的變化，如上例中的「門關閉」、「太郎進房間」。而其相對應的他動詞，則是比其相對應的自動詞多了一個引起這個狀態的人，描述是此人引起了這個對象的變化。如：「山田關門（山田先生引起**門關閉**這個狀態產生）」「我把**太郎趕進房間**（我引起太郎進房間這個狀態）」。

　　兩者之間存在著因果關係，他動詞為引發變化的「因」，自動詞則為變化的「果」。

◆ 自他對應的動詞，有下列幾種形式，此表僅供老師參考，不需要教導給學生：

(01) 〜aる	⇄	〜eる
自動詞〜aる		上がる、かかる、伝わる、集まる、決まる、閉まる、止まる、始まる
他動詞〜eる		上げる、かける、伝える、集める、決める、閉める、止める、始める

(02) 〜u	⇄	〜eる
自動詞〜u		開く 、届く 、片付く 、育つ 、建つ 、立つ 、進む
他動詞〜eる		開ける、届ける、片付ける、育てる、建てる、立てる、進める

(03) 〜れる	⇄	〜る
自動詞〜れる		売れる、切れる、破れる、割れる、折れる
他動詞〜る		売る 、切る 、破る 、割る 、折る

(04) 〜iる	⇄	〜aす
自動詞〜iる		伸びる、閉じる、生きる
他動詞〜aす		伸ばす、閉ざす、生かす

(05) 〜iる	⇄	〜oす
自動詞〜iる		起きる、過ぎる、落ちる、降りる
他動詞〜oす		起こす、過ごす、落とす、降ろす

(06) 〜eる	⇄	〜aす
自動詞〜eる		出る、逃げる、濡れる、溶ける、慣れる、剥げる、冷える、増える
他動詞〜aす		出す、逃がす、濡らす、溶かす、慣らす、剥がす、冷やす、増やす

(07) 〜れる	⇄	〜す
自動詞〜れる		流れる、壊れる、倒れる、汚れる、離れる、外れる、隠れる
他動詞〜す		流す 、壊す 、倒す 、汚す 、離す 、外す 、隠す

(08) 〜る	⇄	〜す
自動詞〜る		帰る、直る、治る、残る、移る、戻る、回る、通る
他動詞〜す		帰す、直す、治す、残す、移す、戻す、回す、通す

（09）〜う	⇄	〜わす

自動詞〜う	迷う　、漂う　、食う　、狂う
他動詞〜わす	迷わす、漂わす、食わす、狂わす

（10）〜く	⇄	〜かす

自動詞〜く	動く　、乾く　、飛ぶ　、泣く　、沸く　、済む
他動詞〜かす	動かす、乾かす、飛ばす、泣かす、沸かす、済ます

（11）其他

自動詞	乗る　、寝る　　、捕まる　、見える、聞こえる、抜ける、消える
他動詞	乗せる、寝かせる、捕まえる、見る　、聞く　　、抜く　、消す

總結：

・〜れる結尾（03、07）的都是自動詞。

・〜す結尾（04〜10）的都是他動詞。

・〜aる結尾的都是自動詞，且將aる改為eる就會變成他動詞（01）。

此外，「入れる」為他動詞，其對應的自動詞為「入る」，不屬於表格中的對應形式。

本 文

◆ 本文中的「持ち歩くのに 大変です」，當中的「～のに」，用於表達說話者對於某事的「評價」。

　　「初級 4」第 23 課的「句型 4」，僅介紹了「～のに」表達「花費」的用法。「初級篇」的教師手冊則是有詳列出三種（「用途」、「花費」以及「評價」）用法，請參考初級篇的教師手冊。本課這裡則是簡單將「評價」的用法帶入即可。

◆ 「～に します」用於選擇其中一項時使用。此用法會於第 29 課的「句型 2」詳細練習，這裡先行預習，稍微解釋一下其用法即可。

◆ 對話文中，店員所講的「お待たせしました」、「お会計」以及「申し訳ありません」這種敬語的表現，僅需告訴學習者這個是禮貌的講法即可。可以先當作一種固定表現記起來。關於敬語，將會於「中級篇」有系統性地學習。

第 28 課

玄関には　スーツケースが　置いて　あります。

學習重點

◆ 本課主要學習「～て　ある」的「結果殘存」用法以及「效力殘存」兩種用法。

　　「結果殘存」的「～て　ある」語意與上一課所學習到的「～て　いる（結果殘存）」有相通的部分，兩者經常被拿來一起比較。

　　「效力殘存」的「～て　ある」語意則是與補助動詞「～て　おく（結果維持・事前處置）」有相通的部分，但由於本課不會出現「～て　おく」因此本課不會做兩者之間的異同比較。

◆ 「句型 3」的「～と　書いて　ある」則是專注於使用情報表達動詞「書く」與「～て　ある」一起使用的用法，並複習第 25 課「句型 1」與「句型 2」練習 B 所提出的漢語標示。「句型 4」則是導入「Ａという Ｂ」，來表達「提示名稱」。

◆ 以下補充本課學習到的動詞之動詞原形及其種類以及語調：

- 飾る（I/0）　　置く（I/0）　　植える（II/0）　　隠す（I/2）
  打つ（I/1）　　決める（II/0）　　頼む（I/2）　　伝える（II/0 或 3）
  冷やす（I/2）　　起こす（I/2）　　営業（III/0）　　混む（I/1）
  倒れる（II/3）　　変わる（I/0）

◆ 「理解語彙」與「使用語彙（表現語彙）」

　　在教學上，必須了解語彙學習可區分為「理解語彙」與「使用語彙」。顧名思義，「理解語彙」就是只要理解意思即可的單字，而「使用語彙」則是除了理解意思外，還要知道如何正確運用它。

　　本教材進入「進階篇」後，即開始出現大量語彙。這些語彙，有許多都是現階段只要知道意思即可的「理解語彙」，因此教學時，盡量不要要求學生必須將全部的單字都死背、默寫下來，以免造成學習者太大的壓力，進而對學習失去興趣。

　　關於「理解語彙」，現階段只需要求學生看到日文知道其中文意思即可。當然，每課的單字表中，也不乏是需要學習者必須知道如何正確使用的「使用語彙」。

　　建議老師可以在授課時，依照班上同學的程度以及學習狀況，自行指定哪些單字是必需要背起來，看到中文就要能夠說出日文的「使用語彙」，哪些是只要知道意思即可的「理解語彙」。

◆　「～て　ある」前方的動詞主要為「意志性動詞」，意思是「有人之前做了這個動作，而這個動作所造成的結果狀態至今還持續著」，因此語感中帶有某人做行為的意涵在。

◆　依照情況，「～て　ある」可分成「結果殘存」以及「效力殘存」兩種用法。「句型 1」學習前者「結果殘存」的用法，「句型 2」則是學習後者「效力殘存」的用法。

　　所謂的「結果殘存」，就是「那個某人」做完動作後，其「結果殘存」仍存在於眼前，可觀察得到的。例如「ドアが　開けて　ある」與「車を　止めて　ある」等，很明顯地，某人開了門之後，現在門是開啟著的狀態，是肉眼可見的。而某人停了車之後，現在車停在那裡，也是肉眼可見的。

　　有別於這些肉眼可見的「結果殘存」，「～て　ある」亦可用於表達「那個某人」做了動作後，其「效力」仍然存在。這時，效力的存在肉眼是看不見的。例如「乗り物酔いの薬を　飲んで　ある」與「ホテルを　予約して　ある」等。當你吃了暈車藥後，其效力仍然殘存，所以現在頭不會暈。但這並非肉眼可見。你預定了飯店，現在訂單是成立著的，這也非肉眼可見。

　　「結果殘存」與「效力殘存」最大的不同，就是「結果殘存」不可明示出動作的行為者，但「效力殘存」可以。

- （×）母が　ドアを　開けてある。
- （○）母が　タクシーを　予約してある

◆　「初級 2」第 11 課「句型 1」學習了「存在句」「～には　～が　あります」。同課「句型 3」則學習了「所在句」「～は　～に　あります」。教學時，可先從存在句與所在句開始複習，單純先舉出「某場所有什麼東西」，如：

・机の上には　本が　あります。

・辞書は　引き出しに　あります。

　接下來再輔以「動詞＋て」的方式，來暗示某人曾經做了此行為，以至於這結果仍然殘存。

・机の上には　本が　「置いて」　あります。

・辞書は　引き出しに　「しまって」　あります。

◆　經由上述方式使用「存在句」與「所在句」導入後，再以其他動詞句的方式來導入。例如：

・車を　止めました
→車を　止めて　あります。

　原則上，表「結果殘存」的構文，有「〜が　てある」以及「〜を　てある」兩種。會有這兩種不同，就在於前者「〜が　てある」與「存在句／所在句」息息相關，而後者則是聚焦於動作動詞部分。

①店の前に　車が　あります。
→店の前に　車が　「止めて」　あります。

②店の前に　車を　止めました。
→店の前に　車を　止めて　あります。

　例句①「車が」的部分使用助詞「が」，呼應「ある」部分（店の前に　車がある），因此語意上偏向描寫「狀態」，暗示此動作完成後的結果殘存。例句②「車を」的部分使用助詞「を」，則是呼應「止める」，因此語意上偏向描寫「停車」的動作，並暗示做動作者的存在。但上述這種使用「が」或使用「を」的細微語感，可以不需向學習者解釋。

練習 B 的第 1 小題與第 2 小題，就是按照上述的邏輯來練習的。第 1 小題源自於「～に　～が　ある」存在句（例：机の上に　資料が　置いて　あります），因此改為「～て　ある」時，存在主體仍然必須使用「～が」。第 2 小題則是使用動作動詞，因此主體可使用「～を」或「～が」。至於練習 B 的第 3 題，則是練習尋找特定物品的「所在句」形式，因此存在主體會經由主題化後，使用「～は」來表示。

◆　「結果殘存」用法時，「～て　ある」前接的動詞，有可能是「無對他動詞」，也有可能是「有對他動詞」。

　　若是使用「有對他動詞」，則「他動詞＋てある」則會與其相對應的自動詞，使用「自動詞＋ている」時，語意有相似的部分。

　　・ドアを／が　開けて　あります。
　　→ドアが　開いて　います。

　　・喫茶店の前に　車が　とめて　あります。
　　→喫茶店の前に　車が　止まって　います。

　　此時，「～が　他動詞＋てある」形式與「～が　自動詞＋ている」形式，兩者語意有些微差異。前者的表達方式，說話者著重於「行為面」，口氣中有意識到「先前有人做了這個行為，以至於現在呈現著這樣的結果狀態」；而後者的表達方式，說話者著重於「狀態、結果面」，口氣中僅帶有「說明目前看到的狀態而已」。

　　・（○）風で　ドアが　開いて　います。
　　　（×）風で　ドアが　開けて　あります。

　　因此，像是上例這種「因為風吹，而導致門開著的狀態」，就不可使用意識到某人動作的「～が　他動詞＋てある」形式。

　　順道補充一點，若是使用「無對他動詞＋てある」，由於它沒有相對應的自動

詞，若欲使用「自動詞＋ている」的方式來表達結果殘存，則可使用被動的方式來
替代其自動詞：

　　・花が　飾って　あります。
　　→花が　飾られて　います。

　　關於這點，由於目前尚未學習到被動，因此不需項學習者說明。

◆　日文中的自動詞，許多詞彙的語意當中就包含了結果、狀態，而他動詞的語意
範圍只涵蓋到施行動作而已，並不包含結果狀態。

　　・ジュースが／を　冷やして　ある。（＜冰箱裡＞冰有果汁。）
　　・ジュースが　冷えて　いる。（果汁是冰的。）

　　上兩句話的差異，在於「ジュースが／を　冷やしてある」表達「有人為了某
目的，而把果汁拿去冰」，但不見得果汁現在就是呈現低溫的狀態，頂多就是知道
果汁在冰箱裡面。而「ジュースが　冷えている」則是表達「目前果汁是呈現冰涼
的狀態」。因此下列的例句並非不合邏輯。

　　・ジュースが　冷やして　あるが、　まだ　冷えて　いません。
　　（冰箱裡冰有果汁，但那果汁還沒變冰。／果汁拿去冰了，但是還沒變冰。）

　　關於這點，授課老師了解即可，不需特別在現階段提出來給學習者知道。

◆　「效力殘存」主要用於表達「某人行為過後的效力仍然存續著」，因此不會以存在句「～には　～が　てある」或所在句「～は　～に　ある」的方式出現，而是以一般動詞句的形式出現。

・薬を　飲みました。
→薬を　飲んで　あります。

・タクシーを　予約しました。
→タクシーを　予約して　あります。

因此，表「效力殘存」時，對象多以「を」來表示（亦可替換為「が」）。

正因「效力殘存」的對象多以「を」來表示，因此可以將動作主體以明示的「が」方式表達出來。

・（○）母が　タクシーを　予約して　ある。

但若欲明示出動作主體，則不可將對象的「を」替換為「が」，以免造成重複兩個「が」格。

・（×）母が　タクシーが　予約して　ある。

◆　「效力殘存」時，也經常會將對象（目的語）提前至句首「主題化」，這時，就會使用「は」來取代「を」。亦經常與表示完成的「もう」一起使用。

・プレゼントを　買った。
→プレゼントを　買って　ある。
→プレゼントは　もう　買って　ある。

・ホテルを　予約して　あります。
→ホテルは　予約して　ありますか。

◆ 順道補充一點，「效力殘存」的用法，不僅限於「他動詞＋てある」，亦有「自動詞＋てある」的用法，但此用法本書不導入。

・試験の　ために、　ぐっすり　眠って　あります。

◆ 第 26 課「句型 4」學習了「～と　思います」。其中的助詞「と」與「思う」、「呼ぶ」、「書く」…等與「情報傳達」有關聯的動詞一起使用時，用來表達「內容」。

　　本句型「～と　書いて　ある」專注使用動詞「書く」，並與「句型 1」表「結果殘存」的「て　あります」一起使用，用來表達「某處寫著…的內容」。

◆ 詢問意思時，使用「どういう　意味ですか」提問，回答時，則是以「～という　意味です」的方式回答。

◆ 對於華語圈的學習者而言，由於中文當中，敘述的「內容」與受詞的位置相當，因此許多人搞不清楚「文字が　書いてある」與「内容と　書いてある」為何一個使用「が」、一個使用「と」。

　　・名前を　書いた。　　→　名前が　書いて　ある。
　　・田中と　書いた。　　→　田中と　書いて　ある。

　　教學者可再次提醒何謂「受詞（目的語）」，何謂「內容」。

　　此外，日文當中由於受詞（目的語）與內容屬於不同格，因此同一句子當中可以同時兩者都出現，例如：

　　・彼女は　ホテルの支配人に　サービスが　悪いと　苦情を　言った。

　　一個句子當中，可同時有內容的「サービスが　悪いと」，以及受詞的「苦情を」。

◆ 欲提示某個特定或專有名稱時，可使用「A と　いう B」的方式，來提示。中文為「叫做 A 的 B」。A 多為其名稱，而 B 則為其總稱。

◆ 正因 A 部分，都是聽話者可能不知道或不了解的事物，因此本課例句採用許多專有名詞，更是在練習 A 當中舉出現今已不怎麼使用的「レコード、ファクシミリ、ポケベル、ガラケー」等物品，以及「桃太郎、金太郎、浦島太郎」等故事中的主角。這些字彙請學習者當作是「理解語彙」記憶即可。

◆ 「三日間ほど」當中的「ほど」，前接數量詞時，用來表「大約的程度」，亦可與第 12 課學習到的「くらい／ぐらい」替換。

◆ 「まだ　予約して　いません」為第 19 課「句型 2」所學習的「結果維持」的否定。用於表達說話者「還沒」去實行這個動作，因此預約狀態是不成立的。

　　而本課所學習的「もう　予約して　あります」則為「效力殘存」，用於表達「目前預約是有效力的」。日文當中，鮮少使用「效力殘存」的否定，「予約して　ありません」的講法。

◆ 隨堂測驗選擇題的第 3 小題「地震で　ビルが　倒れて　います」當中的「地震で」的「で」，我們曾經在「初級 4」第 21 課的「句型 4」學習過，它用於表「原因理由」。

　　第 21 課學習的「病気で　学校を　休んだ」是意志性動作，因此解釋為「行動的理由」。本課這裡的「地震で　ビルが　倒れた」則是無意志性的動作，因此解釋為「變化的原因」。詳細請參考初級篇教師手冊。

第 29 課

晩ご飯は　天ぷら定食に　します。

學習重點

◆ 本課學習表達「變化」的基本句型「Aは　Bに　なる」以及「Xは　Aを　B
に　する」。前者表達 A 的屬性，從不是 B 的狀態自然轉變為 B 的狀態；後者則是
X 這個人透過他意志上的操控，讓 A 的屬性，從不是 B 的狀態自然轉變為 B 的狀態。

◆ 本課亦學習表達「選擇」的句型「〜に　する」以及授受動詞「くれる」和引
用他人說法的「〜と　言いました」。

學習授受動詞「くれる」是為了下一課的「〜てあげる」「〜てもらう」「〜
てくれる」做準備。此外，本課學習的「〜と　言いました」僅限於「引用」，而
不練習「〜と　言って　います」或「言って　いました」等「傳話」的用法。

單　字

◆ 以下補充本課學習到的動詞之動詞原形及其種類以及語調：

・拾う（I/0）　　配る（I/2）　　盛る（I/0）　　発明（III /0）
　いただく（I/0）　　できる（II/2）

句型 1：～く／に　なります／します

◆　「なる」為自動詞，以「Ａが（は）　Ｂ　なる」的型態，來表示主體 A 本身無意識地發生變化，從不是 B 的狀態變成了 B 的狀態。B 可為名詞或者是形容詞的副詞形（※ 註：赤い→赤く／静かだ→静かに）。

　　「する」為他動詞，以「Ｘが（は）　Ａを　Ｂ　する」的型態，來表示動作者 X 有意志性地利用自己的力量，讓主體 A 產生變化，從不是 B 的狀態變成了 B 的狀態。B 可為名詞或者是形容詞的副詞形（※ 註：赤い→赤く／静かだ→静かに）。

　　「する」與「なる」，在使用上呈現自他動詞對應的型態，與第 27 課所學習的自他對應相同，他動詞「する」為「因」，自動詞「なる」為「果」。

某人（Ｘ）把某物（Ａ）弄成某個狀態（Ｂ）：彼は　コーヒーを　冷たく　する
　　　某物（Ａ）變成某個狀態（Ｂ）：　　　コーヒーが　冷たく　なる

◆　本課不學習變化表現「なる」的否定形式「～なく　なる」。此用法留到「進階 4」的第 44 課，與「～ように　なる」一起學習。

◆　例句「駅が　できました」當中的「できる」為「完成」的語意，而非「初級 3」第 13 課所學習的「能力」或者是「狀況可能」。這也是本書第一次導入此用法，可以特別請學生留意。「進階 2」第 35 課「句型 4」將會還整介紹其句子結構，以及表「產生」的用法。

◆　例句中的「エアコンを　つけて、　部屋を　涼しく　して　ください」當中的「～て」，為「手段」的用法，與助詞「で」的功能雷同。這與「初級 4」第 19 課「句型 4」所學習的「繼起」用法不同。雖說這也是本書第一次導入此用法，但若學習者沒有特別感到疑問，老師可不需另外提出。

・エアコン（を　つけて／で）　部屋を　涼しく　する。
・牛乳パック（を　使って／で）　おもちゃを　作る。

　練習 B 的第 2 小題就是練習表手段的「〜て」的用法。

◆　練習 A 的第 2 小題當中，「体を　悪く　した」雖使用他動詞「する」，但這裡表達的並不是「翔太有意志地去把身體搞壞」，而是因為「翔太的不注意」，因此弄壞了身體。這點與「体を　壊した」的意思相同。

句型2：～に　します（選擇）

◆ 此為表達「某人有意識地從兩項以上，或眾多事物、選項當中，挑選出、決定其中一個」的用法，因此前方僅會接續名詞或是「名詞＋から」等。若是與形容詞一起使用，則會與準體助詞「の」一起使用（關於準體助詞，請參考「初級1」第5課「句型1」）。

◆ 「かな」為終助詞，本課這裡學習用於表達「說話者自言自語的疑問」。表示自己還在遲疑，尚未決定要選擇哪一個。

◆ 由於本句型用於「選擇」，因此詢問二選一的疑問句（練習B第2題）時，多使用「選擇式問句」的形式，以「Aに　しますか、　Bに　しますか」的方式來詢問。此外，亦可使用疑問詞「どちら」，以「Aと　Bと　どちらに　しますか」的方式來詢問。

　　練習B第1小題，則是練習「多選一」的開放式問句形式。

◆ 例句第2句的對話，松本先生回答：「私は　親子丼です」。這裡原本應該使用「私は　親子丼に　します」，但說話者卻以「～は　～です」的句型來回答，這樣的構句，稱作「うなぎ文（鰻魚文）」。

　　能夠簡化為鰻魚文的語境，還有以下：

・鈴木さんは　あそこに　います。
→鈴木さんは　あそこです。

・A：中目黒へは　どこで　乗り換えますか。
　B：中目黒（へ）は　恵比寿で　乗り換えます。
　→中目黒は　恵比寿です。

・Ａ：僕は　バイデンに　投票するが、　君は　誰に　する？
　Ｂ：僕は　トランプに　投票する。
　→僕は　トランプだ。

・Ａ：私は　クロワッサンが　食べたいです。あなたは？
　Ｂ：私は　バゲットが　食べたいです。
　→私は　バゲットです。

　　授課時，教師可以按照班上同學程度，決定是否提出關於鰻魚文的用法。更詳
細的說明，可參考本社出版的《你以為簡單，但其實不簡單的日語文法 Q&A》一書。

句型 3：〜は　〜に　〜を　くれます

◆ 日文的授受表現系統與中文有所不同，依照方向性的不同，有這三個詞：

　　①「あげる」用於「說話者給聽話者」；「說話者給第三者」；「聽話者給第三者」以及「第三者給第三者」。

　　②「もらう」用於「說話者從聽話者那裡得到」；「說話者從第三者那裡得到」；「聽話者從第三者那裡得到」以及「第三者從第三者那裡得到」

　　③「くれる」用於「聽話者給說話者」；「第三者給說話者」；「第三者給聽話者（此聽話者為說話者的自己人）」以及「第三者給第三者（此第三者為說話者的自己人）」。

　　「あげる」與「もらう」已於「初級 3」第 14 課學習，本課學習「くれる」之前，可以先幫學習者複習一下「あげる」與「もらう」的用法。

◆ 「初級 3」第 14 課學習「あげる」時，並無學習到「第三者給第三者」的用法，學習「もらう」時，亦無學習「第三者從第三者那裡得到」。老師可視情況自行決定是否要在本課補充。

　　①あげる　給出去

　　・句型結構：<u>Aさん**は**　　　Bさん**に**　　　物**を**　あげる。</u>
　　　　　　　　私**は**　　　　あなた**に**　　　お金**を**　あげます。
　　　　　　　　私**は**　　　　李さん**に**　　　辞書**を**　あげました。
　　　　　　　　あなた**は**　　李さん**に**　　　何**を**　あげましたか。
　　　　　　　　田中さん**は**　大川さん**に**　　花**を**　あげました。

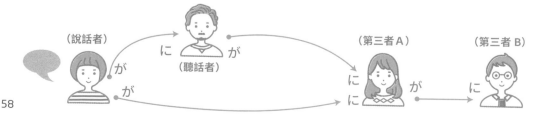

②もらう 收進來，得到

・句型結構：Aさんは　　　Bさんに／から　　　物を　もらう。
　　　　　　私は　　　　あなたに／から　　　お金を　もらいます。
　　　　　　私は　　　　李さんに／から　　　雑誌を　もらいました。
　　　　　　あなたは　　李さんに／から　　　何を　　もらいましたか。
　　　　　　山本さんは　春日さんに／から　お土産を　もらいました。

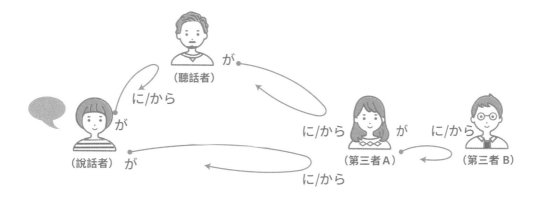

③くれる　別人給

・句型結構：Aさんは　　私／私の家族・友達に　　物を　くれる。
　　　　　　あなたは　　　　　　　　　私に　お金を　くれますか。
　　　　　　李さんは　　　　　　　　　私に　　本を　くれました。
　　　　　　鈴木さんは　　　　　　あなたに　ＣＤを　くれたんですか。
　　　　　　鈴木さんは　　　娘に／親友に　手紙を　くれました。

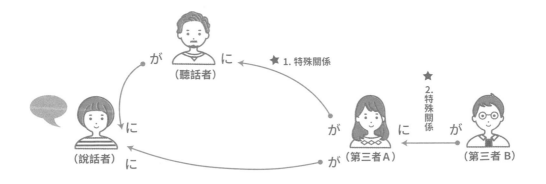

◆ 「あげる」與「もらう」，由於可以用於說話者的動作，因此可以搭配意向形使用，來表達說話者自己的意向。但由於「くれる」一定是他人的動作，說話者無法控制或得知其意願，因此「くれる」無法搭配意向形使用。

- ・（○）これ、もう　要らないから、田中君に　<u>あげよう</u>。
- ・（○）おばあちゃんから　お小遣いを　<u>もらおうっと</u>。
- ・（×）花子ちゃんは　本を　<u>くれよう</u>。

　　由於本教材已於第 25 課教導意向形，故老師可視情況決定是否帶入這個觀念。

◆ 例句當中的「これ、くれるの？」，當中的「の」為表達疑問的「〜のだ／んです」句型。雖說「〜の」已於「初級 4」第 24 課的會話中出現，但第 24 課的「の」使用於「說明、解釋」。這裡則是表達「詢問」。

　　關於「〜の？／んですか」的用法，一樣先當作是一種常見的表現介紹給學習者即可，不需多做過多的說明，我們教材將會於「進階 2」第 34 課詳細學習「〜のだ／んです」用法。

◆ 例句當中的「これ、　くれるの？」，當中的「くれる」，省略了動作主體「〜は」以及接受者「〜に」。這是因為在兩人之間的對話形式中，可以很清楚地了解，動作主題「〜は」為目前眼前跟自己對話的人，而接受者「〜に」為說話者本人。

◆ 練習 A 第 3 小題，學習將「〜てくれる」的句子放在一個名詞作為形容詞子句的用法（請參考「初級 4」第 22 課）。若班上同學程度不錯，老師可以考慮導入兩個修飾名詞的成分的講法，如：

- ・これは　ルイさんが　くれた　フランスの　ワインです。
- ・これは　ダニエルさんが　くれた　イギリスの　ティーパックです。
- ・これは　王さんが　くれた　中国の　お菓子です。

◆ 練習 B 則是練習「もらう」與「くれる」之間轉換視點的講法。請注意，第 6 小題「娘は　同級生から」必須轉為「娘の　同級生は　娘に」。

句型 4：～と　言いました

◆　本句型所學習的「～と　言いました」前方必須為普通形（間接引用）。但若是原封不動、一字不變地（直接引用）別人講過的話語，亦可將對方的話語使用引號「」標明後，不需更改任何型態（使用敬體亦可）直接擺在「～と　言いました」的前方。例句的第 6 句就是使用直接引用的形式。

　　直接引用：
　　・田中さんは　「明日の　パーティーには　参加しません」と　言いました。

　　間接引用：
　　・田中さんは　明日の　パーティーには　参加しないと　言いました。

◆　第 26 課「句型 4」所學習到的「～と　思います」一定是第一人稱「我」的想法，但本句型「～と　言いました」則是可以用於引述他人的說法，也可以表達自己曾經說過什麼話。

　　・山田さんは　来ると　思います。（「我」認為山田會來）
　　・山田さんは　来ると　言いました。（「山田」說他會來）
　　・私は　山田さんに　明日は　パーティに　行くと　言いました。
　　　（「我」對山田說明天會去派對。）

◆　引用節「～と」的從屬性屬於非常低的等級，因此子句內可以擁有自己的主題「は」，如例句的第 2 句：

　　・大統領は　科学者たちは　タイムマシンを　発明したと　言いました。

◆　本文法所學習到的「～と　言いました」，僅是單純「引用」對方講過的字句而已，不帶有任何感情或任何對聽話者的呼籲、要求或訴求，因此經常使用於「引用」歷史上有名人物所講過的話。練習 B 的第 1 小題就是做這個練習。

◆ 「と　言ったよね」當中的「よね」是本教材第一次出現，用來「請求聽話者確認一件與聽話者有關的事情」。本句型雖練習前接常體的形式，但亦可接續於敬體的後方，如：「と　言いましたよね」。本課對話的本文，就是採用前接敬體的形式。

◆ 順道補充：第 28 課「句型 4」學習到的「～と　いう N」，用來說明某樣物品之名稱。亦可使用「～は　～と　言います」的型態來表達。授課老師可以看情況，考慮是否導入此講法。

　　・これは　紫陽花と　いう　花です。
　　・この　花は　紫陽花と　言います。

◆ 在哪種情況，必須說哪些話語，可以使用「句子＋と　言います」的表達形式。授課老師可自行決定要不要導入這樣的語境。

　　・食事の　前に　「いただきます」と　言います。

◆ 第 28 課「句型 3」學習了表內容的「～と」與表受詞（目的語）的「～を」同時使用的例子。

　　・彼女は　ホテルの支配人に　サービスが　悪いと　苦情を　言った。

本句型例句部分的第 6 句，就是與之相同的構造。

　　・隣の人は　息子に　「うるさい。静かにしろ」と　文句を　言いました。

◆　「寒く　なって　きました」為本課「句型 1」所學習的「～く　なる」加上「初級 4」第 20 課「句型 3」「～て　きます」的進階複合表現。只不過當初只有學習表達前接移動動詞「走って　きます」與一般動作先後順序「食べて　きます」的用法。

　　本課這裡則是前接「なる」這種表變化語意的動詞，意思就是「變化的持續」。老師可以視情況看是否多舉幾個變化動詞的例句

・ペットを　飼う　人が　増えて　きた。
・不動産の　価格が　高く　なって　きた。

◆　「何か　温かい　飲み物でも　いかがですか／飲みませんか」當中的「でも」，用來表達「舉例」，取代了助詞「を」。

◆　「紅茶で　お願いします」，用於表示說話者認為「這就好了」的語氣，亦可講成「紅茶を　お願いします」。

◆　「ぜひ」用於表達自己強烈的意願，後接肯定句或者表希望的「～たい」或請求的「～て　ください」。

第 30 課

空港まで 連れて 行って くれました。

◆ 本課學習「～て あげる」、「～て もらう」以及「～て くれる」三個表示動作授受的補助動詞用法。學習這三者時，要特別留意的是，「～て あげる」以及「～て くれる」這兩者前方的「受益者（接受恩惠、利益者）」所使用的助詞，不見得是使用「～に」，會隨著本動詞原本的「項」，而有所不同。例如：

- ・翔太君に お土産を 買って あげる／買って くれる。
- ・翔太君を 駅まで 送って あげる／送って くれる。（～を 送る）
- ・翔太君の 作文を 直し てあげる／直して くれる。（～の物を 直す）
- ・翔太君と 遊んで あげる／遊んで くれる。（～と 遊ぶ）

但在「～て もらう」構文中，所有的「與益者（施與恩惠、利益者）」，皆是使用助詞「～に」。因此相對而言，「～てもらう」較為容易。

- ・翔太君に お土産を 買ってもらう。
- ・翔太君に 駅まで 送ってもらう。
- ・翔太君に 作文を 直してもらう。
- ・翔太君に 遊んでもらう。

◆ 最後，則是學習「～て くれませんか／て くださいませんか／て くれる？」這種「疑問句化，表請求」的固定表現。

◆ 以下補充本課學習到的動詞之動詞原形及其種類以及語調：

・編む（I/1）　　描く（I/1）　　誘う（I/0）　　困る（I/2）
　直す（I/2）　　おごる（I/0）　　拭く（I/0）　　助ける（II/3）
　連れる（II/0）　　診る（II/1）

30

◆ 「句型1」～「句型3」分別使用了「貸して　あげる」、「貸して　もらう」以及「貸して　くれる」的講法。但本課暫不導入其相對應的動詞「借りて　あげる」、「借りて　もらう」以及「借りて　くれる」的用法。除了使用頻率較低以外，現階段就導入「借りて」與補助動詞共用的用法，恐怕會造成學習者的混亂。

　　順帶一提，「初級3」第18課的本文，曾經學習「貸して　ください」與「借りて　ください」。若學生有提及，可以複習一下。

◆　「～て　あげる」這種動作授予的表達方式，帶有「說話者施予接受者恩惠」的含義，若「聽話者同時等於是接受者」時，則會有令人感到尊大的語感。依語境可能會有不恰當的情況。

　　①（先生に）先生、　傘を　貸して　あげます。
　　②（親友に）傘、　忘れたの？　仕方ないなあ。　貸して　あげるよ。

　　第①句，「聽話者同時等於接受者」，但由於其身份是老師，因此這樣的描述方式就有如施與恩惠給老師，因此不恰當。建議改為「先生、　傘を　貸しましょうか／お貸し　しましょうか」。

　　「～ましょうか」已於「進階 1」第 25 課的「句型 3」學習到，用來表「說話者伸出援手說要幫聽話者做事」。謙讓語「お・動詞連用形・します」的講法則是尚未學習。

　　亦可直接使用「先生、　傘を　どうぞ。」的表達方式。

　　第②句，「聽話者同時等於接受者」，而由於其身份為說話者的好朋友，因此使用這種同儕間施與恩惠表達友好、親密的方式並沒有問題。

　　③（同僚に）部長が傘を忘れたから、貸してあげたの。

　　第③句，聽話者為同事，但接受者為部長。「聽話者與接受者不同人」時，說明自己施與恩惠給予部長，這樣的表達方式則沒有問題。

◆　「～て　あげる」的句型，接受者（受益者）不見得使用助詞「に」。若本動詞（～て前方的動詞部分）的動作接受者，本身就是使用「を」或「と」，則接受者必須比照原本的助詞「を」或「と」。

・子供**を**　褒める
　→　よく　できた　子供（×に／○を）　褒めて　あげます。

・友人**を**　空港まで　連れて行く
　→　友人（×に／○を）　空港まで　連れて　行って　あげた。

・犬**と**　遊ぶ
　→　暇だから、　犬（×に／○と）　遊んで　やった。

　若授受的物品或事物本身不是屬於行為者的，而是屬於行為接受者的，則接受者部分的助詞會使用「の」。

・（×）私は　妹に　宿題を　見てあげました。
　（○）私は　妹**の**　宿題を　見てあげました。（我幫妹妹看**她的**功課。）

・（×）私は　先生に　机を　拭いて差し上げました。
　（○）私は　先生**の**　机を　拭いて差し上げました。
　（我幫老師擦**他的**桌子。）

◆　「貸す、教える、書く」等動詞，動作接受者本身就會使用助詞「〜に」，因此使用「〜て　あげる」時，接受者就會直接使用助詞「に」即可。

・友達**に**　本を　貸す　→　友達に　本を　貸して　あげる。
・妹**に**　英語を　教える　→　妹に　英語を　教えて　あげる。
・恋人**に**　手紙を　書く　→　恋人に　手紙を　書いて　あげる。

◆　另外，像是「電気を　つける」、「窓を　開ける」、「調べる」等動詞，本動詞的動作原本就是沒有接受對象者「に」的，這時使用「〜て　あげる」時，受益者就必須使用「進階3」第40課「句型3」才會學習的「〜のために」來表達。但因為本教材目前尚未導入「〜のために」的用法，因此遇到上述動詞時，建議採取「省略受益者」的語境來練習，或者就盡量避免使用到這些動詞。

也就是說，教學時，老師可以限定就課本提及的幾種動詞練習即可。

・電気を　つける　→　勉強している妹の**ために**、電気をつけてあげた。
　　　　　　　　　　　　（？）妹に　電気を　つけてあげた。
・窓を　開ける　　→　犬の**ために**、窓を開けてあげた。
　　　　　　　　　　　　（？）犬に　窓を　開けて　あげた。
・調べる　　　　　→　一人暮らしを始める弟の**ために**、色々調べてあげた。
　　　　　　　　　　　　（？）弟に　色々　調べて　あげた。

①人を	②人に　物を	③人の　所有物を	④人のために
連れて行く	貸す	持つ	電気をつける
助ける	見せる	運ぶ	窓を開ける
誘う	教える	洗う	調べる
呼ぶ	知らせる	直す	
送る	買う	掃除する	など
待つ	作る	など	
など	書く		
	など		

◆　若此動作是為了「下位者、動物」而做，亦可使用「～て　やる」的形式。但本課暫不導入此種用法。老師可視班上同學的程度，決定是否導入。

・私は　息子に　おもちゃを　作って　やりました。
・私は　犬を　散歩に　連れて　行って　やりました。
・私は　弟の　宿題を　見て　やりました。

句型 2：〜て　もらいます

◆　「〜て　もらう」的句型，動作的施行者（說話者請求的對象），一定使用助詞「に」。這點不像「〜て　あげる」在助詞使用上有諸多限制，無論是何種動詞，一律都使用「〜に　〜てもらう」即可。

- ・友人**に**　空港まで　連れて　行って　もらった。
- ・姉**に**　宿題を　見て　もらった。
- ・友達**に**　本を　貸して　もらった。
- ・弟**に**　色々　調べて　もらった。

　　正因如此，「句型1」所提及的「電気を　つける」、「窓を　開ける」、「調べる」等，需要使用「〜のために、　〜て　あげる」的動詞，亦可用在此項。換言之，學習「〜てもらう」時，可以不需思考動詞本身的類別，全部直接使用助詞「に」即可。

- ・妹に　電気を　つけてもらう。
- ・弟に　窓を　開けてもらう
- ・弟に　色々　調べてもらう。

◆　「貸して　もらう」與「借りる」的異同。
- ・私は　友人に　本を　貸してもらった。
  （我請朋友借我書／朋友主動借我書。）
- ・私は　友人に　本を　借りた。（我向朋友借書。）

　　我向朋友借書，同一件事情可以使用兩種表達方式：

　　「貸して　もらう」意思為「請朋友做借出這個動作」，而「借りる」意思則為「我主動向朋友借入」。
　　「貸して　もらう」除了可表達「我主動開口」，亦可表達「朋友主動借出」。

光從句子上，兩種情況皆可說得通。但「借りる」則一定是「我主動開口」。此外，「貸して　もらう」還帶有說話者感到接受恩惠的語感在，但「借りる」就只是平鋪直敘地描述借東西的事實而已。

◆　練習 A 的第 2 小題，練習將句中的「～を」或「～に」移前至句首主題化後，再以「無助詞」的方式來表達主題的方式。關於「無助詞」，可參考初級篇教師手冊第 4 課的部分。

　　・友達に　 引っ越しを 　手伝って　もらう・
　　→ 引っ越し は 　友達に　手伝って　もらう・

　　・吉田さんに　 この　問題を 　教えて　もらう・
　　→ この　問題 は 　吉田さんに　教えて　もらう。

　　・山田さんに　 明日の　会議に 　来て　もらう。
　　→ 明日の　会議 (に) は 　山田さんに　来て　もらう。

　　此外，這裡還學習了「～て　もらいました」加上第 27 課「句型 4」所學習到的「～たほうが　いいですよ」的進階複合表現。

句型3：～て　くれます

◆ 「～て　くれる」的句型，接受者（我方）不見得使用助詞「に」。若本動詞（～て前方的動詞部分）的動作接受者，本身就是使用「を」或「と」，則接受者必須比照原本的助詞「を」或「と」。

- 先生が　私**を**　褒める
  → 先生が　私（×に／○を）　褒めて　くれました。
- 友達が　妹**を**　空港まで　連れて行く
  → 友達が　妹（×に／○を）　空港まで　連れて　行って　くれた。
- 田中さんが　うちの　犬**と**　遊ぶ
  → 私たちが　忙しかったから、
     田中さんが　うちの　犬（×に／○と）　遊んで　くれた。

若物品或事物本身不是屬於行為者的，而是屬於行為接受者的，則接受者部分的助詞會使用「の」。

- （×）姉は　私に　宿題を　見てくれた。
  （○）姉は　私**の**　宿題を　見てくれた。（姊姊幫我看**我的**功課。）

- （×）先生は　私に　作文を　直して　くれた。
  （○）先生は　私**の**　作文を　直して　くれた。（老師幫我改**我的**作文。）

◆ 「貸す、教える、書く」等動詞，動作接受者本身就會使用助詞「～に」（人に　貸す／人に　教える／人に　手紙を　書く…等）。

但因為這種含有方向性語意的動詞，**其主語為第三人稱時，動作方向的歸著點不可為第一人稱（我）**。因此這樣的情形，就一定得使用「～て　くれる」的形式，才可將第三人稱放置於主語的位置。而接受者（我方）就會直接使用助詞「に」即可。

・（×）友達が　私に　本を　貸す
→（○）友達が　私に　本を　貸して　くれた。

・（×）姉が　私に　英語を　教える
→（○）姉が　私に　英語を　教えて　くれた。

・（×）恋人が　私に　手紙を　書く
→（○）恋人が　私に　手紙を　書いて　くれた。

　　上述這些含有方向性語意的動詞「貸す、教える、書く」，若為第三人稱之間的移動，則無此限制：

・（○）田中さんが　鈴木さんに　本を　貸した。
・（○）姉が　妹に　英語を　教えた。
・（○）山田さんが　王さんに　手紙を　貸した。

◆　另外，像是「電気を　つける」、「窓を　開ける」、「調べる」等動詞，本動詞的動作原本就是沒有接受對象者「に」的，這時使用「～て　くれる」時，受益者就必須使用「～のために」來表示。但因為本教材目前尚未導入「～のために」的用法，因此遇到上述動詞時，建議採取省略受益者的語境來練習。

　　再說，「～て　くれる」句型，由於受益者一定為「我方的人」或者「我」，因此實際使用上，如果受益者為「我」，也多半會省略受益者。

　　授課時，請留意這點，並請學生練習「受益者為我」的語境時，要省略掉受益者「私のために」。這樣即可避免掉尚未學習「～のために」的窘境。

・電気をつける　→　姉が私の**ために**、電気をつけてくれた。
　　　　　　　　　　（○）姉が　電気を　つけてくれた。
・窓を開ける　→　翔太君は私たちの**ために**、教室の窓を開けてくれた。
　　　　　　　　　　（○）翔太君は　教室の　窓を　開けてくれた。

・調べる　　　　　　→　先輩が、（私の）弟の**ために**大学のことを調べてくれた。

　　　　　　　　　　　　（？）先輩が　弟に　大学の　ことを　調べてくれた。

　　　　　　　　　　　　先輩が、私の**ために**大学のことを調べてくれた。

　　　　　　　　　　　　（○）先輩が、　大学の　ことを　調べてくれた。

①人を	②人に　物を	③人の　所有物を	④人のために
連れて行く	貸す	持つ	電気をつける
助ける	見せる	運ぶ	窓を開ける
誘う	教える	洗う	調べる
呼ぶ	知らせる	直す	など
送る	買う	掃除する	
待つ	作る	など	
など	書く		
	など		

◆ 關於例句中的第５句「 ~~（私を）~~ 駅まで　送って　くれる？」與第６句「妹を　駅まで　送って　くれる？」，說明如下：

　　就有如本課「句型３」中的說明，使用「〜て　くれる」時，如果受益者為「我」，則多半會省略。但如果受益者為「我方的人」，例如「我妹」，這時就不會將受益者省略，而是會明示出來。例句中舉出這兩個例句來對比，用意就是說明這一點。

◆ 「空気が　悪いな」的「な」，用於說話者自言自語時所使用，因此即便後方為「〜て　くれませんか」這種敬體的講法，「な」的前方還是不會接續敬體「（×）空気が　悪いですな」。

　　「な」為終助詞，放置於句尾。意思是「說話者表達自己新認識到的一個狀況、事態」。

◆ 練習Ａ第二小題，特別練習「案内する」這個動詞來學習。「案内する」的句型構造為：
　　①人を　案内する。
　　②人を　場所まで／に／へ　案内する。
　　③場所を　案内する。

　　因此，如果要講述「帶領某人參觀某場所」，則不能夠使用

　　（×）人に　場所を　案内する
　　（×）人を　場所を　案内する

　　這種情況，必須改為複句：「人を　連れて　場所を　案内する」的講法。

　　・私は　田舎の親戚を　つれて、　東京を　案内した。

◆ 以下針對「オーストラリアでの　短期留学」當中的「での」這種格助詞加上
「の」的用法來說明：

「名詞＋格助詞」的組合，是用來修飾句子後面的述語（動詞、形容詞等）。如：

・妹と　行きました。
・歴史に　詳しいです。
・オーストラリアで　留学する。

「妹と」用來修飾動詞「行きました」；「歴史に」用來修飾形容詞「詳しい」。
如果要表達在澳洲短期留學，就是「オーストラリアで　短期留学する」。

課文當中，使用「格助詞＋の」（連體格）的表達方式，則是用來修飾緊跟在
其後方的名詞。像是本例中的「オーストラリアでの」就是用來修飾「短期留学」
這個名詞。

・オーストラリアでの　短期留学

除了「での」以外，其還有「との、への、からの、までの＋名詞」的表達形式，
唯獨就是沒有「がの」、「をの」、「にの」的講法。

・父への手紙　　会議での飲食　　彼との話し合い
　３時からの会議　　太陽までの距離 ... 等。

對象「に」，若是要使用連體格的形式，必須以「～への」來替代：

・友達に　プレゼントを　あげました
→友達への　プレゼント。

至於「が」與「を」，則是直接使用「の」來替代：

・地震が　發生します　　→　地震（○の／×がの）發生。
・食品を　製造します　　→　食品（○の／×がの）製造。

本課僅導入「での」的講法，第 32 課則是會導入「への」的講法。

◆ 課文中亦學習了「初級 4」第 21 課「句型 3」的「〜たり、　〜たり　します」與本課「〜て　くれる」一起使用的進階複合表現。

至於「〜て　くれる」究竟應該要放置在「〜たり」的部分，還是最後的動詞「します」的部分，其實兩者都可以。也就是說：

・地元の　料理を　作って　くれたり、　町の　歴史に　ついて、
　説明　して　くれたり　しました。

・地元の　料理を　作ったり、　町の　歴史に　ついて　説明したり　して
　くれました。

兩句話都是可以的。可以這樣直接說明給學習者知道即可。

第 31 課

もし　宝くじが　当たったら

學習重點

◆ 本課學習條件句「〜たら」的「假定條件」以及「確定條件」兩種用法。

　　「〜たら」的用法非常多，可說是「〜と／〜ば／〜たら／〜なら」四者當中，用法最多，文法上的限制最少的用法。「〜たら」主要可用來表達：

1.「假定條件」，假設的事情，不一定會發生。
　　・雨が　降ったら　出掛けません。

2.「確定條件」，預計好的事情或一定會發生的事情。
　　・午後に　なったら　出掛けます。

3.「一般條件」，自然或科學法則，前述發生後數即會發生。
　　・水を　冷やしたら　氷に　なる。

4.「事實條件」，專指過去的 1 次性的事實（主要子句為〜た）。
　　・冷蔵庫を　開けたら　ビールが　入って　いた。

5.「反事實條件」，指與現在事實相反的條件句。
　　・もう　少し　早く　来て　いたら　間に　合った　のに。

　　本課僅學習上述的 1.「假定條件」與 2.「確定條件」兩種，剩下的第 3 〜 5 種，將會於往後的課程陸續導入。

◆ 「句型 4」則是學習了「〜たら　どうですか」這種表達「給聽話者建議」的

固定形式。

◆ 「〜たら」屬於「從屬度中等」的從屬子句,因此從屬子句「〜たら」當中的主語(動作主體)必須使用「〜が」。

　　　・彼が　来たら　会議を　始めよう。

而從屬度中等的子句當中,是可以出現「です／ます」等敬體的。

　　　・終わりましたら　教えて　ください。
　　　・暇でしたら　来て　ください。

但由於イ形容詞時,不可使用「です／でしたら」,因此本書為了防止學習者的混亂,學習時,「〜たら」前方僅學習接續「常體句」的用法。

　　　・(×)高いでしたら　　(○)高かったら

◆ 以下補充本課學習到的動詞之動詞原形及其種類以及語調：

・当たる（I/0）　　当てる（II/0）　　　落ちる（II/2）　　　養う（I/3）
残る（I/2）　　組む（I/1）　　　見える（II/2）　　　聞こえる（II/0）
引っ越す（I/3）　　飛び降りる（II/4）　　協力し合う（I/6）
ついて - 来る（III/1-1）　　行きたく - なる（I/3-1）

・進学（III/0）　　合格（III/0）　　混雑（III/1）　　起業（III/0）
卒業（III/0）　　貯金（III/0）　　専念（III/3 或 0）　　支度（III/0）

◆ 「今度」可以翻譯成這次與下次，用於指好幾次行為中，最近已發生的這一次、
或即將要發生的下一次。「今回」則是指現在正在做／進行中的此次。

31

句型 1：假定條件：動詞＋たら

◆ 假定條件的「～たら」，前方可接續動詞與形容詞、名詞，由於需要大量練習，因此本教材將接續動詞與接續形容詞、名詞的部分分開，分別於「句型 1」與「句型 2」學習。

◆ 「句型 1」亦學習前接動詞否定的形式：「～なかったら」。

◆ 由於「假定條件」用於表達假設性的，因此也經常與副詞「もし」一起使用。

◆ 「～たら」的後句（主要子句部分），與「進階 3」第 40 課才會學習到的「～と」，以及「進階 4」第 45 課才會學習到的「～ば」不同，並無太大的文法限制，因此使用的範圍很廣泛。後句可以有「要求、命令、意志、推測 ...」等表現。

　　現階段還不需讓學習者知道有「～と」以及「～ば」的存在。

◆ 「～たら」的前句（從屬子句部分），主語（動作主體）必須使用助詞「～が」，不可使用「～は」。

◆ 例句的最後一句「この　道を　まっすぐ　行ったら　銀行が　あります」與練習 B 的第 2 小題，嚴格上不屬於假定條件。因為即便你不往前走，銀行仍然存在於那個地方。這裡應該解釋為「為了發現主要子句（銀行）這一個事態的必要條件」。

　　這樣的表現經常使用，因此特別於此處的例句以及練習 B 帶入練習。翻譯時，要留意學生不要將其翻譯為「如果 ...」。

句型 2：假定條件：形容詞／名詞＋たら

◆ 此處的用法與「句型 1」相同，只不過使用的品詞為形容詞與名詞。

◆ 練習 A 的第 1 小題，分別練習イ、ナ形容詞以及名詞的肯定、否定的型態。因此各舉出其肯定以及否定的講法。

　　ナ形容詞、名詞的否定，亦可使用「～で（は）　なかったら」，但本課暫且不導入，授課老師可自行決定是否補充。

◆ 「動詞＋たい」，就是依照イ形容詞來活用的，因此本課將加上希望助動詞「～たい」之後的動詞「～たかったら」、「～たく　なかったら」，放在此文法作學習。練習 A 的第 2 小題就是使用到「～たかったら」、「～たく　なかったら」形式的例句。

◆ 「確定條件」用於表達「一定會發生的」或「預定好的事情」，多半用於「此一確定事件發生後」，將要做怎樣的行為或會發生怎樣的事件。正因為是確定會發生的事情，因此不會有否定「〜なかったら」的講法。

◆ 由於「確定條件」用於表達「未來即將發生的事情（動作性述語）」，因此前方不會使用「形容詞」或「名詞」等狀態性述語。

◆ 表「確定條件」的「たら」，不會與表假設的副詞「もし」一起使用。

◆ 例句的最後一句話：「お父さんが　帰ってきたら、　出かけます」。授課老師可以告訴學習者，句中的「私は」多半都會省略。

　　這是因為「〜たら」屬於「從屬度中等」的從屬子句。從屬子句「〜たら」當中的動作主體若與主要子句的動作主體相同（也就是前後同一個動作者），而且不是「我」的時候，則會使用表主題的「〜は」放在最前方。如：

・お父さんは　家へ　帰ってきたら、　すぐ　お風呂に　入った。
　（爸爸一回家後，馬上去洗澡了）

　　從上句話就可以得知，無論是從屬子句「家へ　帰って　くる」還是主要子句「すぐ　お風呂に　入る」，動作主體都是「お父さん」。

・~~（私は）~~　家へ　帰ったら、　すぐ　お風呂に　入りたい。
　（我一回家，想要立刻就去洗澡。）

　　當然，就日文的表達習慣，若動作主體不是他人，而是我，就會省略「私は」。因此就像上例這句話一般，即使不把「〜は」的部分講出，聽話者也可以知道從屬子句與主要子句的動作者都是我。

而像這種從屬度中等的子句，若要表達與主要子句的動作主體「不同人」，則從屬此句的動作主體會使用「～が」。因此當我們挑明寫出：

　　・お父さんが　帰ってきたら、　すぐ　お風呂に　入ります。

　　就會被解釋為「從屬子句回家的動作為爸爸」，而主要子句去洗澡的動作則是「私は」，只是「私は」省略罷了。

　　其他像是「息子が　病気に　なったら、　会社を　休みます」，也是指「兒子」生病的話，「我」就請假。前句從屬子句的動作主體為「兒子」，後句主要子句的動作主體則是「我」。

　　◆　練習 B 的第 2 小題，學習「～たいと　思います」的講法。表示說話者願望或欲求時，除了使用「～たい」以外，若於後方再加上「と　思います」，則可以用來緩和語氣，聽起來比較不會這麼直接。

句型 4：～たら　どうですか

◆「～たら　どうですか」為給予聽話者「建議」、「提案」的一種固定表現形式。經常與第 20 課學習到的「～て みる」一起使用，以「～てみたら　どうですか」這種進階複合表現的形式使用。

若比較正式的場合，可以替換為「～ては　どうですか」。但本課主要是學習「たら」，因此傾向不導入這種用法。僅學習較口語的「～たら　どうですか」。

◆ 例句的第 2 句「見て　（い）ないで、　手伝ったら　どう？」，這種使用常體句時，語趕上則伴隨著「說話者對於聽話者的不服從，感到不爽」。練習時，亦可導入此語境。

◆ 本文部分學習「当たる」與「当てる」的用法。

　　「当たる」為自動詞，若使用於「中彩卷」的語意下，其句型為：「宝くじが　当たる」或者「人が（は）　宝くじに　当たる」。

　　為了讓學習者都可以接觸到這兩者句型，「句型1」使用「宝くじが　当たる」當例句，而本文部分則是採用「人が　宝くじに　当たる」來敘述。

　　・宝くじに　当たったら　何を　買いたいですか。

　　「当てる」則為其相對應的他動詞，若使用於「中彩卷」的語意下，句型為：「人が（は）　宝くじを　当てる」（某人摸中了彩卷）。

　　・もし、　私が　１等賞の　宝くじを　当てたら～

◆ 「海外旅行でも　したら」當中的「でも」為第29課本文當中所學習到的「舉例」的用法。

　　・お茶でも　どうですか。
　　・飲み物でも　いかがですか

◆ 「それ（賞金）を　頭金に　する」

　　「進階1」第29課「句型2」學習的「～に　する」，用於表達「決定、選擇」。本課本文當中所學習的「Aを　Bに　する」則是用於表「將A這種物品，當作是B的用途」。例如本文中的「把獎金當作是頭期款（的用途）」。

・本を　枕に　して　ねる。
・和室を　子供部屋に　する。

◆　「今の　給料では」當中的「では」，為格助詞「で」加上「は」而形成的表現。
接在表達「手段、基準」的名詞後方，用於表達「用這樣的手段／在這樣的基準下，
很難（無法）...」。後面多接續否定的表現。

◆　「利子だけで　暮らして　いきます」當中的「だけ」為副助詞，已於「初級2」
第 12 課「句型 4」當中學習過，表示「僅 ...、只有 ...」之意。這裡與表手段的助詞
「で」一起使用，表示「僅靠 ...」。

第 32 課

高くても　ここに　住みたいです。

學習重點

◆　本課主要學習逆接條件「～ても」的用法。「～ても」的前句主要用來表未發生的「假定」的逆接條件，來表達「即使發生，也～」。

・雨が　降っても　出かけます。

上例就是講述「假設」稍後或之後下雨，我還是堅持要出門的假定條件。

「～ても」也可用來表達已發生的，但與預測相反的「事實條件」。

・薬を　飲んでも　治らなかった。

上例就是講述之前（已發生）的事情。陳述「之前生病吃了藥，但病情卻沒有好轉」的一個事實。本課主要學習這兩種用法。

◆　「～ても」亦可用來表達與一般預測條件相反的「一般條件」，用於描述與一般自然或科學法則相反的條件。

・海底では　水は　100 度に　なっても　沸騰しない。

本課不學習上述「一般條件」的用法。但授課老師可視情況是否導入這樣的例句。

◆　「句型 4」則是學習表達「傳話、轉告」的「～と　言って　いました」。此用法的語境與「進階 1」第 29 課「句型 4」所學習的表「引用」的「～と　言いま

した」所使用的語境不同，需要稍微留意。

單　字

◆ 以下補充本課學習到的動詞之動詞原形及其種類以及語調：

・産む（I/0）　　払う（I/2）　　喜ぶ（I/3）　　謝る（I/3）
　許す（I/2）　　守る（I/2）　　貯まる（I/0）　　見極める（II/4 或 0）
　見つかる（I/0）

・練習（III/0）　　上達（III/0）　　無理（III/1）　　節約（III/0）
　倒産（III/0）

◆ 逆接條件的「～ても」，前方可接續動詞與形容詞、名詞，由於需要大量練習，因此本教材將接續動詞與接續形容詞、名詞的部分分開於「句型 1」與「句型 2」學習。

◆ 「～ても」屬於「從屬度中等」的從屬子句，因此從屬子句「～ても」當中的主語（動作主體）必須使用「～が」。

・彼が　謝っても、　許して　あげません。

而從屬度中等的子句當中，雖可以出現「です／ます」，但「～ても」會使用到「です／ます」的語境相當侷限，多半為敬語或者被動時，如：

・そう　言われましても、　困ります。
・お電話　いただきましても、　お繋ぎできないかも　しれません。

因爲上述的敬語以及被動的描述方式尚未學習，故本課僅學習「～ても」前方接續「常體句」的用法。

◆ 前接動詞否定時的形式為「～なくても」。

◆ 由於假定條件用於表達假設性的，因此可與副詞「たとえ」一起使用。

◆ 「～ても」亦可同時出現兩個以上，並「列舉出不同狀況」或「同一語彙的肯定與否定」的方式來描述。

・雨が　降っても、　雪が　降っても、　出かける。（列舉不同狀況）
・雨が　降っても、　降らなくても、　出かける。（肯定否定）

◆ 本課學習「～ても」的兩種用法：1. 假定逆接條件、2. 事實逆接條件。

・先生に　聞いても　分からないだろう。（假定逆接條件）
・先生に　聞いても　分からなかった。（事實逆接條件）

「假定逆接條件」用於指未發生、還未做的事，僅是說話者自己的「假設」而已，因此例句使用表推測的「～だろう」。

「事實逆接條件」則是用於已發生的事，說話者說這個「事實」與自己的預期不符，因此主要子句使用過去式。

授課時，老師不需要特意去向學生說明如何區分「假定」還是「事實」。

句型 2：逆接條件：形容詞／名詞＋ても

◆ 此處的用法與「句型 1」相同，只不過使用的品詞為形容詞與名詞。

◆ 練習 A 的第 1 小題，分別練習イ、ナ形容詞以及名詞的肯定、否定的型態。

　　ナ形容詞、名詞的否定，亦可使用「〜で（は）　なくても」，但本課暫且不導入，授課老師可自行決定是否補充。

◆ 「動詞＋たい」，就是依照イ形容詞來活用，因此加上希望助動詞「〜たい」之後的動詞「〜たくても」、「〜たくなくても」，放在此處練習。

◆　本句型主要學習從屬子句「～ても」當中，使用「疑問詞」的語境。用於表達「即便前述的程度再高、再大／無論前述條件如何，後述的結果事態都不會改變／都會成立」。

◆　這裡也學習「いくら」、「どんなに」兩個副詞。

句型4：～と　言って　いました

◆ 關於表達「引用」的「～と　言いました」的用法，請參考本教師手冊「進階1」第 29 課「句型 4」的說明。

◆ 「～と　言いました」「～と　言って　います」與「～と　言って　いました」的比較：

- 田村さんは　今晩の　パーティーには　来ない　と言いました。
- 田村さんは　今晩の　パーティーには　来ない　と言って　います。
- 田村さんは　今晩の　パーティーには　来ない　と言って　いました。

「進階1」第 29 課「句型 4」所學習到的「～と　言いました」，僅是單純「引用」對方講過的字句而已，不帶有任何感情或任何對聽話者的呼籲、要求或訴求。

然而，使用「～と　言って　います」時，則表「這個人說過的話，到目前為止都還有效」，因此多用於「說話者希望聽話者對於這個目前仍有效的狀況，必須做出反應」時。

以本例來講，「～と　言って　います」多半會用在說話者向聽話者（很可能是派對主辦者）說明田村不來一事，並要求主辦者對於田村不來一事要有所應對。或許田村在派對上有什麼重要的任務，因此說話者要求主辦者來處理這件事。

- 田村さんは　今晩の　パーティーには　来ないと　言って　いますが、どうしますか。

「～と　言って　います」的用法，僅出現於本課的「本文」，本課不必過度練習關於「～と　言って　います」的用法，請老師留意。

此外，本課學習的「～と　言って　いました」則多用於「傳話、轉告」第三

人稱說過的話給聽話者時使用。

・A：あれ？　田村さん、　まだ　来て　いませんね。
　B：田村さん、　今晩の　パーティーには　来ないと　言って　いました
よ。

◆　「〜て　いました」用於表達「過去的一段時間的動作」。相較於「〜と　言
って　います」表達其效力持續至說話時，「〜と　言って　いました」則沒有明
講出其效力是否持續至今。因此上述的「今晩の　パーティーには　来ないと　言
って　いましたよ。」僅是說話者敘述說，當時田村是這麼講的。至於現在此刻，
田村是否會改變心意突然出現，就不得而知了。

◆　例句「木村さんへの　誕生日プレゼント」當中的「への」，請參考本教師手
冊第 30 課本文部分的說明。

◆ 本課「句型 4」學習使用「〜と　言って　いました」來表達「轉告、傳達」第三者的話給眼前的聽話者時使用。而本文當中的「〜と　言って　います」則是用於表達「此第三人的主張跟意見，至今仍成立」。關於「〜と　言って　います」，本課僅於本文提出，不多做練習。

◆ 「どんな　マンションでも　入居者が　見つかりますか。」

此處的「どんな　マンションでも」並非本課學習的表逆接的從屬子句，這裡是「疑問詞＋でも」，用來表達對於同類的事物「全面肯定」的講法。如：

・このパーティーは　誰でも　参加できます。
・中国人は　何でも　食べます。
・あの　歌手は　どんな曲でも　歌える。

一般而言，表全面肯定的「でも」，後句僅可使用肯定的表現。但像是本課這種使用連體詞「〜どの／〜どんな」＋名詞＋でも的情況，則後句有些情況可使用否定表現來表達「全面否定」。

・（×）このパーティーは　誰でも　参加できません。
・（○）彼の　病気は　どんな　医者でも　治せない。

第33課

コピーするのを　忘れちゃった。

◆ 本課學習補助動詞「～ておく」與「～てしまう」的用法，兩者縮約型的形式「～とく」「～ちゃう／じゃう」。本課除了會學習原本的標準形式外，亦會練習兩者敬體以及常體的縮約形式。

由於導入「～ておく」與「～てしまう」的縮約形，會讓需要練習型態變化的時間拖很長，因此如果班上同學是屬於反應較慢的，授課老師亦可決定先不導入括弧內的縮約形式講法。

單　字

◆ 以下補充本課學習到的動詞之動詞原形及其種類以及語調：

・集める（II/3）　　貯める（II/0）　　戻す（I/2）　　踏む（I/0）
　殴る（I/2）　　バレる（II/2）　　留める（II/0）　　切れる（II/2）
　落とす（I/2）　　間違える（II/4）

◆ 上一課學習到自動詞「貯まる」，本課則是學習了它對應的他動詞「貯める」。老師可特別說明其自他對應之間的關係。

句型 1：〜て　おきます（準備・措施）

◆ 本句型「〜て　おく」與第28課的「〜て　ある」都有「做準備」的意思。「〜て　おく」強調「之前做準備的動作」，而「〜て　ある」則是強調「其效果至今也還有效」。

◆ 在時制上必須留意：「〜ておく／おきます」表動作尚未做；「〜ておいた／ておきました」表動作已做。但「〜てある／あります」表動作已做。

・今晩、人が来るので、ビールを買っておきます。
（〜ておく使用非過去，表示啤酒還沒買。強調稍後會去買啤酒做準備。）
・今晩、人が来るので、ビールを買っておきました。
（〜ておいた使用過去式，表示啤酒已買好。強調之前已去買了啤酒做好準備。）
・今晩、人が来るので、ビールを買ってあります。
（〜てある使用非過去，啤酒已買好。強調現在已經有啤酒了。）

・試験のために、勉強をしておきました。単語も覚えてあります。
(為了考試，我讀書做好了準備，單字也記住了。)

　　如上例，「勉強をしておきました」強調「之前已經做好了準備，讀了書」。「單語も覚えてあります」，則是強調「之前背了單字，而單字現在還牢記在腦袋中」。

◆ 本項除了學習「〜ておく／おきます」以外，亦學習「〜ておいた／おきました」、「〜ておいて（ください）」（請對方準備）、以及「〜ておいたらいい（ですか）」（尋求建議）的4種活用型態。

　　老師也可考慮是否導入「〜ておきましょう／おこう」（提議做準備）的講法。

　　若班上同學吸收學習較快，亦可進一步學習其縮約形式的敬體與常體。

◆ 「とか」為並列助詞，用來列舉類屬同一種類的要素，並暗示除了這個以外，還有其他的物品存在。

　　例如例句中的「お皿とかを　洗って　おいて」，意指需要洗的，不只是盤子，還有其他盤子、碗筷之類的。

　　「とか」與之前所學習過的「や」相比，口氣中暗示其他成分的語感更強烈。

◆ 「～て　おいたら　いい？」為「～ておく」加上說話者尋求對方意見、建議的「～たらいいですか」的進階複合表現。「～たら　いいですか」的前方多半會配合一個疑問詞一起使用。老師授課時，可先單獨練習「～たら　いいですか」，再進一步導入「～て　おいたら　いいですか」的講法。

　　・ゴミを　どこに　出したら　いいですか。
　　・誰に　聞いたら　いいですか。

　　・学生時代に　何を　して　おいたら　いいですか。
　　・事前に　何を　決めて　おいたら　いいですか。

　　下一課第34課於「句型3」學習「～んですが」後，若有時間，老師亦可導入「～んですが、　～たらいいですか」的用法，當作課外補充。

　　・市役所へ　行きたいんですが、　どの　バスに　乗ったら　いいですか。
　　・在留カードを　なくして　しまったんですが、　どう　したらいいですか。

句型2：～て　おきます（放置）

◆　「～て　おく」除了上一項文法表達「準備・措置」的用法外，亦可用於表達「維持狀態放任不管」。此時多半會與表達保持原樣的副詞「そのまま」或表暫且的「しばらく」一起使用。

◆　「そのまま」亦可作為名詞，因此亦可以使用「そのままに　する」來表達維持狀態，放任不管。

◆　練習B中的「～て　おきましょうか」，為本課學習的「～て　おく」，與「進階1」第25課「句型3」所學習到的，表「說話者伸出援手說要幫聽話者做事」的「～（よ）うか／ましょうか」的進階複合表現。

◆　「〜て　しまう」前接意志性的動作，則表示「去完成、解決、處理某事」。
若前接無意志的動作或是「有意志、但卻是不小心」的行為，則表示「做了無法挽回，
而感到遺憾，後悔的事」。「句型 3」學習前者，「句型 4」則學習後者。

◆　用於表「去完成、解決、處理某事」時，多會與「全部」、「もう」等副詞一
起使用。

◆　縮約形使用「〜ちゃう」還是「〜じゃう」，取決於其動詞て形音便時，是否
有濁音。如「書きます→書いて」，則為「書いちゃう」；「飲みます→飲んで」
則為「飲んじゃう」。

◆　「〜て　しまう」在口語表現上，會有縮約型「ちゃう／じゃう」、「ちまう
／じまう」兩種講法。後者口氣上比較粗俗。為避免造成學習者的過度負擔，後者
較粗俗的縮約形式，本課不導入學習。

・食べてしまった　　　　→　　食べちゃった　　　　食べちまった
・食べてしまいました　　→　　食べちゃいました　　食べちまいました
・飲んでしまった　　　　→　　飲んじゃった　　　　飲んじまった
・飲んでしまいました　　→　　飲んじゃいました　　飲んじまいました

句型 4：～て　しまいました（遺憾）

◆ 本處學習表「做了無法挽回，而感到遺憾，後悔的事」的用法。因為使用情境上，這懊悔的事情多半已發生，因此這裡僅練習過去式「～て　しまった」的用法。

　　當然，此用法亦可使用於未發生的事情，如「薬を　飲まないと　、死んでしまう（死んじゃう）よ」。但本課暫且不導入。

◆ 用於表「做了無法挽回，而感到遺憾，後悔的事」時，多會與「つい」、「うっかり」、「思わず」等副詞一起使用。但由於這三個詞彙屬於中高級的詞彙，因此本課暫不導入。

◆ 練習 A 的第 1、3 小題，為「有意志、但卻是不小心」的行為。第 2 小題則為無意志的動作。

◆ 「ちょっと　待っててね」當中的「待ってて」，為「待って　いて　（くださ
い）」的縮約形式，「〜て　いる」當中的母音「い」脫落。有關於「待って
いて　ください」的用法，可參考初級篇的教師手冊第 20 課句型 3 的說明。

◆ 「封筒に　入れて　おかなければ　なりません」，為「〜て　おく」加上「初
級 3」第 17 課「句型 3」所學習的「〜なければ　なりません」的進階複合表現。
現階段僅需學生了解即可，不需過度練習此進階複合表現。

◆ 「しまった！」為慣用表現，此處請學習者當作一個單字記下來即可。

◆ 這裡補充日語中常見的「縮約形」，老師了解即可，先別在這一課導入，以免
造成學習者過度負擔。

所謂的「縮約形」，就是指我們講話時，因說話速度很快，導致於其中幾個音
脫落的現象。例如，現在時下年輕人經常將中文的「這樣子」，現在時下的年輕人
都講成「醬子」。縮約型經常出現於會話中，尤其是聽力考試更常出現這樣的表現。
以下是最常出現的七種情況：

① 「〜ては」 → 「〜ちゃ」 （初級篇學習）
　・来ては　だめ！　　　　　　　 → 　来ちゃ　だめ！
　・行かなくては　　　　　　　　 → 　行かなくちゃ

　「〜では」 → 「〜じゃ」 （初級篇學習）
　・では　ありません　　　　　　 → 　じゃ　ありません
　・死んでは　いけない　　　　　 → 　死んじゃ　いけない

② 「〜ている」 → 「〜てる」 （本課本文學習）
　・やって　いる　　　　　　　　 → 　やってる
　・見て　いない　　　　　　　　 → 　見てない

- 愛して　います　　　　　　　　→　愛してます
- 待って　いて　ください　　　　→　待っててください

③「〜ておく」→「とく」（本課句型 1、2 學習）
- やって　おく　　　　　　　　　→　やっとく
- 片付けて　おきます　　　　　　→　片付けときます
- 置いて　おいて　ください　　　→　置いといてください

④「〜てしまう」→「〜ちゃう」（本課句型 3、4 學習）
- 行って　しまった　　　　　　　→　行っちゃった
- 食べて　しまいました　　　　　→　食べちゃいました

「〜でしまう」→「じゃう」（本課句型 3、4 學習）
- 読んで　しまった　　　　　　　→　読んじゃった
- 死んで　しまいました　　　　　→　死んじゃった

⑤「〜らない／〜れない」→「〜んない」
- わからない　　　　　　　　　　→　わかんない
- 終わらない　　　　　　　　　　→　終わんない
- 信じられない　　　　　　　　　→　信じらんない

⑥「条件形（れ）ば」的縮約形
- 行けば　　　　　　　　　　　　→　行きゃ
- 行かなければ　　　　　　　　　→　行かなけりゃ／行かなきゃ
- 高ければ　　　　　　　　　　　→　高けりゃ／高きゃ

⑦隨著「の」而產生的縮約形
- 行くのです　　　　　　　　　　→　行くんです（第 34 課句型 1）
- 〜のところ　　　　　　　　　　→　〜んとこ
- 私のうち　　　　　　　　　　　→　私んち（第 25 課本文）
- ものですから　　　　　　　　　→　もんですから

33

第 34 課

足に　怪我を　して　しまったんです。

◆ 本課主要學習表達「関連付け」的「～のだ（んです）」。

　　「～のだ」的使用情況非常多，因此本課僅侷限在「～んですか」（詢問原因理由）、「～んです」（回答說明）以及「～んですが」（開啟話題）三種。分別於「句型 1」～「句型 3」學習。

◆ 「～んです」在使用上，語境上一定要有一個「前提」的事象存在，而「～んです」就是在與此前提做相呼應的一種用法（日文稱「関連付け」）。

①昨日、　雨が　降りました。
②昨日、　雨が　降ったんです。

　　例句①為一般的直述句，只是單純地敘述昨天下雨了這件事實。但例句②所使用的情況，則是「說話者早上睡醒看到地面上的道路濕濕的（前提）」，才反應過來昨天有下了雨，說：「あっ、　昨日　雨が　降ったんですね」。

③昨日は、　学校を　休みました。　頭が　痛かったんです。
④昨日、　頭が　痛かったです。

　　例句③的「頭が痛かったんです」，用來說明前句「学校を休みました」的理由，述說我昨天沒去上學的理由，是因為我昨天頭痛。但是④句僅僅表達了「昨天頭很痛」這樣子的一個事實而已。

◆ 「～んです」對於許多外國人學習者來說，很難理解其意義及用法。甚至許多

學習者都誤以為加上了「～んです」就是表示強調。因此有不少學生，在天氣很冷時，就對著日本老師說：「（✕）先生、　今日は　寒いんですね」。

這是非常常見的誤用。即便天氣再怎麼冷，由於只是單純敘述天氣很冷，沒有任何前提可以做連結，因此只需要講「今日は　寒いですね」即可。

同理，如果你只是單純想問朋友某一本書好不好看，你只會問說：「その　本、面白いですか」。若是看著朋友很專注地讀著一本書，連吃飯時都在讀，你才會問說：「その　本、　（そんなに）　面白いんですか」。

授課時，教學者必須讓學習者了解兩者語感上的不同。

━━━ 單　字 ━━━━━━━━━━━━━━━━━━━━━━━━━━━━━━━━━

◆ 以下補充本課學習到的動詞之動詞原形及其種類以及語調：

・切る（I/1）　　開く（I/2）　　遭う（I/1）　　渡す（I/0）
　替える（II/0）　　寝込む（I/2）　　吊るす（I/0）　　サボる（I/2）
　独立（III/0）　　翻訳（III/0）　　長生き（III/3 或 4）　　上げる（II/0）

◆ 「句型 1」學習疑問句形式「～んですか」的用法。

　　就有學習重點部分所提及的，由於「～んですか」必須要是「看到、或是聽到某場面，進而進行的詢問」的，因此課文中的例句會將此場景先描繪出。

◆ 「～んですか」疑問句時，其常體的講法為「～の？」，並提高句尾語調。雖然此為「～のだ」文，常體句時應該為「～のだ」結尾。但常體疑問句時，「だ」必須刪除。

◆ 本課同時學習動詞、形容詞以及名詞，接續上「～んですか」時的用法。請留意指導ナ形容詞與名詞的現在肯定時，必須使用名詞修飾形「～なんですか」。

◆ 「～んですか」詢問時，除了必須要有一個前提的場景外，其詢問時的口氣，也帶有說話者的好奇心、以及關心的心情在。

　　「どこで　買いましたか」跟「どこで　買ったんですか」的差別，就在於前者僅是單純詢問物品在哪裡購買，有可能用於老闆詢問秘書購買公司備品時的情況，例行公事上的，只是想知道他有沒有買貴 ... 之類的。但「どこで　買ったんですか」則是帶有說話者自己也很想要，對此物品感到興趣時的心境在。

◆ 「句型 2」學習肯定句形式「～んです」的用法。

　　本處學習的「～んです」肯定句，用於針對一個狀況來「說明理由」。例如第二個例句「私は　参加しませんよ。　彼が　嫌いなんです」，說話者用「～んです」來說明他不參加派對的「理由」，是因為討厭吉田先生。

◆ 正因「～んです」用來說明理由，因此如果使用詢問理由的「どうして～んですか」開頭的問句詢問，回答時，也必須使用「～んです」回答。但若是一般的疑問詞疑問句的詢問，則不需使用「～んです」回答。

34

　　・Ａ：どうして　遅刻したんですか。
　　　Ｂ：電車が　遅れたんです。（「因為」電車遲延）

　　・Ａ：これ　どこで　買ったんですか。
　　　Ｂ：デパートで　買いました。

◆ 此外，若是詢問「どうしたんですか」，亦是使用「～んです」回答。練習 B 的第 1 小題作此練習。

　　・Ａ：（看到一個女孩蹲在路邊）どうしたんですか。
　　　Ｂ：お腹た　痛いんです。

◆ 常體句時，女性偏向使用「～（な）の」，而男性偏向使用「～（な）んだ」。

句型 3：～んですが、～

◆ 「句型 3」學習「～んですが、～」的用法。

　　「～んですが」用於開啟一個話題、或向對方提出要求時，先行講出的開場白，使對方不感到太唐突。因此後方可以什麼都不加，直接等對方回應。亦可加上邀約或者請求的表現。

- ・ちょっと　お願いがあるんですが ...。（什麼都不加，等回應）
- ・みんなで　出かけるんですが、　あなたも　一緒に　来ませんか。（邀約）
- ・場所が　わからないんですが、　連れて　行って　くれませんか。（請求）

　　若有餘力，老師亦可導入上一課（第 33 課）「句型 1」所學習的「～たらいいですか」，以「～んですが、　～たらいいですか」（尋求對方意見、建議）的固定句型來練習：

- ・市役所へ　行きたいんですが、　どの　バスに　乗ったら　いいですか。
- ・在留カードを　なくして　しまったんですが、　どう　したらいいですか。

◆ 此處首次提出「見える」與「聞こえる」兩個自發動詞，這是為了下一課的可能形先做準備。老師僅需說明這兩個動詞的意思即可。等下一堂課學習可能形後，再說明「見える・見られる」「聞こえる・聞ける」的差異。

句型 4：〜て　ほしいです（期望）

◆ 此補助形容詞源自形容詞「欲しい」，意思為「說話者希望對方做某動作或保持某的狀態」，希望的對象使用助詞「に」表示。

◆ 「〜て　ほしい」可用於 1. 對於某人的期望，2. 希望某事態實現。前者希望的對象使用「〜に　てほしい」，後者使用「〜が　てほしい」

◆ 「〜て　ほしい」的否定形式有「〜ないで　ほしい」以及「〜て　ほしくない」兩種形式，前者帶有說話者「擔心、期望、請求」的語氣，後者帶有說話者「不滿、責罵、訓誡」的語氣。無論哪種否定的形式，現階段本教材都不導入。

◆ 此外，日文中另有一種以「〜て　もらう」加上希望助動詞「〜たい」所形成的進階複合表現：「〜て　もらいたい」的講法，其語意與本項「〜て　ほしい」語意用法接近。

兩者之間的差異，在於「〜て　もらいたい」前接的動詞必須是意志動詞，且為人為的動作，而本文法所學習的「〜て　ほしい」則無此限制，因此本課暫且不導入「〜て　もらいたい」的講法。

- ・（○）子供に　医者に　なって　ほしい。
- ・（？）子供に　医者に　なって　もらいたい。

由於「希望兒子將來能夠成為醫生」為無意志的動作，故使用「〜てほしい」會比較恰當。

- ・（○）雨が　降って　欲しい。
- ・（×）雨が　降って　もらいたい。

至於「下雨」則是「自然現象」，因此只能使用「〜てほしい」

◆ 請留意，受傷的部位會使用助詞「～に」來表示。

　　・足に　怪我を　した。

◆ 「行こうと　思って　（います）」當中的「意向形＋と　思って　います」
在本教材當中第一次出現。此句型將會於「進階 3」第 37 課的「句型 4」詳細學習。
這裡授課老師僅需先將其當作固定表現處理，告訴學生，此為「說話者向聽話者表
達自己的計劃」的表達方式即可。

第 35 課

絵が　描けるんですか。

◆ 本課主要學習動詞的可能形。可能形可用於「能力可能」與「狀況可能」，這點與「初級 3」第 16 課「句型 4」所學習的「～ことが　できます」相同。此外，也學習副助詞「しか」的詳細用法，以及表完成、產生的「できる」。

單　字

◆ 以下補充本課學習到的動詞之動詞原形及其種類以及語調：

・心配（III/O）　　集中（III/O）　　駐車（III/O）

◆ 現今的日語教育上，教學分成兩派。一派為先教導動詞的原形，再由動詞原形做動詞變化轉換為可能形；另一派則是先教導動詞的「～ます」形，再由「～ます」形做動詞變化轉換為可能形。本教材以後者為主。

考量到班上可能有插班生，或者初級階段使用其他教材者，本教師手冊在此補充如何將動詞原形改成可能形，請教學者在課堂上還是以「ます」形改可能形的方式為主。

a. 動詞為上一段動詞或下一段動詞（グループⅡ／二類動詞），則僅需將動詞原形的語尾～る去掉，再替換為～られる即可。

寝る（　　　ｎｅる）→寝る+られる
食べる（ｔａｂｅる）→食べる+られる
起きる（　ｏｋｉる）→起きる+られる

b. 若動詞為カ行變格動詞或サ行變格動詞（グループⅢ／三類動詞），由於僅兩字，因此只需死背替換。

来る　　　→　来られる
する　　　→　できる
運動する　→　運動できる

※ 註：「愛する」等，一個漢字加上「する」的動詞，並非改為「愛できる」，而是改為「愛せる」（愛す→愛せる）。請將其當作例外記憶即可。

c.若動詞為五段動詞（グループⅠ／一類動詞），由於動詞原形一定是以（～ｕ）段音結尾，因此僅需將（～ｕ）段音改為（～ｅ）段音後，再加上る即可。

行く（　 i k u）→行け（ 　 i k e）＋る＝行ける
飲む（ n o m u）→飲め（ n o m e）＋る＝飲める
帰る（k a e r u）→帰れ（k a e r e）＋る＝帰れる
買う（ 　 k a u）→買え（ 　 k a e）＋る＝買える
会う（ 　 　a u）→会え（ 　 　a e）＋る＝会える

◆ 可能形用於表達：①「能力可能」，表動作者有無施行此行為的能力。或是②「狀況可能」，表某狀況下，這件事情能否辦得到。可能是因為材料不足、機械故障、又或者是法律上禁止，而導致無法施行（並不是動作者有無此能力）。動詞句改為可能句時，原本動詞的受詞「～を」的部分，亦可改為「～が」，其他助詞則不會改變。

◆ 動詞可能形主要用於表達動作主體是否可以辦到某事情，因此僅有「意志性動詞」才可以改為動詞可能形。下列三例皆為「無意志動詞」，故不會有可能形。

・雨が　降る　→（×）雨が　降れる
・消える　　　→（×）消えられる
・わかる　　　→（×）わかれる

◆ 這裡補充何謂「ら抜き言葉」：

　　上、下一段動詞（二類動詞）改為可能形時，在口語會話表達上，有時會省略「ら」。雖然口語表現中常見，但本書不學習此省略的講法，授課僅需瞭解有此現象即可。

寝られる→寝れる　　　　　寝られます→寝れます
食べられる→食べれる　　　食べられます→食べれます
起きられる→起きれる　　　起きられます→起きれます

◆ 可能形的句型結構有三種，如下：

普通句　：鈴木さん|は|　漢字|を|　書く
可能句１：鈴木さん|は|　漢字|を|　書ける
可能句２：鈴木さん|は|　漢字|が|　書ける
可能句３：鈴木さん|に|　漢字|が|　書ける

三者用法有些許微妙的差異，但若動詞為「できる」，則鮮少使用「可能句１」的型態。

・鈴木さんは　漢字（× を／○が）　できます。

本課主要以「可能句１、２」形式的例句（也就是說，對象部分可以使用「を」或「が」）為主，不導入「可能句３」：「〜に　〜が」的形式。

◆ 「句型２」，會學習到「見える」以及「聞こえる」兩個自發動詞時，這兩個動詞不是動詞的可能形，但它的句型結構與「可能句３」類似，使用「〜に　〜が見える／聞こえる」的句型。

句型 2：状況可能

◆　本項文法除了學習狀況可能的表達方式以外，亦學習「見える」「聞こえる」兩個自發動詞。以下解釋「見える・見られる」「聞こえる・聞ける」的差異。

　　「見る」、「聞く」的可能形分別為「見られる」、「聞ける」。而「見える」與「聞こえる」這兩個單字並非可能形，而是一個單字，它倆本來就是動詞原形。其意思用於表達自然而然地映入眼簾、進入耳朵的情境，因此屬於「自發動詞」。

　　「見られる、聞ける」與「見える、聞こえる」，意思以及所使用語境不同：

・新宿の　映画館で、　スターウォーズの　新しい　映画が　見られます。
　（新宿的電影院，可以看到星際大戰的最新電影。）
・私の　部屋から、　富士山が　見えます。
　（我的房間看得到富士山。）

・この　アプリで　好きな　曲が　聞けます。
　（這個 APP 可以聽自己喜歡的曲子。）
・秋の　夜、　虫の　鳴き声が　聞こえます。
　（秋天夜晚，聽得見蟲鳴。）

　　若為「無意志性」的，自然而然映入眼簾的情境，進入耳中的聲音，使用「見える」、「聞こえる」。

　　若是「有意志性」的，人為想去施行此動作，且做得到的，則使用「見られる」、「聞ける」

◆　雖然一般的可能動詞，動作主體亦可使用「に」（可能句３），但本教材這裡僅先局限於「見える」、「聞こえる」兩個自發動詞，使用「私には　見える／あなたには　見えない」的形式。授課老師可以將其當作是「見える」「聞こえる」

35

115

的固定句型來教導。

　　・〜には　〜が　見える／聞こえる

◆　「初級 2」第 12 課「句型 3」僅學習接續在數量詞後方的「しか　ありません」固定講法。這裡則是更全面地學習「しか」的用法。

◆　學習「しか」後方與其他動詞一起使用，也包含使用「可能動詞」的情境。

　　・日本料理しか　食べません。（一般動詞）
　　・日本語しか　話せません。（可能動詞）

◆　學習「しか」與「數量詞」或「副詞」並用。此為練習 A 的第 1 小題。

　　・三時間しか　寝ません。
　　・少ししか　持っていません

◆　學習「しか」與其他格助詞並用。若接續於「が、を」後方時，「が、を」必須刪除。此為練習 A 的第 2 小題。

　　・彼にしか　話しません
　　・ここでしか　買えません
　　・最上階からしか　見えません
　　・日本語がしか　分かりません。
　　・日本語をしか　話しません。

◆　學習將主語「～が」或受詞（目的語）「～を」主題化後，再用「しか」來強調其他格成分。此為練習 A 的第 3 小題。

　　・彼に　 このことを 　話しました。
　　→ このことは 　彼にしか　話しませんでした。

35

117

・最上階から　東京タワーが　見えます。

→東京タワーは　最上階からしか　見えません。

◆　動詞「できます」除了可用於表達「能力可能」與「狀況可能」以外，亦有「建築物被建造出來、物品被製造完成」之意。亦有「懷孕或事物產生出來」之意。本句型專門針對這兩個語意做學習。

◆　表「懷孕或事物產生出來」時，使用「〜に　〜が　できる」的句型。

◆　「絵が　あったら　いいなと　前から　思って　いました」當中的「～たら　いいなあ」，用來表達說話者的願望。在此可當作是常見的固定形式來學習即可。

　　・明日　晴れたら　いいなあ。

◆　「気に　入って　くれて、　嬉しい」，這樣的表現是本教材第一次出現。老師可以多舉幾個這樣的固定句型「～てくれて、　～（高興、開心、感謝等表現）」，以常見的固定形式表現來介紹。

　　・助けて　くれて、　ありがとうございます。
　　・あなたが　来て　くれて、　よかったです。

◆　「ところで」用來「提起一個與前方無關的新話題」時使用。

ジャムを　塗らないで　食べます。

學習重點

◆　將句子改為「～て」形，以「A句て、B句」的形式，可用來串連兩個以上的句子。像是這樣的句子，就稱之為「複句」。A句為「從屬子句」B句為「主要子句」。

而用「～て」來串連的A句（前句）與B句（後句），依照前後文的語意關係不同，又可分為下列四種用法，分別為：

①「附帶狀況」（同時發生・意志性動作）
　例：立って、　おしゃべりを　した。

②「繼起」（先後發生・有無意志皆可）
　例：昨日は　夜の　8時に　家に　帰って、　夕食を　食べた。

③「原因・理由」（先後發生・無意志動作）
　例：その　ニュースを　聞いて、　驚きました。

④「並列」（無關順序，多為狀態）
　例：おじいちゃんは　山へ　行って、　おばあちゃんは　川へ
　　　行きました。

「～て」依照用法的不同，亦有不同的文法限制。

「初級4」第19課「句型1」所學習到的，就是②「繼起」的用法。如：「朝起きます」＋「新聞を　読みます」＝「朝　起きて、　新聞を　読みます」。

36

而本課的「句型 1」，則是學習①「附帶狀況」的用法，
「句型 3」則是學習③「原因理由」的用法。

◆ 「句型 2」的「～ないで」，則是「句型 1」附帶狀況的否定。
「句型 4」的「～なくて」，則是「句型 3」原因理由的否定。

單　字

◆ 以下補充本課學習到的動詞之動詞原形及其種類以及語調：

・塗る（I/0）　　剥ぐ（I/1）　　温める（II/4）　　つける（II/2）
　振る（I/0）　　去る（I/1）　　差す（I/1）　　　締める（II/2）
　散る（I/0）　　眠る（I/0）　　悩む（I/2）　　　味わう（I/3 或 0）
　受かる（I/2）

・就職（III/0）　　安心（III/0）　　着用（III/0）　　ご馳走（III/0）

・飛び出す（I/3）　　亡くなる（I/0）　　ほっと（III/0）
　びっくり（III/3）　　がっかり（III/3）　　清々（III/3）

◆ 所謂的「附帶狀況」，指的就是 A、B 兩句的動作，是同時發生、同時進行的，且 A 動作是附隨著 B 動作而施行的。A 句與 B 句的動作主體為同一人，且為意志性的動作。

・立って、　おしゃべり**を**　した。（⇒立ったまま）
・窓を　開けて、　寝ました。（⇒窓を　開けたまま）

若 A 的動作是像上述兩個例句這樣，「做了一次 A 動作之後就保持狀態」的，則依語境亦可替換為「進階 4」第 46 課即將學習的「～たまま」。

・教科書を　見て、　答えて　ください。（⇒教科書を　見ながら）
・首相は　手を　振って、　去って　いきました。（⇒手を　振りながら）

若 A 的動作是像上例這樣，「一直重複做 A 動作」的，則亦可替換為「初級 3」第 15 課所學習到的「～ながら」。

36

◆ 本句型學習「～ないで」的兩種用法：第一種用法為「附帶狀況」的否定。也就是「句型 1」的否定講法。其意思為「在不做 A 的狀況之下，做 B；做 B 時，沒有附帶著 A 這個狀況」。練習 A 的第 1 小題、練習 B 的第 1 小題，即是練習這種用法。

◆ 「～ないで」的第二種用法為「二選一／取而代之」。其意思為「不做 A，取而代之，（選擇）做了 B」。練習 A 的第 2 小題、練習 B 的第 2 小題，即是練習這種用法。

句型3：動詞／形容詞＋て（原因）

◆ 所謂的「原因・理由」，指的就是 A 句為 B 句原因・理由。

　A、B 兩句的動作，是先後發生的（前因、後果）。

　A 句與 B 句的動作主體可以是同一人，也可以是不同人（大多都是不同人）。

　A 句與 B 句兩句當中，其中一句會是無意志動作，或者兩句都是無意志動作。

・赤ちゃんが急に泣き出して（無意志）、母親は慌てて抱き上げた（意志性）。
・悲しい話を聞いて（意志性）、涙がこぼれ落ちた（無意志）。

　本課僅學習後句為無意志表現的用法。

◆ A 句部分的原因・理由，可以是動詞，亦可以是形容詞。此用法亦可替換為第 15 課「句型 3」學習到的「〜から」，或「進階 3」第 39 課即將學習到的「〜ので」

◆ 表原因・理由的「〜て」，其 B 句後面不可使用「命令、請求、邀約、許可」，或是「說話者的意志表現」。但「〜から」或「〜ので」並無這個限制，因此若後句使用到「命令、請求、邀約、許可」，或是說話者的意志表現時，可改為「〜から」或「〜ので」。

・（○）この　コーヒーは　苦くて、　飲めません（無意志）。
　（×）この　コーヒーは　苦くて、　砂糖を　入れます／入れましょう／
　　　　　　　　　　　　　　　　　　入れてください。
　（○）この　コーヒーは　苦いから／ので、砂糖を　入れます／
　　　　　　　　　　　　　　　　　　　入れましょう／
　　　　　　　　　　　　　　　　　　　入れてください。

◆ 表原因・理由的「〜て」，其 A、B 兩句的因果關係為「非意圖性」所引起的，因此，B 句的結果，會有「不得已」的口吻。

・（○）これは　重くて、　一人では　持てません。

（一個人拿不動，為不得已的口吻）

（×）これは　軽くて、　一人でも　持てます。

（並非不得已的口吻）

・（○）値段が　高くて、　買えません。

（×）値段が　安くて、　買えます。

正因如此，本項文法的練習，Ｂ句多使用「びっくりする」、「残念です」以及「可能動詞的否定」來表達其「不得已」的口吻。

句型 4：動詞／形容詞＋なくて

◆ 本文法學習「～なくて」的兩種用法：第一種用法為「原因・理由」的否定。也就是「句型 3」的否定講法。前句除了可以是動詞以外，亦可使用形容詞或名詞。後句多為表達說話者的感情、狀態、以及可能動詞的否定。

◆ 前面接續名詞或ナ形容詞時，經常於「で」的後方加入表對比的副助詞「は」。

◆ 「～なくて」的第二種用法為「非Ａ，而是Ｂ」的意思。前面僅可接續名詞。經常於「で」的後方加入表對比的副助詞「は」。此用法已於「初級 1」第 2 課的「句型 4」學習過，因此不再重複學習。授課老師可以適時提醒或複習。

 ・彼は、　中国人ではなくて　台湾人です。
 ・アメリカの　首都は、　ニューヨークではなくて　ワシントンです。

◆ 「～ないで」的前面只能接續動詞，而「～なくて」的前面除了可以接續動詞以外，亦可接續名詞、形容詞。

 此外，兩者能夠使用的語境也不同。少數兩者能夠替換的情況，不屬於本課教學範圍，故省略不提。

◆　「ジャムを　塗って　食べても　いいですが、　塗らないで　食べた　ほう
が　食材本来の　味が　味わえて　美味しいですよ」這句話使用到本課學習的附
帶狀況及其否定的進階複合表現。

　　・ジャムを　塗って　食べる。（附帶狀況）＋「〜ても　いいです」
　　→ジャムを　塗って　食べても　いいです。

　　・ジャムを　塗らないで　食べる。（附帶狀況的否定）＋「〜たほうが、〜」
　　→ジャムを　塗らないで　食べたほうが、〜

最後部分的「食材本来の　味が　味わえて　美味しいです」，則是原因・理
由的用法。（因為可以嚐到食材本身的味道，因此很好吃。）

授課時，可以分階段拆解給學習者了解。

◆　第 29 課的本文，學習了「ぜひ」的用法。這裡則是與「〜てほしい／たい」一
起使用的語境。老師可多舉幾個「〜ぜひ　〜てほしい」（希望對方做）、「〜ぜ
ひ　〜たい」（自己想要做）的例句。

　　・ぜひ　会って　ほしい　人が　いるんです。
　　・ぜひ　あの　映画を　見たいです。

第 37 課

日本で　暮らそうと　思って　います。

學習重點

◆ 本課學習日文中的另一種名詞子句。

　　我們曾經在「初級 4」第 23 課，學習了「～のは」、「～のが」、「～のを」、「～のに」這種形式的名詞子句。此形式，是將一個「肯定句」或「否定句」加上形式名詞「の」後，作為一個名詞子句放入「は」、「が」、「を」、「に」等助詞的前方來當作是補語（車廂）的形式。

　　而本課要學習的，則是將一個「疑問句」作為名詞子句，放入助詞的前方（作為一個車廂）。

◆ 「句型 1」的「～か」，是將「含有疑問詞」的疑問句放入，來作為名詞子句。「句型 2」的「～かどうか」，則是將「不含疑問詞」的疑問句放入，來作為名詞子句。

　　無論是「句型 1」還是「句型 2」，句尾的語彙多為「覚える、忘れる、知る、わかる、見る、聞く、考える、調べる、教える、聞く、相談する…」等表思考、知覺及言語活動的動詞，或者是「重要だ、大事だ、大切だ、心配だ…」等表說話者評價的形容詞。

◆ 「句型 4」則是學習「意向形（よ）う＋と　思って　います」來表達說話者意志的用法。

◆ 以下補充本課學習到的動詞之動詞原形及其種類以及語調：

・推測（III/O）　　早退（III/O）　　　操作（III/1）　　安定（III/O）
　申請（III/O）　　上陸（III/O）

・繋がる（I/O）　　確かめる（II/4）　　解く（I/1）　　合う（I/1）
　動かす（I/3）

◆ 欲將一個「疑問句」作為名詞子句擺在句中時，它有可能是擺在「が格」的位置，亦有可能是擺在「を格」、或者其他格位。就有如課本所介紹的例句：

・| 時刻表 | を 　調べます。
| 新幹線は　何時に　着くか | を 　調べます。

　　上例就是將「新幹線は　何時に　着きますか」這個疑問句，擺在「を」格的位置來作為主要子句的動詞「調べます」之目的語（受詞）。這種表現，在日文中又稱為「埋め込み表現」。

　　這種名詞子句，其格助詞部分無論是「が」、「を」、還是「について」（第 26 課「句型 4」），都可以省略，亦可不省略。

◆ 「句型 1」學習將一個「含有疑問詞」的疑問句放入，來作為名詞子句。此時使用「～か」。

◆ 本句型亦於練習 A 的第 2 小題練習「～たら　いいか、　教えて　ください」的固定句型講法。「～たら　いいですか」用於「説話者請他人給予自己意見」，曾於第 33 課「句型 1」「～て　おいたら　いい？」時出現過。可以先和同學複習一下。

◆ 本句型延續上一個句型，學習將一個「不含疑問詞」的疑問句放入，來作為名詞子句。此時使用「～かどうか」。

◆ 在此補充一點：「初級 4」第 23 課「のが」「のを」「のに」「のは」這種名詞子句的情況，助詞「が、を、に、は」一般不會省略，僅有口語時，偶會省略「が、を、は」，但「に」不可省略。且一定需要形式名詞「の」。

○ 私は映画を観るのが好きです。
○ 私は映画を観るの、好きです。

○ 私は財布を持ってくるのを忘れました。
○ 私は財布を持ってくるの、忘れました。

○ このはさみは花を切るのに使います。
× このはさみは花を切るの、使います。

○ 映画を観るのは楽しいです。
○ 映画を観るの、楽しいです。

但本課「句型 1」與「句型 2」的「～か」、「～かどうか」，則後方多會省略助詞（亦可不省略），且不使用形式名詞「の」。

此文法將原始句放入名詞子句的位置時，一樣需要使用常體。但由於沒有形式名詞「の」，故不需要比照形容詞子句修飾名詞時的規則，不需將「は」改為「が」。

○ 新幹線は何時に着くかを調べてください。
○ 新幹線は何時に着くか、調べてください。

○ その話は本当かどうかがわかりません。
○ その話は本当かどうか、わかりません。

◆ 有一種疑問句式的名詞子句，它並不屬於主要子句動詞（核心）的車廂（並非像上述這樣，是將子句插入「が」或「を」等格助詞的位置的），而純粹就只是用來補足語意而已，因此名詞子句的後方本來就不會有「格助詞」。這種情況，並不是省略了格助詞，而是本來就沒有。例如：

・|美味しいかどうか|（× が／× を…）、　食べて　みて　ください。
・|父は何を思ったか|（× が／× を…）、　突然　怒り出した。

　　正因這樣的名詞子句，其後方本來就沒有格助詞，因此本書建議教學時，一率採取省略格助詞的講法。遇到上述這種句子（「句型 2」最後一個例句）時，就可不必向學生過度解釋，以免造成學習者的慌張。

◆ 本課所學習的這兩種疑問句式的名詞子句，不只可以擺在格助詞「が」、「を」的前面，亦可擺在「に」、「で」等格助詞，甚至「について」、「によって」等複合格助詞的前方。

・商品の　値段は　|需要があるかどうか|で　決める。
・皆さん、　|この仮説に矛盾があるかどうか|に　注目して　ください。
・当社では　|英語ができるかどうか|によって　給料が　違う。
・|Ａ社の商品が腰の痛みにどのくらい効果があるのか|について　詳しく
　知りたい。

　　上述這種擺在「が」、「を」、「について」以外的其他格位的名詞子句，將會於中級篇才學習，這裡先不導入，以免造成學習者的負擔。

◆ 本句型學習「～て　みせる」的兩種用法，一為「單純描述做某動作給某人看」（練習Ａ第１小題），一為「表達自己有自信可以做得到的口氣」（練習Ａ第２小題）。

◆ 同時也導入「～て　みせて　ください」、「～て　みせて　くれませんか」等「請求對方做某動作」的進階複合表現。

　　一般而言，若沒有特別點名對象，就是做給說話者看：「盆踊りを　踊ってみせて　ください（跳給我看）」，若要明示對象，則可加上「に」格來表示：「ジャックさんに　盆踊りを　踊って　みせて　ください（跳給傑克看）」。

句型 4：～（よ）うと　思って　います

◆ 不同於「進階 1」第 25 課「句型 3」單純使用意向形「～（よ）う」，本句型則是配合「～と　思う」一起使用。意思為「說話者向聽話者表達自己的意志」。

若為「～（よ）うと　思う」的型態，則用於表達比較偏向「當場決定」的事情。不可使用於表達第三人稱的意志。否定型態為「～（よ）うと**は**　思わない」。

・今日は　出かけないで、ゆっくり　休もうと　思う。
・夏休みですか。海外旅行に　行こうと　思います。

若使用「～（よ）うと　思って　いる」的型態，則偏向說話者「在說話前，就已經下定好了決心，且意志現在還仍然持續不變」的意思。否定型態為「～（よ）うと**は**　思って　いない」。此外，「～（よ）うと　思って　いる」的型態亦可使用在表達第三人稱的意志。

・大人に　なったら、自分で　事業を　始めようと　思って　います。（自己）
・鈴木さんは　犬を　飼って　いるので、　郊外に　家を　建てようと　思って　いる。（第三人稱）

整理如下：

〜（よ）う　有聽話者存在	向對方提議、邀約
〜（よ）う　無聽話者存在・自言自語	內心獨白自己的意志
〜（よ）うと思う　有聽話者存在	向對方表達自己的意志（當場決定）
〜（よ）うと思っている　有聽話者存在	向對方表達自己的意志（之前決定，或長期以來的計畫）
	亦可用於向對方表達第三人稱的意思

本課為了不造成學習者的困擾，將不導入「～（よ）うと　思う」的型態，至於否定「～（よ）うとは　思わない／思って　いない」則是會等到中級篇才導入。

◆　「進階 1」第 26 課「句型 4」使用「普通形＋と思う」，表達的是說話者自己的「主觀判斷」或「意見」。這裡學的「意向形＋と思う」則是表示說話者向聽話者傳達自己的「意志」。

「行く　　（普通形）と思う」　　　翻譯接近於「我認為」。
「行こう（意向形）と思う」　　　　翻譯接近於「我打算」。
「行こう（意向形）と思っている」　翻譯接近於「我／他打算」。

・あの人も日本へ行くと思います。　　　我「認為」他也會去日本
・黄さんは明日田舎へ帰ると思います。　我「認為」黃同學明天會回鄉下去
・あの人は英語ができると思います。　　我「認為」他會英語

・私は東京大学に入ろうと思っています。　　　　我「打算」進東大
・あの人は日本料理を食べようと思っています。　他「打算」吃日本料理
・あなたは何の勉強をしようと思っていますか。　你「打算」學什麼呢

整理如下：

	人稱	思う	思っている
普 通 形＋と思う（判斷）	我	○（私は）日本語は簡単だと思う。 我認為／覺得日文很簡單	○（私は）日本語は簡単だと思っている。 我一直都認為／覺得日文很簡單
	第三人稱	×（彼は）日本語は簡単だと思う。	○（彼は）日本語は簡単だと思っている。 他（一直都）認為／覺得日文很簡單
意 向 形＋と思う（意志）	我	○（私は）海外旅行に行こうと思う。 我打算去國外旅行	○（私は）海外旅行に行こうと思っている。 我打算好／預計好要去國外旅行
	第三人稱	×（彼は）海外旅行に行こうと思う。	○（彼は）海外旅行に行こうと思っている。 他打算好／預計好要去國外旅行

本教材為避免學習者的恐慌，僅導入「進階 1」第 26 課「句型 4」使用第一人稱「普通形＋と思う」，以及本課的第一人稱與第三人稱＋「意向形＋と思っている」兩種形式，亦即上述顏色字體部分。

◆ 本文當中，出現了「それとも」與「あるいは」兩個接續詞，兩者使用情境不同。

　　「それとも」用於詢問對方「滿足某一條件時的要素為何」，因此若使用於「不需要詢問對方判斷的文脈」，則不可使用。例如隨堂測驗選擇題的第 6 題，因為不是在詢問對方確定要見，因此不可使用「それとも」。

・日本での　進学　（○）あるいは／（×）それとも　就職を　選んだ
　外国人留学生が　全体の　12% です。

◆ 文中的「あり」，為特殊活用的ラ行變格動詞，教學時，可以直接將「〜も有りです／だ」當作慣用表現教導即可。

第 38 課

はっきり　言わせて　ください。

學習重點

◆ 本課學習日文的使役形。從主動句改為使役句後，最大的特點，就是會增加一個格位（項），這是因為要將發號施令者明確標示出來的緣故。

　　・ ☐ 弟が　アメリカへ　行く（自動詞）
　　→父は　弟を　アメリカへ　行かせる。（多了「父は」這個格位）。

　　・ ☐ 弟が　ご飯を　食べる（他動詞）
　　→父は　弟に　ご飯を　食べさせる。（多了「父は」這個格位）。

◆ 改為使役句時，必須特別留意的，就是原本的動詞是「自動詞」還是「他動詞」。

　　「他動詞」的使役句，被役者必須使用「に」（子供に　宿題を　させる）。
　　「自動詞」的使役句，被役者會有使用「に」的情況，亦有使用「を」的情況。

　　一般針對初級學生的教學，偏向直接請學習者於自動詞的使役，被役者的部分就直接使用「を」。因此可以直接給學習者們以下的規則：

　　自動詞改使役時：〜は　被役者を　〜（さ）せる
　　他動詞改使役時：〜は　被役者に　〜を　〜（さ）せる
　　（例句可參考上面兩句）

◆ 關於上述的規則，以下補充說明，教學者了解即可，不需要特意向學生說明。

　　・吉田さんは　みんな（○を／×に）　笑わせた。（自動詞・無意志）

・彼は　妹（○を／×に）　泣かせた。（自動詞・無意志）

・父は　弟（○を／○に）　旅行に　行かせた。（自動詞・意志）

　　自動詞使役的對象若使用「に」，則會有「允許」的含義在。而如果這個自動詞本身是「無意志動詞」時，若還使用「尊重對方意願」的「に」，就會顯得很矛盾。例如「笑う」（無意志動詞）一例：「大家哈哈大笑」是無意志的動作，並不是「吉田先生允許大家笑，大家才笑」，而是吉田先生的話題很好笑，所以「誘發」了大家歡樂的感情。因此被役者「みんな」僅可使用「を」。「泣く」一詞同理，也是感情的誘發，因此被役者也是只能使用「を」。

　　而「行く」為意志動詞，因此可視語境需求，被役者可以使用「に」亦可使用「を」。使用「弟に　行かせた」表示弟弟想要去，而爸爸「允許」弟弟去。使用「弟を　行かせた」則表示爸爸不管弟弟的意願，送他去。

・冷凍庫で　氷を　凍らせる。（自動詞・無意志・無情物）

　　此外，上例的被役者部分「冰塊」為無情物，因此語境並不是「允許冰塊結凍，它才結凍的」。像這樣「被役者為無情物」的情況，亦只能使用「を」。

　　儘管被役者使用助詞「に」，含有「允許」的意思，但若我們在句子中使用含有「強制語意」的「副詞」（這裡為「無理矢理に」），則無論使役的對象是選擇「に」或「を」都會有強制的語意。無論選擇哪個助詞，都一定是「強制小孩去補習班」的意思。

・嫌がる　子供（○を／○に）　無理やり　塾へ　行かせる。

　　就如上述說明，正因為自動詞改使役句時，使役的對象若使用「に」，會有上述諸多問題產生，因此在教學上為避免初學者誤用，偏好直接要學生將自動詞的直述句改使役句時就使用「を」。

◆ 以下補充本課學習到的動詞之動詞原形及其種類以及語調：

・印刷（III/0）　　　遠慮（III/0）　　　妊娠（III/0）　　　出席（III/0）
　欠席（III/0）

・降ろす（I/2）　　　怒る（I/2）　　　黙る（I/2）　　　喋る（I/2）
　届ける（II/3）　　　着せる（II/0）

38

句型 1：使役形

◆ 本項文法先學習動詞形態上的變化，先不要導入使役者與被役者的助詞問題。關於助詞的問題，等到「句型 2」之後再導入。

◆ 「着させる、見させる」與「着せる、見せる」的不同：

「初級 3」第 17 課曾經學習過「見せる」這個動詞，建議老師可在「句型 1」這個地方導入「着せる」這個動詞。

「着せる」不會在後述的句型或者對話文中出現，但會於「隨堂練習」的第二大題第 3 小題中出現。

「着せる」與「見せる」這兩個動詞並非使役形，而是「三項他動詞」。這裡解釋二項他動詞「見る」「着る」改為使役形後，與這兩個三項他動詞，意思上有何不同：

「着る」、「見る」這兩個動詞為他動詞，若將其改為使役形，則分別為「着させる」、「見させる」。

・母は　　　妹に　　服を　着させる。
・先生は　生徒に　答えを　見させる。

上兩例的意思分別為：「媽媽叫妹妹穿衣服（做穿衣服這個動作的是妹妹）」、「老師讓／叫學生看答案（拿答案起來看的人是學生）」。

・母は　　　妹に　　服を　着せる。
・先生は　生徒に　答えを　見せる。

然而，「着せる」與「見せる」這兩個動詞只是一般他動詞，只不過它們需要

三個必須補語「～は　～に　～を」，因此屬於三項動詞。它們並非使役形，因此作動作的人就是主語位置「～は」的人。

　　因此「着せる」「見せる」，做動作的人並不是妹妹也不是學生。也就是說，上兩句的意思分別為：「媽媽拿起衣服，穿在妹妹身上（媽媽做動作）」、「老師秀出答案給學生看（老師做動作）」。

　　・人形に　服を　着せる。

　　因此，當你幫娃娃穿衣服時，就只能使用「着せる」一詞，除非是在演恐怖片，否則不會使用「着させる」（叫娃娃自己動手穿衣服）。此例句將會於「隨堂練習」的第二大題第 3 小題出現。

38

◆ 教學時，可以先列出以下的規則：

自動詞改使役時：～は　被役者を　～（さ）せる
他動詞改使役時：～は　被役者に　～を　～（さ）せる

使用「他動詞」的例句。由於他動詞的主動句中，原本就會使用到「～を」來表達動作的受詞，因此轉為使役句時，受詞部分仍然保有使用「～を」。

但自動詞當中，卻有一種表達「通過‧移動領域的自動詞」這種自動詞在主動句中，也是使用「～を」來表達通過‧移動的領域、場所。這種動詞我們曾經在「初級 3」第 14 課的「句型 2」學習過：

‧公園を　散歩する
‧橋を　渡る

像是這些原本主動句中，就會使用到「～を」的句子，改為使役句時，動作者（被役者）就會使用助詞「～に」。這是為了要避免日文中出現了兩個「～を」（雙重ヲ格）。

‧子供に　公園を　散歩させる
‧子供に　橋を　渡らせる

因此「句型 1」這裡，除了介紹「他動詞」改使役的例子（前兩句例句）以外，亦學習「表離脫、經過、移動語意的自動詞」改為使役的例子（第三第四句例句）。

◆ 「句型 3」這裡，學習「表離脫、經過、移動語意」「以外」的自動詞的例句。這裡改成使役句時，可直接教導學生，在被役者的部分就使用「を」即可。不需介紹前述提及的「強制使役」或者「許容使役」的差別，以免學生搞混。

◆ 此外，本項文法還介紹了「笑う」、「泣く」這種無意志性自動詞的使役。

「笑う」、「泣く」等字詞，由於用來表達情感的流露，因此動作者（被役者）無法克制自己做或不做，會真情流露地就哭出來，笑出來。這些動詞改為使役句後，意思就是發號施令者「誘發」了動作者（被役者）做出了這種動作（動作者情不自禁地真情流露），並非「強制」某人哭泣，或是「允許」某人歡笑。

除了感情類的詞彙以外，這裡也會學習「不小心」做了某事的講法。例如不小心把女友的肚子搞大（妊娠させる）、不小心讓小孩出車禍（事故に　遭わせる）...等。這種算是「責任」使役文。練習 A 的第 2 小題就是練習「誘發使役」與「責任使役」的用法。

38

◆ 補充說明關於「～（さ）せる」與「～てもらう」：

・太郎は　花子を　食事会に　来させた。（太郎讓／叫花子來餐會。）
・太郎は　花子に　食事会に　来てもらった。（太郎請花子來餐會。）

本項文法學習到的使役，僅是描述太郎「命令、強制或者允許」花子來餐會，語感上較無尊重到花子本人的意願。但若使用「進階 1」第 30 課「句型 2」所學習到的「～てもらう」，則除了語感上有尊重花子來不來的意願之外呢，還含有「因為花子來，而一郎受到恩惠」的語感在。請留意，兩者句型動作者所使用的助詞不同。

◆ 本句型學習的「〜（さ）せて　ください」，意思是「說話者請對方（聽話者）允許自己（或被役者）做某事」。亦同時學習其否定「〜（さ）せないで　ください」的講法，意思是是「說話者請對方（聽話者）別讓自己（或被役者）做某事」。亦同時學習其口語常體「〜（さ）せて／（さ）せないで」的講法。

　動作者（被役者）應該使用「に」還是「を」，比照前兩個句型所學習到的規則。

◆ 關於移動動詞的請求句時，在日文中，習慣使用「他動詞」，而非使用「自動詞的使役」。

　例如「下計程車」，會講成「下ろして　ください」不會講成「降りさせて　ください」。讓我進去，會講成「部屋に　入れて　ください」而較少講「入らせて　ください」。被關在某空間時，也多講「出して　ください」（放我出去），而較少講「出させて　ください」。

　教學時，僅需針對這三個情況讓同學練習，並告知這是日文的表達習慣即可。

◆　「みんなを　困らせようと　思って　欠席して　いるんじゃないですけど。」

　　這句話使用到目前為止學習到的，較多句型的複合表現，有必要單獨提出來說明。

　　本課所學習到的責任使役「みんなを　困らせる」，加上第 37 課所學習到的，說話者向聽話者表明自己意志的「～（よ）うと　思います」，複合為「みんなを　困らせようと　思います」。再將這句作為表理由副詞子句，來說明缺席的理由。

　　・「みんなを　困らせようと　思って、　欠席している」。（缺席的理由，是為了讓大家困擾）

　　最後使用「～んじゃないです」（んです「のだ文」的否定），來「說明」並非出自這樣的理由。而這樣的否定形式，是本書第一次出現。

◆　否定，分為「一般的否定」，以及「のではない」的否定。這兩種合定有意思上的不同。這裡僅補充給教學者知道，除非學生提及，不然不需特別說明。

　　・鈴木さんが　来なかった（一般否定）
　　・鈴木さんが　来たのではない（のではない否定）

　　一般的否定就單純說明事件沒發生，而「のではない」否定，是聚焦於句子的一部分的否定。例如「鈴木さんが　来たのではない」，就含義著，並非「鈴木來」，而是別人來。

　　因此課文中的「みんなを困らせようと思って、欠席しているんじゃない」就含義著，缺席的理由，並非「想讓大家困擾」，而是隱含著「還有其他理由」的含義在。而其他的理由，正是後述的「理事長的做事獨斷的風格」。

◆ 「理事長が　ああですから」當中的「ああ」，用來指前述說話的內容。這裡是指「理事長は　何でも　自分で　決めちゃう」這件事。

第 39 課

こんなに　忙しいのに、　ごめんね。

39

學習重點

◆　本課主要學習表原因理由的「ので」以及表逆接的「のに」。兩者放在同一課，是因為接續上兩者相似。

　　「ので」雖然前方也可以接續「〜ます」形，但一般日本語教育採用僅接續常體的教學方式。至於「のに」前方就只可接續常體。因此在這一課，老師可以直接教導告訴學生：「這兩個句型的接續方式一樣，前方都是使用常體句」。而「名詞」與「ナ形容詞」「現在式」時，要使用「〜なので／〜なのに」。

◆　「進階2」第32課所學習到的「〜ても」雖然也是「逆接」，但它前方可以是「假設性的」。而本課的「〜のに」，前方則是一個「確定的事實」。

單　字

◆　以下補充本課學習到的動詞之動詞原形及其種類以及語調：

・ねだる（I/1 或 0）　　　間違う（I/3）　　　溢れる（II/3）　　　失礼（III/2）

◆ 本句型「〜ので」與「初級 3」第 15 課「句型 3」所學習到的「〜から」，都可以用於表達前後兩句的因果關係。以「Aので、B」的形式，來表達「A為引發B這件事情、狀況或動作的原因、理由」。

　　由於「〜ので」本身口吻的關係，因此主要子句多為「請求」或「辯解」的情況，亦可用於和緩地「拒絕」他人時，述說拒絕的理由。

◆ 「〜ので」經常與表請求的「〜て　もらえますか」一起使用。「〜て　もらえますか」源自於「進階 1」第 30 課「句型 2」的「〜て　もらいます」改為可能形的型態。以可能疑問句的方式來「詢問對方，是否能為自己做某事」。

◆ 「〜ので」在口語對話中，經常使用縮約形「〜んで」的形式。這點與「〜のだ（のです）」縮約為「〜んです」一樣，都屬於母音 0 脫落的口語形式。授課時亦可多練習此種形式。

◆ 「〜ので」原則上前方接續名詞修飾形，但若使用於禮貌、尊敬的語境，前方亦可接續「〜です／〜ます」等敬體形式，但本教材「不導入前接敬體」的情況，僅導入下列顏色字體部分前接常體的情況。以下整理的接續方式僅是補充給教學者：

| | 〜から | | 〜ので | |
	敬體	常體	敬體	常體
動詞	寝ましたから	寝たから	行きますので	行くので
イ形容詞	危ないですから	危ないから	忙しいですので	忙しいので
ナ形容詞	好きですから	好き**だ**から	元気ですので	元気**な**ので
名詞	誕生日ですから	誕生日**だ**から	休みですので	休み**な**ので

◆　「〜から」與「〜ので」的異同：

　　一般而言，「〜から」偏向「主觀陳述原因理由」，而「〜ので」則是偏向「客觀陳述自然形成的因果關係」，且口氣較客氣。「〜ので」口吻中，抑制了說話者的主觀想法，因此對聽話者來說，口氣比較沒有這麼強烈，所以較常使用於「請求」及「辯解」時。

・用事が　あるので、　お先に　失礼します。
・英語が　わからないので、　日本語で　話して　いただけませんか。

◆　由於「ので」屬於比較緩和的表達方式，所以在後句（B 的部分），都不會使用「命令」以及「禁止」的形式，但「〜から」則無此限制。

・（×）危ないので、機械に　触るな。
・（○）危ないから、機械に　触るな。

　　若後句為「〜て　ください」等請求的形式，則可以使用「〜ので」。

・（○）危ないので、　機械に　触らないで　ください。

39

◆　「〜から」的前方可以接續第 26 課學習到的「でしょう／だろう」及第 34 課學習到的「〜んです／のです」，但「ので」不行。這依然是從屬子句的從屬度問題。

　　「〜から」屬於「從屬度低」的子句，而「〜ので」則是屬於「從屬度中等」的子句。

・（○）道が　込んで　いる**だろう**から、　早めに　出発しよう。
・（×）道が　込んで　いる**だろう**ので、　早めに　出発しよう。

・（○）あの人は　先生な**ん**だから、　知って　いると　思います。
・（×）あの人は　先生な**ん**なので、　知って　いると　思います。

◆　「～から」可與其他助詞並用，如「～からは」「～からに」「～からには」「～からか」，而「～ので」則不能有「（×）～のでは」「（×）～のでに」「（×）～のでには」「（×）～のでか」的表達方式。

句型 2：形容詞／名詞＋ので

◆ 「進階 2」第 36 課「句型 3」與「句型 4」學習到了「〜て」亦可表達原因理由，因此部分情況也可以與本句型「〜ので」替換（參考練習 A 第 1 小題）。

　　就有如第 36 課的說明，「〜て」表原因理由時，「後方不可使用命令、請求、邀約、許可，或是說話者的意志表現」。因此若主要子句（後句）有此種表現，就僅可使用本課的句型「〜ので」。練習 A 的第 2 小題就是練習只能使用「ので」而不能使用「〜て」的情況。

　　至於練習 A 的第 2 小題，因為後句都是表狀態，或者表能力的否定，這些本身就屬於無意志表現，因此「〜ので」與「〜て」兩者都可使用。

39

句型 3：動詞＋のに

◆ 「～のに」與「進階 2」第 32 課所學習到的「～ても」類似，都用於表達「逆接」表現。以「A のに、B」的形式來表達「一般而言，原本 A 這句話成立，照理說應該會是…的狀況的，但卻不是」。

◆ 「～のに」與「～ても」的不同點在於，「～ても」前方的敘述為「假設性的」（因此「～ても」可與「たとえ、もし」…等表假設的副詞並用），而「～のに」前方的敘述是為「確定的、事實的」，因此這兩者所使用的語境是不同的。

◆ 「～のに」的前方（從屬子句）可以是「現在式」、亦可以是「過去式」。且「～のに」多半帶有說話者「驚訝、不滿」的語氣在。

◆ 「～のに」的後方（主要子句）不可接續說話者的「命令、勧誘、許可、希望」…等表現，但「～ても」無此限制。

- ・（×）雨が　降るのに　出かけましょう。
- ・（○）雨が　降っても　出かけましょう。

◆ 「～のに」的後方（主要子句）亦不可以有疑問句，除非使用「～んですか」的方式。

- ・（×）雨が　降っているのに、　出かけますか。
- ・（○）雨が　降っているのに、　出かけるんですか。

　　這是因為「んですか」並非單純的問句，並非單純詢問對方有沒有要出門，而是「對於打算動身出門的人，問話者感到訝異」，進而提出的驚訝口氣。口吻類似「什麼？下大雨你居然要出門？」...與其說是「疑問句」，倒不如是在帶出說話者驚訝的口氣。

◆ 雖說「～のに」的後方（主要子句）不可以說話者「的命令、勧誘、許可、希望」…等表現，但可以有禁止「～な」的口氣。但因使用的情況較為侷限，因此表現本教材不導入。

- （○）雨が　降っているのに　外で　遊ぶな。

◆ 本句型專注於練習「～のに」前方接續形容詞與名詞時的情況。前接普通形。但若前方為「ナ形容詞」或「名詞」的現在肯定時，則必須使用「～なのに」的形式。

◆ 練習 B 第 2 小題練習回答者「僅回答理由」的回答方式。

◆ 練習 B 第 1 小題的問題⑤「観光客で　溢れて　いる」當中的「で」，用於表達「內容物」。表某個場所「充滿著」某項物品。因此後接的述語多為「溢れる」、「いっぱいだ」、「満たされる」等表充滿語意的詞彙。

・会場が　人で　いっぱいです／いっぱいに　なる。
・心が　幸せな　気分で　満たされて　いる。

教學時，僅需稍微提及用法即可，現階段不需多做練習。

◆　「～が　する」用於表達「有⋯的感覺」。前面可接續的詞彙有限，大多只能為「匂い（氣味）、香り（香味）、味（味道）、音（聲音）、感じ（感覺）、気（情緒感覺）、寒気（發冷）、吐き気（噁心感）」等表感覺、知覺類的名詞。

・変な　においが　しますね。　なんだろう。
・隣の　部屋で　音が　します。　誰か　いるようですね。
・これ何？　すごく　変な味が　する。
・どこかで　子犬の　鳴き声が　しない？

　　本課僅學習「吐き気が　する」一詞，老師可當作是一種慣用表現導入，若學生程度較好，也可花些時間介紹上述其他講法。

◆　「～気味」意指「雖然程度不強，但呈現出了某種徵候、跡象」。多用於不好的場合。能使用的詞彙不多，多半侷限於幾個常見的慣用用法，如「疲れ気味、緊張気味、上がり気味、下がり気味、太り気味、遅れ気味、風邪気味、不足気味⋯」等。

　　本課僅學習「風邪気味」一詞，請授課老師將其作為固定表現導入即可。

◆　看醫生的日文為「医者に　診て　もらう」，要注意台灣人常常會直譯，誤用為「医者を　診る」。

39

第 40 課

何も　して　あげない　つもりです。

◆ 本課學習表「一般條件」的「～と」，以及其否定型態「～ないと」的用法。此外，本課也教導表目的的「～ために」與表意志的「～つもりだ」的用法。

　　建議指導「～と」時，以「使用的語境」著手，別過度強調與之前學習的「～たら」之間的異同以及互換，以免帶給學生過多的壓力。

單字

◆ 以下補充本課學習到的動詞之動詞原形及其種類以及語調：

- 聴く（I/0）　　育つ（I/2）　　生きる（II/2）　　戦う（I/0）
  祝う（I/2）　　溶ける（II/2）　　生える（II/2）　　売り切れる（II/4）

- 沸騰（III/0）　　後悔（III/1）　　転落（III/0）　　設置（III/0）
  同棲（III/0）　　移住（III/0）　　取得（III/0）　　発生（III/0）
  再就職（III/3）

- タップ（III/1）　　クリック（III/2 或 1）　　ログイン（III/3）
  プレゼント（III/2）

◆ 「Ａと、Ｂ」可用於表達「一般條件」以及「反覆條件」。

所謂的「一般條件」，指的就是像「自然或科學法則」這樣，「只要一發生Ａ／只要做了Ａ這個動作，Ｂ這件事情一定就會跟著發生／會變成這樣的狀態」。

至於「反覆條件」則是像習慣這樣，也是「只要一發生Ａ／只要做了Ａ這個動作，Ｂ這件事情一定就會跟著發生／會變成這樣的狀態」。

「一般條件」與「反覆條件」的不同，在於後者指的是「特定個人」的行為習慣，而前者並非特定個人，而是世間人或物的一般常態。

・夏に　なると　暑く　なる。（一般條件）
・父は　毎年　夏に　なると　ハワイへ　行く。（反覆條件）

本文法主要學習「一般條件」，偶會出現幾個「反覆條件」的例句，老師教學時，可以不必特意去區分這兩者。

◆ 由於「〜と」含有「每次只要遇到這個狀況就會有這個結果」的含義，因此不可用於表達「單一性、一次性」的事件。後句Ｂ的部分只可使用現在式（非過去）。此外，後句亦可使用形容詞（練習 A 第 2 小題）。

◆ 表「一般條件」的「〜と」，後句不能有說話者的「意志、命令、勸誘、許可、希望…」等表現。如果後句欲使用含有說話者的「意志、命令、勸誘、許可、希望…」，則必須要改用第 31 課所學習到的「〜たら」。

・（×）桜が　咲くと、　花見に　行くつもりです。
・（○）桜が　咲いたら、　花見に　行くつもりです。

40

・（×）食事が　できると、　呼んで　ください。
・（○）食事が　できたら、　呼んで　ください。

上述將「〜と」改成「〜たら」的兩句話，為「〜たら」表「確定條件」的用法。

◆「春に　なったら、　花が　咲きます」，亦可改寫為本項文法「春に　なると、花が　咲きます」。因為這句話的後句（主要子句）「花が　咲きます」是無意志的表現，因此亦可使用「〜と」，兩者意思無太大的差別。

◆ 順道補充，表「反覆條件」的「〜と」，若是使用第三人稱的反覆動作，則後句可以使用動作者的意志表現。因為他人的動作，對於說話者而言，仍是無法操控的無意志行為。

・父は　夏に　なると　ハワイへ　行く。

爸爸每年夏天都會去夏威夷，雖然爸爸去夏威夷是爸爸意志性的動作，但卻是「我（說話者）」無法掌控的事情。

◆「〜と」亦可用來表「警告」。用於警告若是聽話者做了某動作，則說話者就要採取某種動作。這種情況「前後句的動作者就可以是不同人」，因此後句可以有意志性的表現。

・動くな。　動くと撃つぞ。（「你」動「我」就射殺你。）
・近づくと　殺すぞ。（「你」接近「我」就殺你。）
・それ、　食べると　死んじゃうよ。（「你」吃掉「你」會死掉）

「警告」的用法本課不教，但老師可以帶入。在本書最後的綜合練習第一大題第 19 題會出現：「お金を　出せ。　出さないと　殺すぞ。」的例句。

◆ 練習 A 第 1 小題的最後一句例句「勉強が　できなく　なる」用於表達狀況的轉變，從「原本可以讀書」，變成「無法讀書」的狀況。這裡可以稍微解釋意思，不需多加練習。待「進階 4」第 44 課學習轉變「ように　なる」時，就會同時導入此用法。

◆ 「～ないと」的後方多半伴隨著「負面評價」的表現，以「A ないと、B」來表達「如果 A 沒成立，則就會帶來 B 這種不好的後果」，藉以警告、勸誡聽話者去做 A 動作。練習 A 的第 1 小題就是練習這種講法。

◆ 「～ないと」的後方若使用否定表現，以「A ないと、B ない」的形式，則表達「A 如果沒發生／不成立，那麼 B 也不會發生」。亦是用來警告、勸誡聽話者去做 A 動作。練習 A 的第 2 小題就是練習這種講法。

◆ 「～ないと　だめです／いけません」，則是固定的表達方式，意思就類似「～なければ　なりません」，用來表達這件事情為「義務」以及其「必要性」。練習 A 的第 3 小題就是練習這種講法。

40

◆ 「〜ために」用於表「目的」。前接「動詞原形」或「名詞」，表「為了達到某目的，而做了後述事項」。

◆ 「〜ために」亦可用於表「利益」。前接表「機關團體」或「某人」的「名詞」，表「為了此人／該團體的利益」。

◆ 本項文法「〜ために」與下一冊「進階 4」第 44 課即將學習的「〜ように」，都可用於表達「目的」。原則上，「〜ために」前接意志動詞；「〜ように」前接無意志動詞，兩者不可替換。

　・大学に　合格する　ために、　毎日　勉強して　います。
　・大学に　合格できるように、　毎日　勉強して　います。

關於這點，教導這一課時不須提及「ように」的存在，待第 44 課再複習整理即可。

◆ 「ために」的前後句主語必須為同一人。

　・（×）兄が　留学するために、父は　一生懸命　貯金して　います。
　・（○）兄は　留学するために、　一生懸命　貯金して　います。

◆ 「〜ために」的前方鮮少接續否定。除非用於表達說話者「積極地想要使其實現」。因此本書並不教導「〜ないために」的講法。學習時，僅練習肯定句即可。

　・（○）戦争を　繰り返さないために、　平和教育に　力を　入れます。

若需要使用否定時，則多使用「〜ないように」，因此第 44 課將單獨把「〜ないように」提出一個文法來學習。

◆ 第 25 課「句型 3」在教導意向形時，曾經提及意向形「～（よ）う」，若使用於自言自語或內心獨白（沒有說話的對象），則用於表達說話者的「意志」（但此種用法第 25 課並沒帶入學習）。

就有如上述，意向形表達「意志」時，為「說話當下所做的決定」。與其不同的，本句型學習的「～つもりだ」所表達的「意志」，則是「說話前，老早就決定要做的事」。因此像下列這種當場決定的事情，就不可以使用「～つもりだ」。

・（×）あっ、　雨が　降り出した。　傘を　持って　いく　つもりです。
・（○）あっ、　雨が　降り出した。　傘を　持って　いこう。
　　　（自言自語時）

◆ 本冊「進階 3」第 37 課「句型 4」所學習到的「～（よ）うと　思って　いる」與本項文法一樣，都是用於表達「說話者先前」就已經下好的決定。兩者的差別在於「～つもりだ」的堅定程度較高。

此外，本句型「～つもりだ」前方可以接續肯定句或否定句，而「～（よ）うと　思って　いる」的前方僅能使用肯定句。

40

順道一提：「～（よ）うと　思って　いる」的否定型態為「～（よ）うとは　思って　いない」，屬於中級的範圍，現階段不需要教導給學生知道。

◆　「進階 2」第 35 課的本文，曾經學習到「ところで」，用來「提起一個與前方無關的新話題」時使用。除了上述轉換話題的用法以外，本課學習「話題中斷」的用法。

　　請參考第 35 課的本文描述。「ところで、　昼ご飯は　まだですよね」。這裡從「談論新房內的畫」，轉換成「要去吃午餐的話題」。前後兩者毫無相關。

　　但本課的「ところで」，則是「中斷呂先生做蛋糕的話題」，轉而詢問「林小姐要送什麼禮物的話題」。前後兩者仍是圍繞著同樣的主題：「生日禮物」在討論。

　　本課隨堂練習第二大題的第 6 小題，是複習第 35 課轉換話題的用法。

　　「ところで」有這兩種不同情境的用法，授課老師了解即可，不需特別提出來請學生分辨。

◆　「代わりに」用於描述「作為在前方被否決後的替代方案」，因此前方多為表否定的語境。

　　・何も　して　あげない　つもりです。　代わりに、　～

第 41 課

後ろから　頭を　殴られて ...。

◆ 本冊「進階3」的最後兩課，學習日文的「被動」。「被動」，日文稱作「受身」。日文的被動，可以分成「直接被動」、「間接被動」以及「所有物被動」三種。

本課學習「直接被動」以及「所有物被動」。第 42 課則是學習「直接被動」當中的「無情物被動」、「生產性動詞被動」以及「間接被動」。

◆ 所謂的「直接被動」，指的就是動作接受者是「直接」受到動作的影響，例如「A打B」，改為被動就是「B被A打」。像這樣的被動句，不需要增減任何補語（或者說是「項」、「車廂」）。關於「項」、「車廂」，請參考初級篇教師手冊第 4 課、第 22 課的說明。

「直接被動」與其相對應的主動句，描述的是同一件事情，只是站在不同的角度罷了。例如上例的主動句「A打B」，被動句「B被A打」，都是同一件事情，只不過前者站在 A 的角度敘事，後者站在 B 的角度敘事。

◆ 至於「間接被動」，就是動作的接受者（也就是受害者）是「間接」受到動作的影響，例如「A抽菸」，這個行為「影響到B」。因此會講「Bは　Aに　タバコを　吸われて、　困って　います」像這樣的被動句，因為要明確標出受害者 B，因此會增加一個補語（項）。

・Aは　タバコを　吸う。（主動句）
・Bは　Aに　タバコを　吸われる。（間接被動）

「間接被動」與其相對應的主動句，描述的就不是同一件事情。主動句描述 A

抽菸這個行為，間接被動則是描述 B 受害。

◆　「直接被動」本身並無「受益」或「受害」的語感在，但「間接被動」多用於表達「受害」的語意，因此日文又稱作是「迷惑の受け身」。

◆　「所有物被動」，指的就是以某人或某物品的擁有者，作為被動句主語的被動。

　　・Ａは　Ｂのスマホを　壊した。（主動句）
　　・Ｂは　Ａに　スマホを　壊された。（所有物被動）

　　「所有物被動」與其相對應的主動句，描述的是同一件事情。只是主動句以動作者的角度看事情，被動句以人或物品之擁有者的角度看事情。就這點，它很接近「直接被動」。但由於「所有物被動」必須將「物品」與「人」兩部份分拆開來，因此增加了一個補語（項），因此它又有「間接被動」的性質。因此「所有物被動」，可說是介於「直接被動」與「間接被動」之間的一種被動。

　　本課學習「直接被動」以及「所有物被動」。下一課則是學習「無情物被動」、「生產性動詞的被動」（這兩者亦屬於直接被動），以及「間接被動」。

◆ 以下補充本課學習到的動詞之動詞原形及其種類以及語調：

・叱る（I/0）　　褒める（II/2）　　噛む（I/1）　　刺す（I/1）
殺す（I/0）　　盗む（I/2）　　する（I/1）　　抱く（I/0）
撫でる（II/2）　　求める（II/3）　　いじめる（II/0）　　つねる（I/2）
パクる（I/2）　　捕まる（I/0）　　捕まえる（II/0）　　可愛がる（I/4）
引っ張る（I/3）

・反対（III/0）　　信頼（III/0）　　招待（III/1）　　注意（III/1）
没収（III/0）　　通報（III/0）　　命令（III/0）

・しっかり（III/3）　　話しかける（II/5）　　割り込む（I/3）
知り合う（I/3）

41

◆ 「主動句」與「直接被動句」，說穿了，就是兩個不同立場（視點）的人，依照自身的立場來講述同一件事。

例如下例的「老師罵太郎」，是站在老師的立場（視點）來描述事情，老師為主語。而若將其改為被動句，則變成「太郎被老師罵」，這是站在太郎的立場（視點）來描述事情，因此在被動句中，太郎為主語。但無論是「老師罵太郎」還是「太郎被老師罵」，都是在描述同一件事情。

　　・先生は　太郎を　叱った。
　　・太郎は　先生に　叱られた。

◆ 若動詞為「貸す、やる／くれる」等，本身有相對應語意的動詞「借りる、もらう」時，則不太會使用被動句，而是使用其相對應語意的動詞。

　　・田中さんは　鈴木さんに　本を　貸した。
　　→（×）鈴木さんは　田中さんに　本を　貸された。
　　→（○）鈴木さんは　田中さんに　本を　借りた。

◆ 「句型1」這裡先學習將動詞改為被動形，先不帶入助詞使用的問題。

◆ 「句型 2」這裡先學習「2 項動詞」的被動句，且「動作者」與「動作接受者」都是「人」。

主動句若為「Ａが　Ｂを　動詞」的形式，其被動句則改為，變成「Ｂが　Ａに　動詞（ら）れる」的形式。

・（主動句）先生が　太郎を　叱った。
　（被動句）太郎が　先生に　叱られた。

主動句若為「Ａが　Ｂに　動詞」的形式，其被動句依然與上述改法相同，變成「Ｂが　Ａに　動詞（ら）れる」的形式。

・（主動句）太郎が　花子に　キスした。
　（被動句）花子が　太郎に　キスされた。

◆ 上一段動詞及下一段動詞（グループ II ／二類動詞）之「被動形」的型態，與「可能形」長得一模一樣，光看動詞部分，無法辨別它到底是被動還是可能，必須從句子的構造來推測。

例如：句中同時有動作對象「～が（は）」以及動作者「～に」，兩人牽扯其中的，即為被動句。可能句只會描述一個人具備怎樣的能力，且可能句與被動句的基本構造不一樣。

可能句：
・太郎は　　刺身が　食べられます。（太郎敢吃生魚片。）
　太郎は　　刺身を　食べられます。（太郎敢吃生魚片。）
　太郎には　刺身が　食べられません。（太郎不敢吃生魚片。）

41

被動句：

・太郎は　怪獣に　　　　食べられました。（太郎被怪獸之掉了。）
　太郎は　怪獣に　足を　食べられました。（太郎被怪獸之掉了腳。）

◆ 「句型 3」這裡則是學習「3 項動詞」的被動。一樣「動作者」與「動作接受者」都是「人」。

「3 項動詞」的主動句，以「A が　B に　第三補語　動詞」的形式呈現，A 與 B 皆為人。若改為被動句，則為「B が　A に　第三補語　動詞」。

本課僅學習第三補語為，「～を」、「～と」或者「～に　ついて」三種，其他建議現階段先別導入教學。以下分別舉例上述三種情況：

主動句若為「A が　B に　～を　動詞」的形式，其被動句則為「B が　A に　～を　動詞（ら）れる」的形式。（「～を」的部分不變。）

・（主動句）太郎が　花子に　仕事を　頼んだ。
（被動句）花子が　太郎に　仕事を　頼まれた。

主動句若為「A が　B に　～と　動詞」的形式，其被動句則為「B が　A に　～と　動詞（ら）れる」的形式。（「～と」的部分不變。）

・（主動句）森さんが　私に　パーティーには　行かないと　言った。
（被動句）私は　森さんに　パーティーには　行かないと　言われた。

主動句若為「A が　B に　～に　ついて　動詞」的形式，其被動句則為「B が A に　～に　ついて　動詞（ら）れる」的形式。（「～に　ついて」的部分不變。）

・（主動句）外国人が　私に　日本文化に　ついて　聞きました。
（被動句）私は　外国人に　日本文化に　ついて　聞かれました。

◆ 上述提過，直接被動，就是以不同的立場，來講述同一件事情。以上「三項動詞」的被動例句，都是以接受者（B）的立場來做描述改成被動句。

但既然是「3 項動詞」，就表示亦可以從「第三補語」的立場來改為被動句。例如：

- （主動句）太郎が　花子に　仕事を　頼んだ。
  （被動句）花子が　太郎に　仕事を　頼まれた。
  （被動句）仕事は　太郎によって／から　花子に　頼まれた。

像這種從「第三補語」的立場來改為被動句時，動作主體就不是使用「～に」，而是使用「～に　よって」或「～から」。

「～に　よって」聚焦於動作施行者，「～から」則是聚焦於動作的移動。

- 太郎が　二郎に　花子を　紹介した
  二郎は　太郎に　花子を　紹介された
  花子は　太郎によって／から　二郎に　紹介された

- 太郎が　二郎に　時計を　渡した
  二郎が　太郎に　時計を　渡された
  時計は　太郎によって／から　二郎に　渡された

上述這種以「第三補語」為主語的被動句，本課並不會導入，以免造成學習者的恐慌。關於這點，教學者理解即可。

◆ 所謂的「所有物被動」，指的是接受動作影響的，並不是像直接被動這樣，是一整個人接受動作，而是這一個人的「身體的一部分」、「所有物」、又或者是「他的兒子、女兒、部下等從屬者」接受動作。

直接被動在主動句改被動句時，句型結構由「Ａが　Ｂを（に）」轉為「Ｂが Ａに」，轉變後仍然維持只有「Ａ」、「Ｂ」兩個補語（車廂）。然而，像是本句型中，句型結構會由「～Ａが　Ｂの　所屬物を（に）」，分拆成「Ａ」、「Ｂ」、「所屬物」三個補語，變成「Ｂが」、「Ａに」、「所屬物を」三個補語。

・（主動句）花子が　一郎の足を　　　　　踏んだ。
（被動句）一郎が　花子に　足を　　　　　踏まれた。

◆ 會改為「所有物被動」形式的，主要為「身體一部分」、「所有物」以及「從屬者、關係者」等三種情況。其中，「身體一部分」的語境，一定得使用本句型「所有物被動」，不可使用直接被動的形式。

・（主動句）　　　　花子が　　　一郎の足を　　　　　踏んだ。
（所有物被動）○ 一郎が　　　花子に　足を　　　　　踏まれた。
（直接被動）　× 一郎の足が　花子に　　　　　　　踏まれた。

但若為「所有物」或是「從屬者、關係者」的語境，則既可使用「所有物被動」的形式，亦可使用「直接被動」的形式。

・（主動句）　　　　　　一郎が　花子の手紙を　　　　読んだ。
（所有物被動）　○ 花子が　一郎に　手紙を　　　　讀まれた。
（直接被動）　　○ 花子の手紙が　一郎に　　　　　讀まれた。

41

173

- ・（主動句）　　　　　　　　先生が　私の息子を　　　　　　　　褒めた。
  （所有物被動）○ 私は　　先生に　息子を　　　　　　　褒められた。
  （直接被動）　○ 私の息子が　先生に　　　　　　　　　褒められた。

　　上述兩種情況，使用「所有物被動」形式時，語感上帶有主語（被⋯的人）「間接受到這件事情影響的成分比較高」（因為這件事情的發生，影響到主語這個人，使主語這個人感到困擾或者開心）。而使用「直接被動」時，語感上比較偏向「單純描述這一件事情」，與主語有無因此而感到困擾或開心無關。

◆ 關於對話文中的「その人」與「あの人」：

　　「指示」，除了「初級 1」學習過的「現場指示」以外，還有用來指示對話當中或者文章當中一部分的「文脈指示」。而「文脈指示」又可分為「言語文脈指示」與「記憶文脈指示」。

　　山田：確か　営業の　方で、　陳社長の　クラスメートだった　人よね？
　　　　　　知ってる！　以前　仕事を　頼まれた　ことが　ある。
　　小林：そうそう、　その人！　実はね、　彼に　デートに　誘われちゃったの。

　　這段對話當中的「その人」，屬於「言語文脈指示」，用來指示對方的發話內容。「そ」指前述發話中的「社長同學，曾經是我們客戶」的那段話。一般來說，「言語文脈指示」，多使用「そ～」系列的指示詞，少部分使用「こ～」系列的指示詞，本處就不再舉例。

　　山田：考えすぎよ。　あの人、　いい　人だから。

　　這部分的「あの人」，屬於「記憶文脈指示」。所謂的「記憶文脈指示」，指的就是「參照說話者與聽話者的兩者的長期記憶所進行的指示」。本段就是在參照「小林小姐以及三田小姐兩者的長期記憶當中，丹尼爾先生的為人」的這樣的一個記憶。一般來說，「記憶文脈指示」都使用「あ～」系列的指示詞。

　　「記憶文脈指示」多半是說話者也認為聽話者亦知曉的事實，因此即便事實上聽話者其實不知曉，但只要說話者有根據地認為聽話者可能知曉，就可以使用「あ～」系列的記憶文脈指示。

　　・先週行った　あの店、　覚えてる？

41

正因如此，當說話者想不起指示的名稱時，而他認為聽話者一定知道這個名稱時，就會使用「あ〜」系列的指示詞來詢問。

・あの人？　名前は　何だっけ？
・Ａ：おい、　いつも　使っている　あれは　どこに　やった？
　Ｂ：何？
　Ａ：だから　あれよ。　あの　長いの〜

　關於「言語文脈指示」與「記憶文脈指示」，這裡僅提出給教學者參考即可，授課時不需特別點出。

◆　「で、　行くの？」當中的「で」，為接續詞「それで」口語的講法。用於「催促對方繼續講述先前的話題」。意思是「那麼 ...」。

第 42 課

ここに　いられては　困ります。

◆　本課延續上一課的被動，前兩個句型學習「無情物被動」以及「生產性動詞被動」。這兩種被動亦是屬於「直接被動」。只不過與上一課 A 與 B 皆為「人」的被動不同，「無情物被動」以及「生產性動詞被動」都是以物（無情物）為主語的被動。

◆　最後兩個句型，則是學習「間接被動」。「句型 3」學習自動詞的間接被動，「句型 4」則是學習他動詞的間接被動。

單　字

◆　以下補充本課學習到的動詞之動詞原形及其種類以及語調：

- 放送（III/0）　　輸入（III/0）　　輸出（III/0）　　開発（III/0）
  設計（III/0）　　製造（III/0）　　建国（III/0）　　開催（III/0）
  外出（III/0）　　浮気（III/0）　　送信（III/0）　　完成（III/0）
  参拝（III/0）　　発見（III/0）　　発売（III/0）　　自動生成（III/4）

- 行う（I/0）　　進む（I/0）　　祀る（I/0 或 2）　　通る（I/1）
  固まる（I/0）　　泊まる（I/0）　　荒らす（I/0）
  落ち込む（I/0 或 3）　　居眠り（III/2 或 3）

42

句型 1: 無情物被動

◆ 所謂的「無情物被動」,其結構與用法就跟上一課的「直接被動」一樣。只不過直接被動中的「Ａが　Ｂを（に）」,Ａ、Ｂ兩個補語皆為「有情物（人）」,本句型要學習的「無情物被動」,Ｂ則為物品等「無情物」。

改為被動後,Ｂ這個「無情物」作為被動句的主語,因此得名「無情物被動」。

・（主動句）　　　世界中の人が　　　　この本を　読む。
　（無情物被動）この本は　　　　　世界中の人に　読まれている。

◆ 改為被動句後,「この本は」的「は」,即便使用「が」也並非不合文法,只是這裡透過主題化,將特定物「この本」明確作為句子的主題而已。關於主題化,請參考初級篇教師手冊第 5、6、7、10、11 等課。

◆ 需要特別注意的是,如果動詞為「作る、建てる、書く、発明する、発見する、制作する」…等含有「生產、發現語意」的動詞,則主動句「Ａが　Ｂを（に）」改為無情物被動時,會使用「Ｂが　Ａに　よって　動詞（ら）れる」的形式。「生產／發現者」會使用助詞「に　よって」。

・（主動句）　　　エジソンが　　　　　　　電球を　発明した。
　（無情物被動）電球は　　　　エジソンに　よって　発明された。

關於這一點,將會集中於「句型 2」,將其作為「生產性動詞被動」來練習。老師可等到教導「句型 2」時,在導入此一用法。

◆ 無情物被動中,若動作者不重要、或者不知道是誰,則多半會將其省略。

・誰かが　エジプトで　　　　　　　　　新しいピラミッドを　発見した。
　エジプトで　~~誰かによって~~　新しいピラミッドが　発見された。

・先生が　問題用紙を　学生の前に　　　　　　配りました。
　　問題用紙が　学生の前に　~~先生に~~　配られました。

　　正因「動作者」可以不必提及，因此「句型 1」這裡老師舉例教學時，亦可以使用上述的「生產性動詞」。「句型 1」的練習 B 當中，就不乏使用了生產性動詞的練習。但此階段可暫且先不導入「に　よって」。

・300 年前に　**誰かが**　この小説を　　　　　　　　　　書きました。
　300 年前に　　　　　　　この小説が　**~~誰かによって~~**　書かれました。
→この小説**は**　300 年前に　書かれました。

　　上述的操作方法，是將「この小説が」移至句首作為主題，因此改為「この小説は」。並省略的動作主體「～によって」的部分。

◆ 本句型亦導入「～と　言われて　いる」這種常見的固定表現。用於表達「一般廣為流傳的說法或評價」。練習 A 的第 2 小題就是練習這種用法。

42

句型 2： 生產性動詞被動

◆ 本句型專注練習生產性動詞的被動，並且教導動作者必須使用複合助詞「～によって」。關於生產性動詞的被動，已於「句型 1」說明，這裡不再贅述。

　　練習 B 的第 1 小題，練習「點明動作者」的用法。第 2 小題則是練習「省略動作者」的用法。

◆ 所謂的間接被動，指的就是「發生了一件事／某人做了一件事情，而這件事情間接影響到某人，使此人感到困惑，麻煩」。

然而，「間接被動」可不像「直接被動」這樣不需增減任何助詞。使用「間接被動」時，「被動句」會比「主動句」多出一個「格（名詞＋助詞）」。這是因為「間接被動」多半帶有受害的語意在，為了明確點出承受動作的人（即受害者），因此必須將此人明確講出來，才會多出一個格。

此外，還有一個要點，就是加害主體都必須使用表示對象的助詞「に」。

・（主動句）　☐　　雨が　降った。
　（被動句）太郎が　雨に　降られた。

如上例，主動句為「下雨」。而這一件事情間接影響到了「太郎」的出行，因此必須將「太郎」特別點出，作為間接被動的主語。

「句型 3」這裡學習「自動詞」的間接被動，「句型 4」則是學習「他動詞」的間接被動。

◆ 講述有關於「天氣」的間接被動，又稱作是「氣象受動文」。能夠使用間接被動來表達關於氣象的，只有「降る（降られる）」以及「吹く（吹かれる）」兩者而已。因此練習 A 的第 1 小題只有「雨／雪に　降られる」、「風に　吹かれる」兩句可這樣使用。其他表氣象的表現，無法使用間接被動來表達：

・（×）太郎は　雷に　鳴られる。
　（×）太郎は　空に　曇られる。

42

◆ 由於間接被動多半帶有主語感到困擾、受害的語意，因此練習 A 的第 2、3 小題，以「大変だった」、「困ります」等詞彙來做練習。

◆ 練習 A 的第 3 小題，練習「ただでさえ　（忙しい）のに、　〜ては　（困ります）」的固定慣用表現。

「ただでさえ」為連語，用於表達「本來就已經夠 ... 了，還 ...」。後方經常與帶有不滿語氣的「〜のに」（第 39 課「句型 3」）一起使用。

本句型這裡使用固定的「ただでさえ　忙しいのに」的形式來練習。

「〜ては」，用於表達「假說條件」，後方多接續不好的事態。本句型直接以「〜ては　困ります」的固定形式來練習。「A ては、　困ります」的意思是「如果做了 A 這件事／A 這件事情發生，會導致我很困擾」。

整個固定句型的意思就是：「本來就已經夠忙了，如果還（被）... 的話，我會很困擾」。

◆ 練習 B 則是學習間接被動與「進階 2」第 33 課「句型」4 表遺憾、懊悔的「〜て　しまう」一起使用的進階複合表現。以「〜（ら）れて　しまった」的形式來表達「這件事的發生，間接導致了說話者的遺憾、懊悔之情」。

◆ 延續上個句型，本句型學習「他動詞」的間接被動。

- （主動句） ┌──────┐ カラスが　ゴミを　荒らす。
  （被動句）住民が　カラスに　ゴミを　荒らされる。

他動詞的間接被動，與自動詞的間接被動用法相同，都是一件事情的發生，間接導致某人受害。若動作者（加害者）不重要、沒必要點出、或者不知道是誰，亦可省略。

- （主動）　　　誰かが　電気を　消します。
  （被動）私は　~~誰かに~~　電気を　消されます。
- 急に　電気を　消されたので、　びっくりしました。

就像上例一樣，加害者不知道是誰，不知道是誰關燈的，因此可以省略掉。

◆ 若有學習者詢問「電気を　消された」與「電気が　消された」有何不同，就可以解釋說，前者為本句型學習的間接被動，後者為本課「句型1」學習的「無情物被動」，屬於直接被動的一種。

- （主動句）　　　誰かが　　　　電気を　消した。
  （無情物被動）電気が（は）　~~誰かに~~　消された。

間接被動「電気を　消された」帶有受害的語意，無情物被動（直接被動）「電気が　消された」則無受害的含義。

42

◆ 「あれが　東京スカイツリーです」的「〜が」，為「排他（總記）」的「〜が」。用來強調「（別的不是）那個正是東京晴空塔。」

　　「〜が」的用法，分為「中立敘述」與「排他（總記）」，更詳細的說明，可參閱本社出版的《你以為你懂，但其實你不懂的日語文法 Q&A》進階篇的 Q61 〜 Q66。

◆ 「私たちの　真正面に　あるのは　雷門です」為強調構句，其原句為「雷門は　私たちの　真正面に　あります」。關於強調構句，將會於中級篇才會導入。這裡僅先當作特殊用法請學生記住即可。

◆ 「この　通りは　「仲見世通り」と　言って、〜」，此為「Aは　Bと　言います」的句型，使用中止形的講法。請參考本教師手冊第 29 課「句型 4」的說明。

第 43 課

硬すぎて、 噛みにくいです。

學習重點

◆ 本課主要學習難易構文「〜やすい」、「〜にくい」以及程度太超過的「〜すぎます／すぎです」。

　難易構文「〜やすい」、「〜にくい」前方僅可使用動詞，且依照其動詞為「意志動詞」還是「無意志動詞」，意思將會不太一樣。

　「〜すぎます／すぎです」前者則是可以接續動詞以及形容詞，來表示動作做過度，或者形容詞的程度太甚。

單　字

◆ 以下補充本課學習到的動詞之動詞原形及其種類以及語調：

・滑る（I/2）　　乾く（I/2）　　痩せる（II/0）　　外れる（II/0）
　与える（II/0）　　差す（II/1）　　はしゃぐ（I/2 或 0）
　ぶつかる（I/0）

・迷惑（III/1）　　処方（III/0）　チャレンジ（III/2 或 1）

43

◆ 本句型學習「〜やすいです」。前方若為「意志性動詞」，則表示「該動作很容易達成、順手（例如：使いやすい）」或「心裡上感到容易（例如：話しやすい）」。請參考練習 A 與練習 B 的第 1 小題。

　　前方若為「無意志動詞」，則表示「動不動就容易變成某個樣態／事態實現的頻率很高」。褒貶語意皆可使用。另外，「わかりやすい」則為「容易理解」之意。請參考練習 A 與練習 B 的第 2 小題。

◆ 難易構文「〜やすい」的對象，可使用原本的助詞「〜を」，亦可使用助詞「〜が」。本教材暫時先不導入使用「〜が」的講法。

　　・風邪を　引く　→　（○）風邪を　引きやすい。
　　　　　　　　　　　　（○）風邪が　引きやすい。

◆ 在難易構文「〜やすい」中，若要講述含有「對比」含義的動作主體時，會使用「〜には」。意思是「（別人怎樣不知道／不管），但對我或某人而言（對比）...」

　　・ここは　私には　住みやすい　町です。
　　・私には　お箸　使った　ほうが　料理が／を　食べやすいです。

　　若不含對比的動作主體，使用「〜は」即可。如例句中的：

　　・私は　太りやすいです。

◆ 意志動詞＋「〜やすい」，多半為述說正面的好事，但無意志動詞則不一定好事或壞事。例如「割れやすい」就是負面的事態。但「分かりやすい」則是正面的事態。

句型 2：　～にくいです

◆ 本句型學習「～にくいです」。前方若為「意志性動詞」，則表示「某動作做起來很費勁、困難（例如：運転しにくい）」或「心裡上感到困難（相談しにくい）」。請參考練習 A 與練習 B 的第 1 小題。

　　前方若為「無意志動詞」，則表示「不容易發生，或不容易變成某個樣態」。褒貶語意皆可使用。另外，「わかりにくい」則為「很難理解之意」。請參考練習 A 的第 2 小題。

◆ 練習 B 的第 2 小題之「見えにくい」以及「聞こえにくい」則是使用到表「自發」的動詞「見える」與「聞こえる」（請參考「進階 2」第 34 課「句型 3」與第 35 課「句型 2」）。意思是看得到或者聽得到的感覺「無法 100% 足夠」。

◆ 在難易構文「～にくい」中，若要講述含有「對比」含義的動作主體時，會使用「～には」。意思是「（別人怎樣不知道／不管），但對我或某人而言（對比）...」

・この魚は　骨が多くて　子供には　食べにくいです。
・スマホは　使い方が　複雑で、　私には　使いにくいです。

　　若不含對比的動作主體，使用「～は」即可。如例句中的：

・私は　太りにくいです。

◆ 意志動詞＋「～にくい」，多半為述說負面的壞事，但無意志動詞則不一定好事或壞事。例如「割れにくい」與「家が　燃えにくい」等，都是正面的事態。

43

◆ 「～すぎます」用於表達「程度太超過」，因此含有說話者認為「過度了，不好」的語氣。本句型僅學習前接「動詞」的用法。若是一次性的行為，則會使用「～すぎました」。例如：

　　・昨日は　ご飯を　食べすぎた。

◆ 若是習慣性或常態性的行為，則會使用「～すぎます」或是「動詞連用形＋すぎ」的方式描述。例如：

　　・夫は　よく　お酒を　飲みすぎます。

◆ 亦經常使用「～すぎて」，來表達後述的原因理由。練習 B 的第 1 小題即是做這樣的練習。例如：

　　・働きすぎて、　病気に　なった。

◆ 也可將一個做過頭動作，以「動詞連用形＋すぎ」的方式描述。可作為主題放置句首，以「～すぎは」的方式來描述（請參考練習 A 的第 2 小題），亦可作為述語放置句尾，例如：

　　・テレビの　見過ぎです。

句型4： 形容詞+すぎます

◆ 本句型則是學習「～すぎます」接續於「形容詞」後方的用法。イ形容詞必須去掉結尾「～い」；ナ形容詞則是直接加在語幹後方。唯獨接續於「～ない」的後方時，必須改為「～なさすぎます」的形式。

◆ 前接形容詞時，亦可使用「～すぎて」，來表達後述的原因理由。練習B即是做這樣的練習。

◆ 「～すぎます」用於表達程度太超過之意，因此帶有不好的語感在。而現在年輕人慣用的「好きすぎる」則是屬於俚語的表現，上課應避免造出這樣的例句。若有同學提及詢問，可稍加說明。

◆ 「噛みにくいようで」當中的「ようで」為比況助動詞「～ようです」之「推量、推測」的用法。關於「～ようです」的詳細用法，將會於中級篇學習。這裡老師僅需解釋，它的意思是「好像、似乎」，暫且先當作單字請同學背下來即可。

◆ 「ぶつかって　しまったんです。　それで　目が　開かなく　なって」當中的「それで」用於表「因為前句的理由，而有了後句這樣的結論」。此用法與「進階3」第41課本文當中的「で（それで）」不同，請留意。

◆ 「ウェットフードタイプを　試して　みては　どうですか」當中的「～てはどうですか」為「提案」或者「建議」的慣用表現。與「進階2」第31課「句型4」學習到的「～たら　どうですか」意思接近。

但「～ては　どうですか」使用於比較正式、書面上使用的場合，「～たらどうですか」則是比較偏向口語的場合。

第44課

最近は SNSも 使うように なりました。

學習重點

◆ 本課主要學習表「目的」的「～ように」，以及其否定的型態「～ないように」。並請老師順便複習一下亦是用於表達「目的」的「～ために」（「進階3」第40課）之間的異同，隨堂練習的第一大題專門練習選擇使用「～ように」還是「～ために」。

◆ 此外，本課於「句型3」與「句型4」學習變化構文「～ように なる」與「～ように する」。

單字

◆ 以下補充本課學習到的動詞之動詞原形及其種類以及語調：

- 干す（I/1）　　騙す（I/2）　　祈る（I/2）　　枯れる（II/0）
  繋ぐ（I/0）　　触れる（II/0）　　刻む（I/0）　　沸かす（I/0）
  広まる（I/3 或 0）　　広がる（I/0）

- 退屈（III/0）　　保管（III/0）　　報告（III/0）　　購入（III/0）
  発展（III/0）　　早寝 - 早起き（III/2-3）

- セット（III/1）　　トッピング（III/0）　　リニューアル（III/2）

44

句型 1： ～ように

◆ 「～ように」與「進階 3」第 40 課「句型 3」學習的「～ために」，都用來表達「目的」。

與「～ために」不同的是，「～ように」前方動詞需接續無意志表現（常使用動詞可能形），表示說話者期盼前述事項能夠實現，而去做了後述的動作。

・漢字が　読めるように、　毎日　練習して　います。
・先生の　話が　聞こえるように、　教室の　一番前の　席に　座りました。
・病気が　早く　治るように、　毎日　薬を　飲んで　います。

所謂的「意志表現」，指的就是「說話者可控制要不要做」的動作。而「無意志表現」指的就是「說話者無法控制會不會發生」的動作。

◆ 前句（從屬子句）如為「意志性」的動詞，則不可使用「～ように」，必須改用「進階 3」第 40 課「句型 3」所學習到的「～ために」。

・（×）海外に　いる　彼女に　会うように、　飛行機代を　貯金して　いる。
・（○）海外に　いる　彼女に　会うために、　飛行機代を　貯金して　いる。

意志性動詞＋ために
無意志動詞＋ように

◆ 「進階 2」第 35 課所學習的「動詞可能形」用於表達能力。能力這種東西並不是你想有，就可以有的，需要經過長時間的培養才可獲得，因此「動詞可能形」亦是屬於「無意志表現」。因此本句型也大量使用動詞可能形來做練習。

・英語が　上手に　話せるように、　毎日　練習して　います。

◆ 另外，像是自然現象（雨が　降る…等）、描述事物狀態的自動詞（荷物が 届く…等）、人的生理狀態（病気が　治る…等）、心理現象（困る…等），亦屬 於「無意志表現」。本句型亦會使用這些動詞來做練習：

・荷物が　早く　届くように、　速達で　出しました。
・病気が　早く　治るように、　毎日　薬を　飲んでいる。

◆ 若前句（從屬子句）為第三人稱的動作時，由於也是說話者無法控制他人要不 要做這個行為，因此也屬於「無意志表現」。（※ 註：後句仍是說話者的動作）

・子供が　よく　勉強するように、　書斎の　ある　家を　買いました。
・たくさんの　お客様が　買い物に　来られるように、　売り場を　もっと 広く　した。

像是上述這兩句，前後句的動作主體不同時，亦可以使用「～ように」，但「～ ために」僅能使用於前後兩句「同一個動作主體」時（請參考「進階3」第40課「句 型3」的說明。）

・（×）子供が　勉強するために、　私は　書斎の　ある　家を　買いました。
・（○）私は　勉強するために、　私は　書斎の　ある　家を　買いました。

44

◆　本句型主要練習「〜ように」的否定，「〜ないように」。

　　與「〜ように」的用法相同，前方為無意志動作時，可使用否定的型態「〜ないように」：

- ・将来　お金に　困らないように、　一生懸命　貯金しています。
- ・遅刻しないように、　明日から　5分　早く　家を　出るように　します。

◆　自然現象時，亦可使用「〜ないように」：

- ・雨が　降らないように、　てるてる坊主を　吊るしました。
- ・風が　入らないように、　窓を　閉めました。

◆　前後動作主體不同人時，亦可使用「〜ないように」：

- ・家族が　心配しないように、　（私は）　毎日　連絡して　います。

◆　基本上，「〜ために」的句子鮮少使用到否定型態的語境，除非用於說話者積極地想讓此一否定的狀態實踐，方可使用「〜ないために」。

　　「〜ないために」，又多以主題化後「〜ないためには」的形式出現，且後句（主要子句）必須使用「表評價」的述語，故本教材不導入「〜ないために」、「〜ないためには」的用法。老師可告訴學習者，否定的情況多使用「〜ないように」即可。

- ・（？）事故を　起こさないために、　気を　付ける。
- ・（○）事故を　起こさないように、　気を　付ける。
- ・（○）事故を　起こさないためには、　慎重な　運転を　心がける
　　ことが　大切だ（表評價的述語）。

・（？）失敗しないために、　十分に　練習する。

・（○）失敗しないように、　十分に　練習する。

・（○）失敗しないためには、　十分な　練習が　必要だ（表評價的述語）。

◆　「～ように　なる」表「轉變」。主要用於表「能力的轉變」以及「狀況或習慣的改變」。

◆　「能力的轉變」，前面動詞使用可能形或「わかる」、「できる」等表能力的詞彙，表「原本不會的，但經過努力後，漸漸有了這樣的能力」。

・日本語の　新聞が　読めるように　なりました。
・テレビの　英語が　わかるように　なりました。

◆　「狀況或習慣的改變」，前面動詞使用動作動詞，表「習慣」或者是「傾向」逐漸固定下來。意思是「原本不是這個狀況／沒有這個習慣的，但由於某個契機，現在狀況／習慣已與以前不一樣了」。

・うちの　庭に　リスが　来るように　なりました。
・彼は　社会人に　なって　から、　お酒を　飲むように　なった。

◆　「～ように　なる」的否定講法為「～なく　なる」。表示轉變的方向「由會轉為不會／由可轉為不可／由有轉為無」。雖然亦有「～ないように　なる」的形式，但較少見，因此本書不導入。

能力轉變的否定：
・母は　病気で　歩けなく　なりました。
・年を　取りましたから、　新聞の　字が　読めなく　なりました。

狀況／習慣改變的否定：
・家の　前に　高い　マンションが　できたから、　富士山が
　見えなく　なった。
・彼は　宝くじに　当たってから、　貯金しなく　なりました。

◆　「～ように　する」表「盡可能地朝這方面做努力…」。本課學習「～ように　する」、「～ように　して　ください」、「ように　しましょう」以及「～ように　して　います」等四種常見的固定句型複合表現。

◆　「～ように　する」，表示「說話者目前剛下了決定」，今後將會注意朝此方面努力：

・明日から　５分早く　家を　出る　ように　します。
・今後、　会社の　食事会には　できるだけ　参加する　ように　します。

◆　「～ように　して　ください」、「～ように　しましょう」，表示「說話者請求聽話者」盡量朝此方面努力：

・学校を　休む　時は、　必ず　担任の　先生に　連絡する　ように　（して　ください）。
・無駄な　物は　買わない　ように　しましょう。

　「～ように　して　ください」亦可省略「して　ください」的部分。

◆　「ように　して　いる」，表示「說話者之前就決定」將會盡量，盡最大努力這麼做，並且至目前為止，仍然持續著這樣的努力：

・体に　いいので、　なるべく　野菜を　たくさん　食べる　ように　して　います。
・午後　５時以降は　コーヒーを　飲まない　ように　して　います。

◆　此用法也經常與「なるべく」、「できるだけ」等副詞一起使用。

44

◆ 「動かすとか、 脂っこい ものを 食べないように する とか」

　「進階 2」第 33 課「句型 1」曾經學習到並列助詞「とか」。本課則是簡單告訴學習者，「とか」亦可接續於動詞後方。

◆ 「～が 話題に なって いる」為提示出一件「蔚為話題的事件」的固定講法。本句則是將先前學習過的「～という」部分作為一個名詞子句，放在主語「～が」的前方的進階複合表現。

　而這裡使用的「～なって いました」則是表「前些時候蔚為話題（但現在是否還廣為被討論，並未表明）」。

◆ 「そう言えば」為一種固定的慣用表現，表「說話者從對方的話語中，聯想到了另一件事情。意思是「對了、經你這麼一提 ...」。

第 45 課

どうやって　申請すれば　いいですか。

◆ 本課主要學習假定形「〜ば」的用法。「〜ば」前接「動作性述語」時，後句不可以有行為要求、希望或意志的表現。然而前接「狀態性述語（ある、いる、できる、可能動詞、動詞否定、形容詞）」時，則沒有這樣的文法限制。因此本課教學時，並非以「品詞」來區分句型，而是以「動作性述語（句型 2）」與「狀態性述語（句型 3）」來區分。

◆ ナ形容詞與名詞後加上「〜ば」時，原則上是在「だ」的部分做活用，以「〜であれば」的型態使用。但由於「〜である」文體，於本教材尚未提出，且「〜なら」又可以與「〜であれば」替換，因此教學時，直接以「ナ形容詞／名詞なら」的型態帶入即可。

◆ 「句型 4」除了學習ナ形容詞與名詞的條件形外，亦學習「名詞＋なら」表主題的用法。用於談話當中，說話者與聽話者兩方所談論的主題。

　　表主題的「〜なら」，前方僅限於名詞，且使用於對話當中。大部分的情況下，亦可以「〜は」來取代。

45

以下補充本課學習到的動詞之動詞原形及其種類以及語調：

・返品（III/0）　　連携（III/0）　　決済（III/1）

・楽しむ（I/3）　　申し込む（I/4 或 0）　　抱きしめる（II/4）

・貸す（I/0）　　叩く（I/2）　　降りる（II/2）　　掴む（I/2）

句型 1： 條件形

◆ 學習條件形時，除了要練習「動詞」轉為條件形以外，亦要練習「イ形容詞」、「ナ形容詞」以及「名詞」轉否定。

　　此外，上述四種品詞的否定型態，亦有條件形「～なければ」。「ナ形容詞」以及「名詞」的條件形否定，更有「～でなければ／じゃなければ」兩種型態，因此「句型 1」僅學習如何做變化。

◆ 以下補充從動詞原形轉條件形的方式，本書仍是以「ます」形轉條件形為主，老師參考僅可。

　　a. 動詞為上一段動詞或下一段動詞（グループⅡ／二類動詞），則僅需將動詞原形的語尾～る去掉，再替換為～れば即可。

寝る　　　　（ｎｅる）　→寝る＋れば
食べる（ｔａｂｅる）　→食べる＋れば
起きる　　（ｏｋｉる）　→起きる＋れば

　　b. 若動詞為カ行變格動詞或サ行變格動詞（グループⅢ／三類動詞），由於僅兩字，因此只需死背替換。

来る　　　→　来れば
する　　　→　すれば
運動する　→　運動すれば

　　c. 若動詞為五段動詞（グループⅠ／一類動詞），由於動詞原形一定是以（～u）段音結尾，因此僅需將（～u）段音改為（～e）段音，再加上「～ば」即可。

行く（　　i k u）→行け（　　i k e）＋ば＝行けば

飲む（　n o m u）→飲め（　n o m e）＋ば＝飲めば

帰る（k a e r u）→帰れ（k a e r e）＋ば＝帰れば

買う（　　k a u）→買え（　　k a e）＋ば＝買えば

会う（　　　a u）→会え（　　　a e）＋ば＝会えば

◆ 形容詞與名詞的條件形，說明如下：

「イ形容詞」轉條件形，僅需去掉語尾「〜い」，再加上「〜ければ」即可。（※註：例外「いい」→「よければ」）

暑い　　　→　　暑い̶　　＋ければ　＝暑ければ

美味しい　→　美味し̶い̶＋ければ　＝美味しければ

「ナ形容詞」轉條件形，則是語幹部分直接加上「〜なら」即可。

暇だ　　　→　　暇だ̶　　＋なら　＝暇なら

きれいだ　→　きれいだ̶＋なら　＝きれいなら

「名詞」轉條件形，則是直接加上「〜なら」即可。

雨　　→　　雨＋なら　　＝雨なら

学生　→　　学生＋なら　＝学生なら

◆ 「條件形的否定」型態，無論是動詞、形容詞還是名詞，由於都是以「〜ない」結尾，因此皆比照イ形容詞改法，去掉語尾「〜い」，再加上「〜ければ」。

ナ形容詞與名詞若為「〜ではない」形式時，則會改為「〜でなければ」。若使用口語縮約形「〜じゃない」形式時，則會改為「〜じゃなければ」。

（動詞）	行かない	→	行かな~~い~~＋ければ	＝行かなければ
（イ形容詞）	暑くない	→	暑くな~~い~~＋ければ	＝暑くなければ
（ナ形容詞）	暇ではない	→	暇で~~は~~な~~い~~＋ければ	＝暇でなければ
	暇じゃない	→	暇じゃな~~い~~＋ければ	＝暇じゃなければ
（名詞）	社長ではない	→	社長で~~は~~な~~い~~＋ければ	＝社長でなければ
	社長じゃない	→	社長じゃな~~い~~＋ければ	＝社長じゃなければ

45

◆ 本句型學習條件形「〜ば」前接「動作性述語」的用法。學習本句型前，必須先分清楚何謂「動作性述語」、何謂「狀態性述語」。

「動作性述語」就是在描述「動作」的述語，而「狀態性述語」就是在描述「狀態」的述語。

「イ、ナ形容詞」與「名詞」為「狀態性述語」，這很容易理解，因為這些原本就是在描述狀態的。但「動詞」可就不見得都是「動作性述語」了。

有些動詞，如：「食べる（持續動詞）」、「落ちる（瞬間動詞）」…等，的確是在描述動作，因此這兩個都是「動作性述語」沒錯。但如果是「ある」、「いる」、「できる」、「見える」…等動詞，就語意而言，這並不是動作，而是狀態。因此上述的四個動詞，並不是「動作性述語」，而是「狀態性述語」。

整理如下：

動作性述語：動作性動詞的肯定。
狀態性述語：「名詞」、「イ形容詞」、「ナ形容詞」、「狀態性動詞（ある、いる、できる … 等）」、以及「動詞否定」。

◆ 「〜ば」的前方，會因為它是「動作性述語」還是「狀態性述語」，而決定是否可以接續意志等表現。

「句型 2」這裡集中練習「動作性述語」的例子；
「句型 3」則是集中練習「狀態性述語」中的「狀態性動詞」、「動詞否定」以及「イ形容詞」的例子；
「句型 4」則是集中練習「狀態性述語」中的「名詞」、「ナ形容詞」的例子。

◆　「～ば」的前方為「動作性述語」時，用來表達「為了要讓後述事項成立，前面的動作是必要條件」。後句不可有行為要求、希望或意志的表現。例如例句的第1句，意思就是「想要考上，只要好好讀這本書就能合格」。

・この　本を　よく　<u>読めば</u>、　試験に　受かりますよ。

・（○）春に　なれば　桜が　咲きます（「櫻花開」為無意志表現）
　（×）春に　なれば　旅行に　行きたい（「想去旅行」為意志表現）。

◆　「動作性述語＋ば」的後句，都是說話者想要它成立的。例如上例「この　本を　よく　読めば、　試験に　受かりますよ」的意思是，說話者想要「考過」這個考試，所以讀這本書。

如果後句並不是說話者希望達到的結果，則不太適合使用「～ば」。

・（×）これを　食べれば、　死にますよ。

如上例，說話者想表達的，並不是「希望死掉」，而是要給對方警告。因此這句話較適合改成「～と」或「～たら」

・（○）これを　食べると／食べたら、死にますよ。

同理，上述的「春に　なれば　桜が　咲きます」，也是說話者期待櫻花會開花。但如果是使用第 40 課「句型 1」所學習到的一般條件「～と」：「春に　なると　桜が　咲きます」，則語意上就僅僅是在敘述自然現象而已。雖兩者可替換，但語感上有微妙的差異。

◆　「～ば」的前句可以有疑問詞，但後句不可以有疑問詞。

・（○）誰に　聞けば、　分かりますか。
　（×）彼に　聞けば、　どう　答えますか。

◆ 本項文法亦帶入「さえ〜ば」的用法，用來表示「最低限度的條件」。意思是「只要有....，其餘（都不是重點／都不需要）」。

　　「さえ」為副助詞，可以取代「を」與「が」的位置，亦可擺在「に」、「と」、「で」的後方，以「にさえ、とさえ、でさえ」的型態使用。但本課僅導入取代助詞「を」的用法。

　　・薬を　飲む　→ 薬さえ　飲めば

◆ 練習 A 第 3 小題則是學習「〜んですが、　〜ばいいですか」的固定句型。此句型可與本教師手冊第 34 課「句型 3」所提及的（是否導入由老師決定的）「〜んですが、　たらいいですか」替換。

　　練習此句型時，老師亦可順道帶入或複習「〜んですが、　〜たらいいですか」的講法。

◆ 本句型學習條件形「～ば」前接「狀態性述語」當中的「狀態性動詞」、「動詞否定」以及「イ形容詞」的用法。

此用法用來表達假設的條件句，意思與「進階 2」第 31 課「句型 1」所學習到的表假設條件的「～たら」類似。

◆ 「狀態性述語＋ば」時，後句可以使用「行為要求、希望或意志」的表現：

・安ければ（イ形容詞）、　買いたいです。
・お金が　あれば（狀態性動詞）、　買いたいです。
・間に　合わなければ（動詞否定）、　飛行機で　行こう。

◆ 「句型 2」所學習到的「動作性述語＋ば」，原則上後句不能有「行為要求、希望或意志」的表現。唯有一種情況例外，那就是「前句跟後句主語不同時」。這樣的情況，即便前句為動作性述語，但後句仍是可以有行為要求、希望或意志的表現。

・（○）早く　行けば（動作性述語）、　間に合う（無意志表現）。
・（×）アメリカへ　行けば（動作性述語）、　ニューヨークを
　　　　見学たいです。（希望、意志表現）
・（○）あなたが　行けば（動作性述語）、私も　行きますです。（意志表現）
　　　　（前後句主語不同）

這種「動作性述語」「前後主語不同人」的表現，放在「句型 3」這裡學習。

45

207

句型 4：　ナ形容詞／名詞＋なら

◆　本句型學習條件形「～ば」（本課直接以「なら」取代）前接「狀態性述語」當中的「名詞」、「イ形容詞」的用法。以及「なら」前接名詞，表主題的用法。

◆　條件句「～ば」（本課直接以「なら」取代）前接「名詞」、「イ形容詞」時，由於它亦屬於「狀態性述語」，因此後句可以使用「行為要求、希望或意志」的表現：

・暇なら　デートしませんか。
・雨なら　うちに　いよう。

◆　本句型前接否定時，可以直接使用「～ないなら」或「～なければ」的形式。

◆　「～なら」亦可用於表談論的「主題」。用於「說話者將他人所談論到的、或者詢問的事物（名詞）挑出來作為主題，進而提供信息或意見」。

此用法前方僅可接續名詞。且因為這裡的「～なら」用來提示主題，因此亦使用「～は」來取代。

・Ａ：山本先生は　いらっしゃいますか。
　Ｂ：山田先生なら／は、　もう　帰りましたよ。

・Ａ：あの　監督の　新しい　映画、　見たいな。
　Ｂ：新宿の　映画館なら／は、　今コロナで　休館中だよ。

◆ 「何なら」用於「觀察到對方遲疑或困惑的心情時，伸出援手」的一種表達方式，可以請學習者直接當作一個單字記憶，意思是「要不然、如果需要的話 ...」。

◆ 「すぐに　承認されますよ」，此處複習「進階 3」第 42 課「句型 2」所學習到的「生產性動詞被動」。

　　　・ESTA は　国土安全保障省に　よって　承認されます。

◆ 夏威夷為日本人非常熱愛的度假區域之一，尤其是檀香山「ホノルル」所在地的歐胡島「オアフ島」。建議老師可以就此處，跟同學多加補充、分享。將來學習者與日本人交流時，會有更多的話題可談論。

45

第 46 課

返事が　こない　場合は　どうしますか。

◆ 本課除了延伸由上一課所學習的條件形「〜ば」所構成的程度構文「〜ば〜ほど」以外，亦學習表達各種可能的狀況當中，其中一個的「〜場合は」，以及表附帶狀況的樣態節「〜まま」。

單　字

◆ 以下補充本課學習到的動詞之動詞原形及其種類以及語調：

・遅延（III/0）　　入国（III/0）　　変更（III/0）　　解除（III/1）
相続（III/0 或 1）　搭乗（III/0）　討論（III/1）　再起動（III/3）

・濡れる（II/0）　　慌てる（II/0）　　捕まる（I/0）　　まとめる（II/0）
まとまる（I/0）　　使い切る（I/4）　　差し込む（I/0 或 3）
差し押さえる（II/5 或 4）

◆ 「進階 3」的單字所學到的「（泥棒が）捕まる」用來表達「盜賊被抓捕住」，本課學習的「（手すりに）捕まる」則是表達「抓緊吊環」。

◆ 本句型所學習的「Aば　Aほど、B」，用來表達「隨著A的程度發生了變化，B也產生變化」。A可為動詞、イ形容詞、ナ形容詞與名詞。

◆ ナ形容詞與名詞接續時，原為「〜であれば、　あるほど」。但由於本書目前在ナ形容詞與名詞的條件形，是以「〜なら」來做學習，因此本書只學習ナ形容詞「〜なら、〜なほど」的講法，不學習名詞的講法。

・（○）便利であれば、あるほど
　（○）便利なら、便利なほど

◆ 「Aば　Aほど、B」的「Aば」部分亦可省略。

・考えるほど　分からなくなる。
・ブランド品は　高いほど　売れる。

◆ 本句型中，A的部分所使用的詞彙，都是具有程度性的語彙。例如：「考えれば、考えるほど」、「高ければ、高いほど」。如果只是「學生」這種表達身份、不具程度性的詞彙，就無法使用本句型。

・（×）学生なら　学生ほど ...。（無法敘述其程度性的變化）

但如果在此名詞的前方，加上了可以表達程度的形容詞等詞彙，例如「優秀な」之類的，就可用來表達其「越優秀的程度，就越 ...」。

・（○）優秀な　学生なら　優秀な　学生ほど　勉強に　励む。

◆ 由於本句型用於表達「隨著A的程度發生了變化，B也產生變化」，因此B的詞彙也經常會使用帶有變化語意的「〜なる」。

46

◆ 「～場合は」用於「從各種可能發生的狀況當中，舉出一個」。意思與「初級 4」第 22 課「句型 4」所學習到的「～時」類似。若是「基於個人經驗且有具體時間關係」的情況下，則不能使用「～場合は」。

- （×）会社へ　行った　場合は、　社長に　会った。
　（○）会社へ　行った　時、　社長に　会った。

◆ 「場合」本身為名詞，因此前接各種品詞時，以名詞修飾形的方式做接續。

◆ 「～場合は」前接動詞時，可以是「過去式」亦可以是「非過去」。就有如練習 A 的第 1 小題的「予定を　変更する　場合（說話者欲變更預定＜尚未發生＞）」以及「予定が　変わった　場合（預定有變＜已發生，且非說話者的意志動作＞）」。

　關於從屬子句中的時制問題以及自他動詞的問題，這裡就不再贅述。

◆ 「～まま」用於表達在「前句（從屬子句）的動作結果殘留的狀況之下，去做後句事項／發生了後述事項」。前方可接續「動詞た形」、「動詞ない形」以及「名詞」。

◆ 動詞肯定時，以「Ａたまま、Ｂ」的形式，表示「在保持 A 的狀態之下，做 B」。
　動詞否定時，以「Ａないまま、Ｂ」的形式，表示「在沒有做 A 的狀態之下，做 B」。
　名詞時，以「Ａのまま、Ｂ」的形式，表示「在 A 的狀態之下，做 B」。

　上述 A 與 B 的主語，必須為同一人。

　・窓を　開けたまま、　寝る。
　・エアコンを　消さないまま、　出かけた。
　・浴衣のまま、　出かけた。

◆ 本句型亦有「～たままで」的型態，但本書不導入。

　・エアコンを　つけたまま／つけたままで　寝てしまった。
　・生のまま／生のままで　魚を　食べる。

◆ 此句型當中，「A 的狀態，多半是與 B 這個動作不相稱，違反常識的」。若像下例，「穿著衣服出門」，本來就是符合邏輯，符合常識的。這種情況就不會使用「～たまま」，而會使用「進階2」第36課「句型1」所學習到的，表附帶狀況的「～て」。

　・（×）服を　着たまま、　出かけた。
　・（○）服を　着て、　出かけた。
　・（○）服を　着たまま、　お風呂に　入った。

◆　「初級 3」第 15 課「句型 2」所學習到的「～ながら」用於表達前後動作同時進行，本句型「～まま」則是用於表達「前述動作結束後的結果狀態下，去做後句動作」。兩者不可替換。

・手を　　（○ 叩きながら／× 叩いたまま）　歌を　歌う。
・目を　　（× 閉じながら／○ 閉じたまま）　歌を　歌う。

◆ 本句型延續上一個句型，練習「動詞た／イ形容詞い／ナ形容詞な／名詞の＋ままです。」這種放置於句尾的形式，來表達「仍然維持著…的狀態」。

・コロナの影響で　あの店は　閉まった　ままだ。

◆ 「句型 3」第 2 個例句「風邪を　引くぞ」出現了終助詞「ぞ」的用法。在本句型練習 B 中，則是會舉出更多使用「ぞ」的例句。

「ぞ」可用於①表「說話者自言自語式的內心獨白」，沒有針對任何人說話。此用法時，男女皆可使用。亦可用於②表說話者對於聽話者的「提醒、叮嚀或警告」。此用法時，多為男性使用。

①こんな　所に　スマホが　落ちてるぞ。　誰の　だろう。
②そんな　ことを　言ったら、　みんなに　笑われるぞ。

本課僅學習第二種表達「提醒、叮嚀或警告」的用法。

◆ 本句型也於練習 B 的部分，練習常見的固定句型「A ままだと、B」，表「如果一直維持著 A 這個狀況的話，那麼就會發生 B 這種（不太好的事情）」。因此也多配合表警告的「ぞ」一起使用。

◆ 「ずいぶん」為表程度的副詞，用於表達「程度之甚，超越了一般」，翻譯為「很、相當」之意。

◆ 「ように　して　おきます」，為「進階 4」第 44 課「句型 4」表努力的「～ように　する」與「進階 2」第 33 課「句型 1」表準備、措施的「～て　おく」進階複合表現。意思是「致力於維持著這樣的情況」。，文中意旨「盡可能地努力保持著手機開機連線的狀態」。

◆ 「～あたり」接續於時間詞的後方，用來表示大致上的時間。這裡可以翻譯為「～（時間上）左右」。

第 47 課

ネット銀行を　始めた　ばかりです。

學習重點

◆ 本課主要學習表是前後一致的「〜通り」與副助詞「ばかり」。「ばかり」可用於表達「限定」以及「動作剛結束／完成」，後者多以固定形式「〜たばかり」的形式使用。

單　字

◆ 以下補充本課學習到的動詞之動詞原形及其種類以及語調：

・減点（III/0）　　想像（III/0）　　取材（III/0）　　開設（III/0）
　入社（III/0）

・頼む（I/2）　　似合う（I/2）　　散らかす（I/0）　　引き出す（I/3）
　立ち上げる（II/0）

句型1： 〜通りに

◆ 「〜通りに」用於表「後句與前句一致」。前接動詞時，經常會使用表發話、思考或做動作含義的動詞。

◆ 「〜通りに」前方為「動詞原形」時，表「尚未做動作，接下來會做」。多會與「〜て　ください」等請求、命令的語態一起出現，來要求聽話者按照前述跟著一起做。

・私が　これから　やる　とおりに　やって　みて　ください。

前接「動詞た形」時，表「已做完動作」。

・私が　さっき　説明した　とおりに　やって　みて　ください。

前方亦可接續動作性名詞。

・説明書の　とおりに　操作して　ください。

◆ 就有如上面的例句，由於「〜とおりに」屬於從屬度中等的從屬子句，因此前方的主語必須使用「〜が」。

◆ 「〜通りに」前接名詞時，可以使用「名詞＋のとおりに」或者「名詞＋どおりに」兩種形式。練習A的第2小題就是學習「名詞＋どおりに」形式的例子。

句型 2：　～通りの／通りです

◆ 本句型延續上個句型。這裡學習將「～通り」放置於句尾的用法。也學習「思った通りです」、「言った通りです」這種很常見的表達方式。

◆ 練習 B，則是練習說話者自己親身去了某處（這裡使用杜拜）後，發現「與 ... 所說／所寫／所想的，一致無誤」的用法。

◆ 「〜ばかり」為副助詞，可以放在句尾的名詞後方，以「〜です／だ」的形式，表前接的名詞「數量很多」。

- 家は　田舎で、周りは　畑ばかりです。
- 私の　会社は　悪い　人ばかりだ。

◆ 句尾的動詞若為動態動詞，亦可用於表「重複做此動作許多次」。此用法時，「ばかり」可放置於格助詞「が」或「を」的後方（「ばかりが」、「ばかりを」），或直接以「ばかり」取代格助詞「が」「を」。

- 彼は　お客さんに　コーヒーばかりを　出す。
　彼は　お客さんに　コーヒー　(を)　ばかり　出す。

◆ 若原本的助詞為「に、で、へ、と、から」，則「ばかり」可放置於這些助詞的前方或後方皆可。

- 留学生は　いつも　同じ　国の　人とばかり　話して　いる。
　留学生は　いつも　同じ　国の　人ばかりと　話して　いる。

- 上司は　私にばかり　仕事を　振る。
　上司は　私ばかりに　仕事を　振る。

◆ 若動詞使用「〜を　〜ている」結尾，則「ばかり」可放置於上述助詞的位置，或者以「〜て　ばかり　いる」的形式來描述。請參考練習 A 的第 2 小題與第 3 小題間的替換。

・山田さんは　甘い　物 ~~（を）~~ **ばかり**　食べて　います。
　山田さんは　甘い　物**ばかりを**　食べて　います。
　山田さんは　甘い　物を　食べて　**ばかり**　います。

・うちの子は　テレビ ~~（を）~~ **ばかり**　見て　いる。
　うちの子は　テレビ**ばかりを**　見て　いる。
　うちの子は　テレビを　見て　**ばかり**　いる。

◆ 「〜たばかり」接續動詞た形時，用來表達表達「某一行為或動作剛結束」。時間上並非動作實際結束後的那一刻，而是說話者「心態上」認為剛結束。因此，即便是兩個月前、兩年前，只要說話者「心態上」認為是剛結束，就可使用「〜たばかり」。

◆ 本句型亦學習四種進階複合表現：「〜たばかりですから」、「〜たばかりなので」、「〜たばかりなのに」以及「〜たばかりの＋名詞」的用法。

本　文

◆　「この　スマホを　使って　いるのは　口座の　所有者本人です」為強調構句。原句為「口座の　所有者本人が　このスマホを　使って　います」。

　　關於強調構句，「進階 3」第 42 課的本文亦有出現過一次，這裡僅先當作特殊用法請學生記住即可，中級篇會有更完整的教學。

第 48 課

急に 泣き出して ...。

◆ 本課主要學習表示動作時間局面的4個複合動詞「～始める」、「～出す」、「～
続ける」以及「終わる」。

　　由於此為中級篇的最後一課，因此提出相對簡單的句型。但每個句型中的例句，
皆使用到了過去曾經學習的表現。本課也等於是做個總複習。

單　字

◆ 以下補充本課學習到的動詞之動詞原形及其種類以及語調：

- 鳴る（I/0）　　雇う（I/2）　　吠える（II/2）　　下げる（II/2）
  減る（I/0）　　向かう（I/0）　　落ち着く（I/0）
  雇い入れる（II/5 或 0）

- 下落（III/0）　　拡大（III/0）　　減点（III/0）
  抱っこ（III/1）　　仲直り（III/3）

句型 1：　～始めます

◆ 此句型源自動詞「始める（開始）」一詞，接續動詞連用形（ます形）後，表「開始做此動作」。此外，由於說話時，此動作多半都已經開始，因此多使用過去式「～始めました／始めた」。

◆ 「～始める」由於此句型是用於表達「動作」的開始，因此不可接續於表狀態的動詞「ある、いる、できる」…等的後方。

・（×）彼は　日本語が　でき始めた。

◆ 「～始める」亦不可接續於「瞬間動詞（本身沒有持續期間）」的動詞後方。

・（×）時計が　故障し始めた。

◆ 練習 B 主要練習「～始める」與之前曾經學習過的接續表現　起併用時的進階複合表現。

◆ 此句型源自動詞「出す」一詞，接續動詞連用形（ます形）後，亦表「開始做此動作」。與上個文法「～始める」不同之處，在於「～出す」有「突然」開始的意思。因此也經常伴隨著「急に」等副詞使用。

◆ 由於「～出す」還有突然開始，且有時還帶有讓說話者感到措手不及的含義在，因此「～出す」不可用於「說話者本身的意志性動作」，但「～始める」無此限制。

- （×）父の帰りが 遅いから、先に 食べ出しました。（說話者意志性動作）
  （因為爸爸晚歸，所以「我」突然開始吃了起來。）
- （○）父の帰りが 遅いから、先に 食べ始めました。（說話者意志性動作）
  （因為爸爸晚歸，所以「我」開始先吃了。）
- （○）彼は みんなを 待たないで、一人で 食べ出した。（他人的意志性動作）
  （「他」不等大家，自己突然吃了起來。）

◆ 「～出す」亦不可接續於「瞬間動詞（本身沒有持續期間）」的動詞後方。

- （×）時計が 故障し出した。

句型 3： 〜続けます

◆ 此句型源自動詞「続ける（持續）」一詞，接續動詞連用形（ます形）後，表「某動作或事件處於尚未完結，還在持續做當中（動作的進行過程）」或者「持續中的狀態（變化的進行過程）」。

◆ 「降り続く」為慣用表現，僅有這一詞彙可使用「〜続く」的型態，但本課不導入此用法。

◆ 「初級 4」第 19 課「句型 1」所學習到的「〜て　いる（進行）」，用於表「某個特定的時間點，某動作正在進行中」。而本句型「〜つづける」則是指「一個（較長的）時間範圍內，此動作不會終結」。

　　「〜て　いる」聚焦於一個「點」，而「〜続ける」則是聚焦於「一段時間」。因此，若像下例要強調現在目前當下正發生中的事情，則不可使用「〜続ける」。

・今、雨が　　（○降って　いる／ × 降り続ける）。

　　若是要表達明天一整天「這一段時間」，雨會一直持續下，則不會使用「〜て　いる」。

・明日は　一日中　雨が　　（× 降って　いる／○降り続ける）でしょう。
（明天應該會持續下一整天的雨吧。）

　　若是要強調「目前現在這個時間點」，此動作「仍不會終結」，且這樣不終結的狀態似乎會持續「一段時間」，則亦可合併兩者使用，以「〜続けて　いる」的型態來述說目前持續著的狀態。

・新型コロナウイルスの　感染は　拡大し続けている。

◆ 此句型源自動詞「終わる（結束）」一詞，接續動詞連用形（ます形）後，表「某動作或事件結束／完成」。

◆ 此句型也經常與「〜て　から」併用，用來強調「前面動作完成後，才進行後面動作」。亦經常與「まで」併用，以「〜Ａ終わるまで、　Ｂ」的形態，來強調Ｂ這個動作，一直持續到Ａ這個動作發生為止。

　・ご飯を　<u>食べ終わって</u>から、宿題を　します。
　・レポートが　<u>書き終わるまで</u>、教室から　出ないで　ください。

◆ 「〜終わる」亦不可接續於「瞬間動詞（本身沒有持續期間）」的動詞後方。

　・（×）あの　病気の　人は　死に終わりました。

◆ 若動詞語意當中沒有明顯結束點的動詞，如「酔う、悲しむ」等，也不可以使用「〜終わる」的表達形式。

　・（×）課長は　５時間後に　酔い終わって、うちへ　帰りました。

◆ 自然現象或生理現象亦不會使用「〜終わる」的表達方式。

　・（×）雨が　降り終わった
　　（×）赤ちゃんが　泣き終わった。

◆ 「だけでは」為固定的表現形式，後面多接續否定的口氣，意思是「光靠 ...（很困難）」。

◆ 「～んだもん」為「のだ／んです」加上形式名詞「もの」的口語表現。這種表現，口吻上帶著「撒嬌的語氣」來述說理由，因此多半為小孩或女性使用。多用於個人上的理由，來為自己辯解。這裡可先當作是一種慣用表現學習即可。

- A：えっ、 そんなに いっぱい 食べるの？
  B：だって、 お腹が 空いて いるんだもん。

穩紮穩打日本語 進階 1

解答

「句型 1」練習 B

1. 例：止まります。　→　止まれ。
   ① 立ちます。　→　立て。
   ② うちへ　帰ります。　→　うちへ　帰れ。
   ③ 在留カードを　見せます。　→　在留カードを　見せろ。
   ④ ゴミは　ゴミ箱に　捨てます。　→　ゴミは　ゴミ箱に　捨てろ。
   ⑤ お金を　出します。　→　お金を　出せ。

2. 例：ご飯を　食べる　前に、　手を　洗って　ください。
   → ご飯を　食べる　前に、　手を　洗え。
   ① 来る　前に、　連絡して　ください。
   →　来る　前に、　連絡しろ。
   ② 食事券を　買ってから、　店に　入って　ください。
   →　食事券を　買ってから、　店に　入れ。
   ③ 昨日　買った　スマホを　見せて　ください。（＋よ）
   →　昨日　買った　スマホを　見せろよ。
   ④ 彼女の　名前を　教えて　ください。（＋よ）
   →　彼女の　名前を　教えろよ。

3. 例：「入口」→　ここから　入れ。
   ① 「右折」→　右へ／に　曲がれ。
   ② 「直行」→　まっすぐ　行け。

「句型 2」練習 B

1. 例：動きます。　→　動くな。
   ① 座ります。　→　座るな。

② ここに　来ます。　→　ここに　来るな。

③ 逃げます。　→　逃げるな。

④ ゴミを　ここに　捨てます。　→　ゴミを　ここに　捨てるな。

⑤ 私に　触ります。　→　私に　触るな。

2. 例：ご飯を　食べる　時、　スマホを　見ないで　ください。

　→　ご飯を　食べる　時、　スマホを　見るな。

① お酒を　飲んだ　後で、　運転しないで　ください。

　→　お酒を　飲んだ　後で、　運転するな。

② 食事券を　買う　前に、　店に　入らないで　ください。

　→　食事券を　買う　前に、　店に　入るな。

③ 昨日　バーに　行った　ことを　彼女に　言わないで　ください。（＋よ）

　→　昨日　バーに　行った　ことを　彼女に　言うなよ。

④ 私の　彼女に　手を　出さないで　ください。（俺／＋よ）

　→　俺の　彼女に　手を　出すなよ。

3. 例：「立入禁止」　→　ここに　入るな。

① 「駐車禁止」　→　車を　止めるな。

② 「禁煙」　→　タバコを　吸うな。

「句型 3」練習 B

---

1. 例：愛して　いますから、　結婚しましょう。

　→　愛して　いるから、　結婚しよう。

① そろそろ　時間ですから、　始めましょう。

　→　そろそろ　時間だから、　始めよう。

② お腹が　空きましたから、　昼ご飯を　食べましょう。

　→　お腹が　空いたから、　昼ご飯を　食べよう。

③ せっかくの　お休みですから、　デートに　行きましょう。

　→　せっかくの　休みだから、　デートに　行こう。

④ この　ゲーム、　つまらないですから、　もう　やめましょう。
→　この　ゲーム、　つまらないから、　もう　やめよう。

2. 例：行きます（一人で）　→　一人で　行け。
　 例：行きます（一緒に）　→　一緒に　行こう。
① 寝ます（一人で）　→　一人で　寝ろ。
② テレビを　見ます（一緒に）　→　一緒に　テレビを　見よう。
③ 来ます（一人で）　→　一人で　来い。
④ 運動します（一緒に）　→　一緒に　運動しよう。

「句型４」練習Ｂ

1. 例：漫画を　読みます（うちへ　帰ってから）
　→　子供：漫画を　読んでも　いい？
　　　母：漫画は　うちへ　帰ってから　読みなさい。
① テレビを　見ます（晩ご飯を　食べてから）
　→　子供：テレビを　見ても　いい？
　　　母：テレビは　晩ご飯を　食べてから　見なさい。
② 犬を　飼います（大人に　なってから）
　→　子供：犬を　飼っても　いい？
　　　母：犬は　大人に　なってから　飼いなさい。
③ おやつを　食べます（勉強が　終わってから）
　→　子供：おやつを　食べても　いい？
　　　母：おやつは　勉強が　終わってから　食べなさい。
④ 音楽を　聞きます（お父さんが　会社へ　行ってから）
　→　子供：音楽を　聞いても　いい？
　　　母：音楽は　お父さんが　会社へ　行ってから　聞きなさい。
⑤ 遊びに　行きます（宿題が　済んでから）
　→　子：遊びに　行っても　いい？
　　　母：宿題が　済んでから　行きなさい。

⑥ 友達と　出掛けます（部屋を　片付けてから）
→　子供：友達と　出掛けても　いい？
　　母：部屋を　片付けてから　出掛けなさい。

隨堂測驗

一、填空題：

例：行きます：　　（行け）　　　　→（行くな）　　　　→（行こう）
1. 飲みます：　　　（飲め　　　　）　（飲むな　　　　）　（飲もう　　　　　　）
2. 教えます：　　　（教えろ　　　）　（教えるな　　　）　（教えよう　　　　　）
3. 買います：　　　（買え　　　　）　（買うな　　　　）　（買おう　　　　　　）
4. 聞きます：　　　（聞け　　　　）　（聞くな　　　　）　（聞こう　　　　　　）
5. 見せます：　　　（見せろ　　　）　（見せるな　　　）　（見せよう　　　　　）
6. 死にます：　　　（死ね　　　　）　（死ぬな　　　　）　（死のう　　　　　　）
7. 勉強します：　　（勉強しろ　　）　（勉強するな　　）　（勉強しよう　　　　）
8. 持って　きます：（持って　こい）　（持って　くるな）　（持って　こよう）

二、選擇題：

1. ここに　生ゴミを　（　1　）。
　　1　捨てるな　　　　2　捨てような　　　3　捨てろな　　　　4　捨てれな

2. 危ない！気を　（　2　）！
　　1　つけれ　　　　　2　つけろ　　　　　3　つけれよ　　　　4　つけろう

3. （男の友人に）　うちに　入る　前に、　足を　（　3　）よ。
　　1　洗います　　　　2　洗ろ　　　　　　3　洗え　　　　　　4　洗う

4. ねえ、　来週の　日曜日、　一緒に　遊園地へ　（　2　）よ。
　　1　行ころ　　　　　2　行こう　　　　　3　行よう　　　　　4　行けろ

5. いらっしゃい。　どうぞ、　入って。　お茶を　（　**2**　）。
　　1　入れるか　　　　2　入れようか　　3　入れろうか　　4　入れおうか

6. テストを　出す　前に、　もう一度　よく　（　**4**　）なさい。
　　1　確認します　　2　確認して　　　3　確認する　　　4　確認し

三、翻譯題：

1. さあ、　この　薬を　飲め。
　　來，把這個藥吃掉。
2. 今晩、　みんなで　映画を　見よう。
　　今天晚上大家一起看電影吧。
3. お腹　空いた？　何か　作ろうか。
　　你肚子餓了嗎？我為你做些什麼東西＜吃＞吧。
4. 明天不要遲到喔。
　　明日　遅刻するなよ／遅れるなよ。
5. 差不多該出發囉。
　　そろそろ　出発しよう。
6. （對男性朋友）那個借我啦！
　　それ、　貸せよ。

「句型 1」練習B

1. 例：あの人は　山田さんです。→　あの人は　山田さんでしょ（う）？

　① 昨日は　雨でした。

　→　昨日は　雨だったでしょ（う）？

　② 鈴木さんは　もう　結婚して　います。

　→　鈴木さんは　もう　結婚して　いるでしょ（う）？

　③ 小林さんは　フランス語が　できます。

　→　小林さんは　フランス語が　できるでしょ（う）？

　④ 一人で　子供を　育てるのは　大変です。

　→　一人で　子供を　育てるのは　大変でしょ（う）？

　⑤ 大統領に　会った　ことが　あります。

　→　大統領に　会った　ことが　あるでしょ（う）？

　⑥ ルイ・ヴィトンの　かばんが　欲しかった。

　→　ルイ・ヴィトンの　かばんが　欲しかったでしょ（う）？

2. 例：疲れたでしょう？（いいえ、　そんなに）

　→　いいえ、　そんなに　疲れて　いません。

　① 王さんは　日本語が　上手でしょう？（いいえ、　あまり）

　→　いいえ、　あまり　上手では　ありません。

　② その　かばん、　高かったでしょう？（いいえ、　そんなに）

　→　いいえ、　そんなに　高く　なかったです。

　③ 喉が　渇いたでしょう？（いいえ、　そんなに）

　→　いいえ、　そんなに　渇いて　いません。

　④ その　ことは　もう　彼女に　言ったでしょう？（いいえ、　まだ）

　→　いいえ、　まだ　言って　いません。

「句型 2」練習 B

1. 例：午後・雨が 止みます → 午後は 雨が 止むでしょう。

① 明日・雪が 降ります → 明日は 雪が 降るでしょう。

② 今夜・月が 出ます → 今夜は 月が 出るでしょう。

③ 明後日・雨 → 明後日は 雨でしょう。

④ 午後・曇ります → 午後は 曇るでしょう。

2. 例：彼は 映画を 見るのが 好きです。

→ 彼は 映画を 見るのが 好きでしょう。

① 陳さんは たぶん ハワイへ 行った ことが あります。

→ 陳さんは たぶん ハワイへ 行った ことが あるでしょう。

② レポートを 出すのを 忘れました。

→ レポートを 出すのを 忘れたでしょう。

③ 一人で やる のは 大変です。

→ 一人で やる のは 大変でしょう。

④ この 仕事は 彼一人では できません。

→ この 仕事は 彼一人では できないでしょう。

「句型 3」練習 B

1. 例：外国人が 増えて いますね。（これから もっと 増えます。）

→ ええ、 これから もっと 増えるかも しれませんね。

① 物価が 高く なりましたね。（これから もっと 高く なります。）

→ ええ、 これから もっと 高く なるかも しれませんね。

② 雨が 止みませんね。（今日中に 止みません。）

→ ええ、 今日中に 止まないかも しれませんね。

③ 陳さん 遅いですね。（今日は もう 来ません。）

→ ええ、 今日は もう 来ないかも しれませんね。

④ 円安に なって いますね。（もっと 安く なります。）

→ ええ、 もっと 安く なるかも しれませんね。

2. 例：雨が　降ります・傘を　持って　いきます

   → 雨が　降るかも　しれないから、　傘を　持って　いって。

   ① 約束の　時間に　間に　合いません・　タクシーを　呼びます

   → 約束の　時間に　間に　合わないかも　しれないから、
   タクシーを　呼んで。

   ② お客さんが　来ます・部屋を　片付けます

   → お客さんが　来るかも　しれないから、　部屋を　片付けて。

   ③ 不動産の　価格が　下がります・今　マイホームを　買いません

   → 不動産の　価格が　下がるかも　しれないから、　今　マイホームを
   買わないで。

   ④ あなたが　行くのを　ずっと　待って　います・早く　行きます

   → あなたが　行くのを　ずっと　待って　いるかも　しれないから、
   早く　行って。

「句型４」練習Ｂ

---

1. 例：一人旅は　寂しいです。　　→　一人旅は　寂しいと　思います。

   ① 林さんは　真面目な　学生です。

   → 林さんは　真面目な　学生だと　思います。

   ② 犬は　人間の　一番の　友達です。

   → 犬は　人間の　一番の　友達だと　思います。

   ③ アップル社の　製品は　性能が　よくて　デザインも　いいです。

   → アップル社の　製品は　性能が　よくて　デザインも　いいと　思います。

   ④ 子供は　産まなくても　いいです。

   → 子供は　産まなくても　いいと　思います。

2. 例：今の　生活を　どう　思いますか。（毎日　楽しくて、　最高です。）

   → 毎日　楽しくて、　最高だと　思います。

   ① 自分の　人生を　どう　思いますか。（退屈で、　無意味です。）

   → 退屈で、　無意味だと　思います。

② あの　若い　俳優に　ついて　どう　思いますか。（きっと　売れます。）
→　きっと　売れると　思います。
③ AI に　ついて　どう　思いますか。（なんでも　できて、　便利だ。）
→　なんでも　できて、　便利だと　思います。
④ 日本に　ついて　どう　思いますか。（物価が　安くて、　暮らしやすい。）
→　物価が　安くて、　暮らしやすいと　思います。

随堂測驗

一、填空題：

1. A：陳さんは、　今日　来ますか。　B：いいえ、　（　来ない　）でしょう。
2. 台北は、　昨日　雨（　だった　）だろう。
3. 明日、　神社で　お祭りが　（　ある　）でしょ。　一緒に　行かない？
4. 疲れた（　でしょう／でしょ？　）。　ちょっと　休まない？
5. もう　（間に　合いません　→　間に　合わない）かも。
6. 家の　値段は　もっと　上がる（　かも　）　しれないから、　今　買おう。
7. A：あの　人を　（　どう　）　思う？　B：嫌な　奴だと　思う。
8. 彼は　台湾に　10 年　いたから、
　　台湾語が　（上手です　→　上手だ）と　思うよ。

二、選擇題：

1. 彼は　まだ　その　ことを　（　2　）かも　しれません。
　　1　知る　　　　　　2　知らない　　　3　知って　　　　4　知りません

2. 明日は　寒く　なる（　2　）。
　　1　だったろう　　　2　だろう　　　　3　だっただろう　4　だろ

3. 明日の　パーティーは　30 人ぐらい（　1　）でしょう。
　　1　来る　　　　　　2　来て　　　　　3　来た　　　　　4　来い

4. 外は　（　**4**　）でしょ。　傘を　持って　いって。
　　1　雨だ　　　　　　　2　雨の　　　　　　　3　雨だった　　　4　雨

5. 今日は　日曜日だから、　会社の　近くの　カフェは　（　**1**　）と　思います。
　　1　静かだ　　　　　　2　静かで　　　　　　3　静かな　　　　4　静か

6. A：新しい　先生（　**3**　）　どう　思いますか。
　　B：親切な　人だと　思います。
　　1　は　　　　　　　　2　が　　　　　　　　3　について　　4　を　ついて

三、翻譯題：

1. これから　円高に　なるでしょう。
　　接下來應該日圓會上漲吧。
2. これ、　欲しかったでしょ？　あげるよ。
　　你想要這個對吧？給你。
3. 日本の　経済は　もっと　悪く　なるかも。
　　日本的經濟搞不好會變更差。
4. 我覺得那傢伙（あいつ）是笨蛋（バカ）。
　　あいつは　バカだと　思う／思います。
5. 這個蛋糕，很好吃對吧（尋求同意）
　　この　ケーキ、　美味しいでしょ（う）？
6. 今天晚上應該會下雨（氣象預報推測）。
　　今晩は　雨が　降るでしょう。／雨でしょう。

第 27 課

「句型 1」練習 B

1. 例：アップル社の　スマホ
   （性能が　いいです・デザインが　かっこいいです・使い方が　簡単です）
   → アップル社の　スマホは　性能も　いいし、　デザインも　かっこいいし、
   それに、　使い方も　簡単です。
   ① この　かばん（軽いです・おしゃれです・値段が　そんなに　高くないです）
   → このかばんは　軽いし、　おしゃれだし、　それに、　値段も　そんなに
   高くないです。
   → このかばんは　軽いですし、　おしゃれですし、　それに、　値段も
   そんなに　高くないです。
   ② 東京（人が　多いです・物価が　高いです・みんな　冷たいです）
   → 東京は　人が　多いし、　物価も　高いし、　それに、　みんな
   冷たいです。
   → 東京は　人が　多いですし、　物価も　高いですし、　それに、
   みんな　冷たいです。
   ③ あの　男性（社長です・家を　持って　います・独身です）
   → あの　男性は　社長だし、　家を　持って　いるし、　それに、
   独身です。
   → あの　男性は　社長ですし、　家を　持って　いますし、　それに、
   独身です。

2. 例：日当たりが　いいです・駅に　近いです・この　部屋に　しましょう
   → 日当たりも　いいし、　駅にも　近いし、　この　部屋に　しましょう。
   ① 南向きです・家賃が　安いです・この　部屋に　決めました
   → 南向きだし、　家賃も　安いし、　この　部屋に　決めました。
   → 南向きですし、　家賃も　安いですし、　この　部屋に　決めました。
   ② 庭が　あります・収納スペースが　広いです・ここが　いいと　思います
   → 庭も　あるし、　収納スペースも　広いし、　ここが　いいと　思います。

→　庭も　ありますし、　収納スペースも　広いですし、　ここが　いいと
　　　思います。
　③駐車場が　ありません・お風呂が　狭いです・ここに　住みたくないです
　　→　駐車場も　ないし、　お風呂も　狭いし、　ここに　住みたくないです。
　　→　駐車場も　ありませんし、　お風呂も　狭いですし、　ここに
　　　住みたくないです。

「句型２」練習Ｂ

1.例：頭が　痛いです。（早く　薬を　飲みます。）
　　→　早く　薬を　飲んだ　ほうが　いいですよ。
　①眠いです。（運転しません。）
　　→　運転しない　ほうが　いいですよ。
　②最近　太りました。（少し　ダイエット　します。）
　　→　少し　ダイエット　した　ほうが　いいですよ。
　③疲れました。（家に　帰って　ゆっくり　休みます。）
　　→　家に　帰って　ゆっくり　休んだ　ほうが　いいですよ。
　④風邪が　なかなか　治りません。（病院へ　行きます。）
　　→　病院へ　行った　ほうが　いいですよ。
　⑤あっ、　あそこに　変な　人が　います。（近づきません。）
　　→　近づかない　ほうが　いいですよ。
　⑥新しい　スマホが　欲しいです。（無駄遣いを　しません。）
　　→　無駄遣いを　しない　ほうが　いいですよ。

2.例：タバコを　やめます（体に　悪いです・お金の　無駄です）
　　→　体に　悪いし、　お金の　無駄だし、　タバコを　やめた　ほうが
　　　いいよ。
　①薬を　飲みます（風邪です・仕事を　しなければ　なりません）
　　→　風邪だし、　仕事を　しなければ　ならないし、　薬を　飲んだ　ほうが
　　　いいよ。
　②急ぎます（もう　こんな　時間です・お客さんが　待って　います）

→ もう　こんな　時間だし、　お客さんが　待って　いるし、　急いだ
　　ほうが　いいよ。

③ 連休中は　どこも　行きません（人が　多いです・道が　込んで　います）

→ 人が　多いし、　道も　込んで　いるし、　連休中は　どこも　行かない
　　ほうが　いいよ。

④ 今日は　出掛けません（もう　遅いです・熱が　あります）

→ もう　遅いし、　熱も　あるし、　今日は　出掛けない　ほうが　いいよ。

「句型3」練習B

1. 例：薔薇・百合（咲きます）
　→ 薔薇は　咲いて　いますが、　百合は　咲いて　いません。
① 月・星（出ます）
　→ 月は　出て　いますが、　星は　出て　いません。
② ドア・窓（開きます）
　→ ドアは　開いて　いますが、　窓は　開いて　いません。
③ 私の　財布には　クレジットカード・保険証（入ります）
　→ 私の　財布には　クレジットカードは　入って　いますが、　保険証は
　　入って　いません。

2. 例：この　タオルを　使っても　いいですか。（汚れます）
　→ その　タオルは　汚れて　いますよ。
① この　タブレットを　使っても　いいですか。（故障します）
　→ その　タブレットは　故障して　いますよ。
② この　レジ袋を　もらっても　いいですか。（破れます）
　→ その　レジ袋は　破れて　いますよ。
③ この　水を　飲んでも　いいですか。（毒が　入ります）
　→ その　水は　毒が　入って　いますよ。

3. 例：家が　燃えます・早く　110番して　ください
　→ 家が　燃えて　いますから、　早く　110番して　ください。

① 道が　込みます・電車で　行った　ほうが　いいですよ。

→　道が　込んで　いますから、　電車で　行った　ほうが　いいですよ。

② 店が　閉まります・ネットで　買いましょう。

→　店が　閉まって　いますから、　ネットで　買いましょう。

③ 事務所に　鍵が　掛かります・みんな　帰ったと　思います。

→　事務所に　鍵が　掛かって　いますから、　みんな　帰ったと　思います。

随堂測驗

一、填空題：

例：ドアを　開けます　→　ドアが　（開きます）　→　（開いて　います）

1. 窓を　閉めます　→　窓が　（閉まります）　→　（閉まって　います）

2. 服を　汚します　→　服が　（汚れます　）　→　（汚れて　います　）

3. 紙を　破ります　→　紙が　（破れます　）　→　（破れて　います　）

4. 電気を　消します　→　電気が　（つきます　）　→　（ついて　います　）

5. 病気を　治します　→　病気が　（治ります　）　→　（治って　います　）

6. 車を　駐車場に　止めます　→　車が　駐車場に（止まります）

　　　　　　　　　　　　　　　→（止まって　います）

7. 本を　机の上に　並べます　→　本が　机の上に（並びます　）

　　　　　　　　　　　　　　　→（並んで　います　）

8. お金を　財布に　入れます　→　お金が　財布に（入ります　）

　　　　　　　　　　　　　　　→（入って　います　）

二、選擇題：

1. 呂さんは　（　4　）し、仕事も　よく　できる。

　　1　真面目な　　　　2　真面目の　　　　3　真面目に　　　　4　真面目だ

2. 翔太君は　運動が　（　1　）し、　それに　かっこいいです。

　　1　できます　　　2　できて　　　　3　できましょう　4　でき

3. 頭が 痛い 時は、 早く 薬を （ 2 ）ほうが いいです。
　　1　飲んた　　　　　2　飲んだ　　　　　3　飲みた　　　　4　飲った

4. もう 夜 遅いですから、 電話を （ 4 ）。
　　1　して　ください　　　　　　　　2　する　ほうが　いい
　　3　しても　いい　　　　　　　　　4　しない　ほうが　いい

5. あっ、 窓が （ 4 ） いますね。 開けて ください。
　　1　閉めて　　　　　2　閉めって　　　3　閉まて　　　　4　閉まって

6. 空に 月が （ 1 ）ね。 綺麗ですね。
　　1　出て　います　　　　　　　　　2　出ます
　　3　出して　います　　　　　　　　4　出します

三、翻譯題：

1. お酒は 体に 悪いですから、 毎日 飲まない ほうが いいですよ。
　酒對身體不好，最好不要每天喝。
2. 物価も 安いし、 台湾にも 近いし、 日本へ 留学しましょう。
　物價又便宜，又離台灣近，去日本留學吧。
3. 事務室の 電気が ついて いないから、 みんな 帰ったと 思う。
　辦公室的電燈沒亮，所以我想大家都回去了。
4. 因為很危險，所以最好不要去那個國家。
　危ないですから、 あの 国へ 行かない ほうが いいですよ。
5. 呂先生懂英文（わかります），日文又棒（上手です），而且很認真。
　呂さんは 英語も わかるし、 日本語も 上手だし、 それに、 真面目です。
　呂さんは 英語も わかりますし、 日本語も 上手ですし、 それに、
　真面目です。
6. 錢包裡面裝有在留卡跟健保卡之類的（在留カードや 保険証など）。
　財布の 中には、 在留カードや 保険証などが 入って います。

「句型 1」練習 B

1. 例：資料が　あります（置きます）　→ 資料が　置いて　あります。
   ① 壁には　鏡が　あります（掛けます）
   →　壁には　鏡が　掛けて　あります。
   ② 庭には　木が　あります（植えます）
   →　庭には　木が　植えて　あります。
   ③ ノートには　名前が　あります（書きます）。
   →　ノートには　名前が　書いて　あります。

2. 例：資料を　置きました。　→　資料を／が　置いて　あります。
   ① 花を　飾りました。
   →　花を／が　飾って　あります。
   ② 窓を　閉めました。
   →　窓を／が　閉めて　あります。
   ③ 掲示板に　予定表を　貼りました。
   →　掲示板に　予定表を／が　貼って　あります。

3. 例：メモは　どこですか。（壁に　貼りました。）→壁に　貼って　あります。
   ① 牛乳は　どこですか。（冷蔵庫に　入れました。）
   →　冷蔵庫に　入れて　あります。
   ② 鍵は　どこですか。（盆栽の　下に　隠しました。）
   →　盆栽の　下に　隠して　あります。

「句型 2」練習 B

1. 例：資料を　用意しましたか。
   →　はい、　もう　用意して　あります。
   ① 式場の　場所を　調べましたか。

→ はい、　もう　調べて　あります。

② タクシーを　呼びましたか。

→ はい、　もう　呼んで　あります。

③ 復習しましたか。

→ はい、　もう　復習して　あります。

④ 待ち合わせの　場所が　変わったのを　陳さんに　伝えましたか。

→ はい、　もう　陳さんに　伝えて　あります。

「句型 3」練習Ｂ

1. 例：「入口」（ここから　入れ）

→ Ａ：あそこに　「入口」と　書いて　ありますね。
　　　あれは　どういう　意味ですか。

Ｂ：ここから　入れと　いう　意味です。

① 「右折」（右に　曲がれ）

→ Ａ：あそこに　「右折」と　書いて　ありますね。
　　　あれは　どういう　意味ですか。

Ｂ：右に　曲がれと　いう　意味です。

② 「直行」（まっすぐ　行け）

→ Ａ：あそこに　「直行」と　書いて　ありますね。
　　　あれは　どういう　意味ですか。

Ｂ：まっすぐ　行けと　いう　意味です。

③ 「駐車禁止」（ここに　車を　止めるな）

→ Ａ：あそこに　「駐車禁止」と　書いて　ありますね。
　　　あれは　どういう　意味ですか。

Ｂ：ここに　車を　止めるなと　いう　意味です。

④ 「禁煙」（タバコを　吸うな）

→ Ａ：あそこに　「禁煙」と　書いて　ありますね。
　　　あれは　どういう　意味ですか。

Ｂ：タバコを　吸うなと　いう　意味です。

「句型４」練習Ｂ

1. 例：吉祥寺には　公園が　あります。（井の頭公園）
   →　吉祥寺には　井の頭公園と　いう　公園が　あります。
   ① 昨日、　ところへ　行きました。（下北沢）
   →　昨日、　下北沢と　いう　ところへ　行きました。
   ② 姫様を　知って　いますか。（かぐや姫）
   →　かぐや姫と　いう　姫様を　知って　いますか。
   ③ 私の　クラスには　外国人が　います。（リサ）
   →　私の　クラスには　リサと　いう　外国人が　います。
   ④ 店で　タブレットを　買いました。（ビックカメラ）
   →　ビックカメラと　いう　店で　タブレットを　買いました。
   ⑤ 王さんは　仮想通貨に　投資して　います。（Bit Coin）
   →　王さんは　Bit Coinと　いう　仮想通貨に　投資して　います。
   ⑥ ホテルを　予約して　あります。（アマン東京）
   →　アマン東京と　いう　ホテルを　予約して　あります。
   ⑦ アプリで　出前を　頼みました。（Uber Eats）
   →　Uber Eatsと　いう　アプリで　出前を　頼みました。
   ⑧ 私が　買った　マンションは、　駅から　歩いて　５分です。（麻布十番）
   →　私が　買った　マンションは、　麻布十番と　いう　駅から　歩いて
   ５分です。

随堂測驗

一、填空題：

例：ドアが　開いて　います。　→　（　ドアが／を　開けて　あります。　）
1. 窓が　閉まって　います。　→　（　窓が／を　閉めて　あります。　）
2. 電気が　消えて　います。　→　（　電気が／を　消して　あります。　）
3. 電気が　ついて　います。　→　（　電気が／を　つけて　あります。　）

4. 駐車場に　車が　止まって　います。
　　→　（駐車場に　車が／を　止めて　あります。）
5. 本棚に　本が　並んで　います。
　　→　（本棚に　本が／を　並べて　あります。　）
6. 壁に　絵が　掛かって　います。
　　→　（壁に　絵が／を　掛けて　あります。　　）
7. 保険証は　財布に　入って　います。
　　→　（保険証は　財布に　入れて　あります。　）
8. 傘は　かばんから　出て　います。
　　→　（傘は　かばんから　出して　あります。　）

二、選択題：

1. あれ、　教室の　電気が　（　1　）ね。　誰か　いるかも　しれません。
　　1　ついて　います　　　　　　　　　2　つけて　います
　　3　ついて　あります　　　　　　　　4　つきます

2. レストランを　予約して　（　2　）から、　今晩　一緒に　食事しましょう。
　　1　います　　　　2　あります　　　3　いました　　　4　ありました

3. 地震で　ビルが　（　1　）。
　　1　倒れて　います　　　　　　　　　2　倒して　います
　　3　倒れて　あります　　　　　　　　4　倒して　あります

4. A：昼ご飯、　もう　食べましたか。　B：いいえ、まだ　（　1　）。
　　1　食べて　いません　　　　　　　　2　食べます
　　3　食べて　ありません　　　　　　　4　食べませんでした

5. 母（　）　「アマン東京」（　）　いう　ホテル（　）　予約して　あります。
　（3）
　　1　が／を／と　　　2　に／と／が　　　3　が／と／を　　　4　が／と／が

6.「天地無用」は　（　4　）　意味ですか。
　　1　なんと　　　　　2　どう　　　　　　　3　という　　　　　4　どういう

三、翻譯題：

1. ホテルの　部屋の　ドアノブに　ドアプレートが　掛けて　あります。
　　飯店房間的門把（ドアノブ）上掛有門把告示牌（ドアプレート）。
2. ドアプレートに　「Do Not Disturb」と　書いて　あります。
　　告示牌上寫著「Do Not Disturb」
3.「Do Not Disturb」は　「起こさないで　ください」と　いう　意味です。
　　「Do Not Disturb」是「請勿打擾（不要叫醒我）」的意思。
4. 那裡（兩人之外處）寫著什麼呢？
　　あそこに　なんと　書いて　ありますか。
5.「使用禁止」是不可以使用（〜ては　いけません）的意思。
　　「使用禁止」は　使っては　いけないと　いう　意味です。
6. 路易先生住在一間叫做「Maison De Takada（メゾン・ド・高田）」的公寓。
　　ルイさんは　「メゾン・ド・高田」と　いう　アパートに　住んで　います。

「句型 1」練習B

1. 例：ゆっくり　休みました・元気です

　→　ゆっくり　休みましたから、　元気に　なりました。

　① 年を　取りました・目が　悪いです

　→　年を　取りましたから、　目が　悪く　なりました。

　② 金利が　下がりました・不動産の　価格が　高いです

　→　金利が　下がりましたから、　不動産の　価格が　高く　なりました。

　③ 一生懸命　働きました・社長です

　→　一生懸命　働きましたから、　社長に　なりました。

2. 例：この　コーヒーは　苦いです・砂糖を　入れます・甘いです

　→　この　コーヒーは　苦いですから、　砂糖を　入れて　甘く　します。

　① 部屋が　汚いです・掃除を　します・綺麗です

　→　部屋が　汚いですから、　掃除を　して　綺麗に　します。

　② この　町は　不便です・新しい　駅を　作ります・便利です

　→　この　町は　不便ですから、　新しい　駅を　作って　便利に　します。

　③ 景気が　悪いです・お金を　配ります・みんなが　お金持ちです

　→　景気が　悪いですから、　お金を　配って　みんなを　お金持ちに　します。

「句型 2」練習B

1. 例：飲み物・何（お茶）

　→　Ａ：飲み物は　何に　しますか。　　Ｂ：お茶に　します。

　① 旅行先・どこ（パリ）

　→　Ａ：旅行先は　どこに　しますか。　　Ｂ：パリに　します。

　② どの　航空会社（エールフランス）

　→　Ａ：どの　航空会社に　しますか。　　Ｂ：エールフランスに　します。

③ 出発・いつ（来月の　8日）
　→　A：出発は　いつに　しますか。　　　B：来月の　8日に　します。
④ どの　クラス（ファーストクラス）
　→　A：どの　クラスに　しますか。　　　B：ファーストクラスに　します。

2. 例：朝の　便と　夜の　便と、　どちらに　しますか。（朝の　便）
　→　朝の　便に　します。
① ご出発は　成田からに　しますか、　羽田からに　しますか。（羽田）
　→　羽田に　します。
② お食事は　和食に　しますか、　洋食に　しますか。（洋食）
　→　洋食に　します。
③ 座席は　通路側と　窓側と、　どちらに　しますか。（窓側）
　→　窓側に　します。
④ パジャマは　大きいのと　小さいのと、　どちらに　しますか。（小さいの）
　→　小さいのに　します。

「句型3」練習B

1. 例：私は、　林さんから　花を　もらいました。
　→　林さんは、　私に　花を　くれました。
① 私は、　春日さんから　チョコレートを　もらいました。
　→　春日さんは、　私に　チョコレートを　くれました。
② 夫は、　松本さんから　株主優待券を　もらいました。
　→　松本さんは、　夫に　株主優待券を　くれました。
③ 妻は、　木村さんから　子供の　絵本を　もらいました。
　→　木村さんは、　妻に　子供の　絵本を　くれました。
④ 父は、　加藤さんから　古い　ビデオを　もらいました。
　→　加藤さんは、　父に　古い　ビデオを　くれました。
⑤ 母は、　山本さんから　要らない　服を　もらいました。
　→　山本さんは、　母に　いらない　服を　くれました。
⑥ 娘は、　同級生から　おもちゃを　もらいました。（※娘の　同級生は〜）
　→　娘の　同級生は、　娘に　おもちゃを　くれました。

「句型４」練習Ｂ

1. 例：アインシュタイン：「複利は　人類最大の　発明です」
　→　アインシュタインは、　複利は　人類最大の　発明だと　言いました。
　① エジソン：「失敗は　成功の　母です」
　→　エジソンは、　失敗は　成功の　母だと　言いました。
　② ガリレオ：「懐疑は　発明の　父です」
　→　ガリレオは、　懐疑は　発明の　父だと　言いました。
　③ 昔の人：「卵は　一つの　籠に　盛るな」
　→　昔の人は、　卵は　一つの　籠に　盛るなと　言いました。
　④ ナポレオン一世：「私の　辞書には　不可能と　いう　言葉は　ありません」
　→　ナポレオン一世は、　私の　辞書には　不可能と　いう　言葉は　ないと　言いました。

2. 例：Ａ：「あなたが　好きです。」　Ｂ：「結婚して　ください。」
　→　Ｂ：私が　好きだと　言ったよね。　結婚して。
　① Ａ：「お腹が　空きました。」　Ｂ：「これを　食べて　ください。」
　→　Ｂ：お腹が　空いたと　言ったよね。　これ（を）　食べて。
　② Ａ：「頭が　痛いです。」　Ｂ：「この　薬を　飲んで　ください。」
　→　Ｂ：頭が　痛いと　言ったよね。　この　薬（を）　飲んで。
　③ Ａ：「今日、　会議が　あります。」
　　　Ｂ：「早く　会社へ　行って　ください。」
　→　Ｂ：今日、　会議が　あると　言ったよね。　早く　会社（へ）　行って。
　④ Ａ：「部屋を　片付けます。」　Ｂ：「今すぐ　やって　ください。」
　→　Ｂ：部屋を　片付けると　言ったよね。　今すぐ　やって。

隨堂測驗

一、填空題：

1. 部屋の　電気（　を　）　暗く　します。
2. ルイさんは　日本語（　が　）　上手に　なりましたね。
3. 駅の　近くに　新しい　デパート（　が　）　できました。
4. 昼ご飯は　お寿司（　に　）　します。
5. これは、　母（　が　）　くれた　財布です。
6. 吉田さんは、　私（　に　）　お土産を　くれました。
7. 私は、　吉田さん（　に／から　）　お土産を　もらいました。
8. お土産を　くれる（　と　）　言ったよね。

二、選擇題：

1. 明菜ちゃんは　以前より　（　3　）　なりましたね。
   1　美しに　　　　　2　美しいく　　　　3　美しく　　　　　4　美しいに

2. うるさい！　テレビの　音（　3　）　ください。
   1　が　小さく　して　　　　　　　2　が　小さく　なって
   3　を　小さく　して　　　　　　　4　を　小さく　なって

3. 友達（　3　）、　有名な　店で　買った　ケーキを　くれました。
   1　を　　　　　2　に　　　　　3　が　　　　　4　から

4. 新しいパソコンを　買ったから、　古いのは　弟（　3　）　あげた。
   1　を　　　　　2　が　　　　　3　に　　　　　4　から

5. おじいちゃんは　健康が　一番　（　1　）と　言いました。
   1　大事だ　　　　2　大事な　　　　　3　大事に　　　　4　大事で

6. 出張は　何時の　電車　（　４　）か。
　　1　が　なります　2　が　します　　3　を　します　　4　に　します

三、翻譯題：

1. この　コーヒーは　濃すぎますから、　味を　薄くして　ください。
　　這個咖啡＜味道＞太濃了，請把它弄淡。
2. 同僚が　くれた　ケーキを　みんなで　食べました。
　　大家一起吃了同事給我的蛋糕。
3. 今度、　お食事でも　いかがですか。
　　下次要不要一起去吃個飯之類的呢。
4. 你晚餐想吃什麼？
　　晩ご飯は　何に　しますか。
5. 我對小陳說加油！
　　陳さんに　頑張れと　言いました。
6. 這是我男朋友給我的生日禮物。很棒對吧！
　　これは　彼氏が　くれた　誕生日プレゼントです。　素敵でしょう？

「句型 1」練習 B

1. 例：道を　教えました。（外国人に）
   → 私は、　外国人に　道を　教えて　あげました。
   ① 知り合いの　芸能人を　紹介しました。（ルイさんに）
   → 私は、　ルイさんに　知り合いの　芸能人を　紹介して　あげました。
   ② 空港まで　連れて　行きました。（王さんを）
   → 私は、　王さんを　空港まで　連れて　行って　あげました。
   ③ パソコンを　修理しました。（呂さんの）
   → 私は、　呂さんの　パソコンを　修理して　あげました。
   ④ 遊びました。（親戚の　子供と）
   → 私は、　親戚の　子供と　遊んで　あげました。

「句型 2」練習 B

1. 例：新しい　スマホを　買いました。（彼氏に）
   → A：誰に　新しい　スマホを　買って　もらいましたか。
   　　B：彼氏に　買って　もらいました。
   ① 弁護士を　紹介しました。（吉田さんに）
   → A：誰に　弁護士を　紹介して　もらいましたか。
   　　B：吉田さんに　紹介して　もらいました。
   ② 航空券を　予約しました。（秘書に）
   → A：誰に　航空券を　予約して　もらいましたか。
   　　B：秘書に　予約して　もらいました。
   ③ 警察を　呼びました。（受付の　人に）
   → A：誰に　警察を　呼んで　もらいましたか。
   　　B：受付の　人に　呼んで　もらいました。

2. 例：お誕生日に、　彼女に　何を　して　もらいましたか。

（料理を　作りました）→　料理を　作って　もらいました。

① バレンタインデーに　彼氏に　何を　して　もらいましたか。

（レストランに　食事に　連れて　行きます）

→　レストランに　食事に　連れて　行って　もらいました。

「句型3」練習B

1. 例：お金を　貸しました。（陳さん）→陳さんは、　お金を　貸して

くれました。

① 学校を　案内しました。（ジャックさん）

→　ジャックさんは、　学校を　案内して　くれました。

② 料理を　おごりました。（友達）

→　友達は、　料理を　おごって　くれました。

③ 娘に　ぬいぐるみを　買いました。（吉田さん）

→　吉田さんは、　娘に　ぬいぐるみを　買って　くれました。

④ 妹を　駅まで　送ります。（陳さん）

→　陳さんは、　妹を　駅まで　送って　くれました。

⑤ うちの　犬を　散歩に　連れて　行きます。（ルイさん）

→　ルイさんは、　うちの　犬を　散歩に　連れて　行って　くれました。

⑥ バツイチの　私と　結婚しました。（彼）

→　彼は、　バツイチの　私と　結婚して　くれました。

⑦ 留学ビザに　ついて　いろいろ　調べました。（翔太君）

→　翔太君は、　留学ビザに　ついて　いろいろ　調べて　くれました。

「句型4」練習B

1. 例：お金を　１万円ほど　貸します。

→　お金を　１万円ほど　貸して　くれない？

① いい　弁護士を　紹介します。

→　いい　弁護士を　紹介して　くれない？

② 会議は　午後に　します。

→　会議は　午後に　して　くれない？

③ 冷房を　少し　弱く　します。

→　冷房を　少し　弱く　して　くれない？

④ 会場までの　地図を　描きます。

→　会場までの　地図を　描いて　くれない？

⑤ 銀行に　行って　お金を　下ろして　きます。

→　銀行に　行って　お金を　下ろして　きて　くれない？

⑥ さっき　撮った　写真を　LINEで　送ります。

→　さっき　撮った　写真を　LINEで　送って　くれない？

⑦ それに　ついて、　もっと　詳しく　説明します。

→　それに　ついて、　もっと　詳しく　説明して　くれない？

⑧ この　スーツケースを　玄関まで　持って　行きます。

→　この　スーツケースを　玄関まで　持って　行って　くれない？

隨堂測驗

一、填空題：

1. 結婚記念日に、　妻（　に　）　ペンダントを　買って　あげました。
2. 結婚記念日に、　妻（　は　）　料理を　作って　くれました。
3. 昨日、　同僚（　が　）　駅まで　送って　くれました。
4. 昨日、　同僚（　に　）　駅まで　送って　もらいました。
5. 翔太君は　いつも、　私（　の　）　机を　拭いて　くれて　います。
6. その　件に　ついては、　王さん（　に　）　調べて　もらった　方が
　いいよ。
7. 彼は、　母（　を　）　私の　研究室（　まで　）　案内して　くれました。
8. 暇だから、　隣の　子供（　と　）　遊んで　あげた。

二、選擇題：

1. いつも　日本人の　友達（　）　日本語（　）教えて　もらって　います。（**1**）
　　1　に／を　　　　　2　を／に　　　　　3　が／を　　　　　4　を／が

2. 受付の　人が、　私たち（　**4**　）　会場まで　案内して　くれました。
　　1　は　　　　　　　2　の　　　　　　　3　に　　　　　　　4　を

3. 暑いですね。　エアコンを　（　**1**　）。
　　1　つけましょうか　　　　　　　　　　2　つけて　あげましょうか
　　3　つきましょうか　　　　　　　　　　4　ついて　くれませんか

4. 日本人の　友達が、　私に　日本語を　教えて　（　**2**　）。
　　1　あげました　　2　くれました　　3　もらいました　4　いました

5. 渡辺社長（　**3**　）、　知り合いの　弁護士を　紹介して　もらいました。
　　1　を　　　　　　　2　が　　　　　　　3　に　　　　　　　4　と

6. 昨日、　新入社員（　**1**　）　あげた。
　　1　を　駅まで　送って　　　　　　　2　に　会社を　案内して
　　3　を　仕事を　手伝って　　　　　　4　に　荷物を　運んで

三、翻譯題：

1. 彼は、　私の　ことが　好きだと　言って　くれました。
　　他對我說了他愛我／他向我告白了。
2. ごめん。　ルイさんを　駅まで　迎えに　行って　くれない？
　　抱歉。你能不能＜幫我＞去車站接路易先生。
3. 顔色が　悪いですね。　医者に　診て　もらった　ほうが　いいですよ。
　　你臉色不太好耶。最好去看醫生／請醫生幫你診斷。
4. 我請林小姐給我看他的新智慧型手機。
　　私は　林さんに　新しい　スマホを　見せて　もらいました。

5. 我為弟弟導覽東京（案内します）。

　　弟に　東京を　案内して　あげました。

6. 女朋友為我泡了咖啡（入れます）。

　　彼女は　コーヒーを　入れて　くれました。

本書綜合練習

一、填空題：

01. 男性友人：明日、 うちへ 遊びに 来い（ よ ）。
02. 車（ を ） ここ（ に ） 止めるな！
03. 荷物、 私が 持と（ う ）か。
04. 車だ！ 気（ を ） つけろ！
05. A：陳さんは、 今日 来ますか。 B：ええ、 たぶん （ 来る ）でしょう。
06. 彼は あなた（ が ） 他の 男性と キスしたのを 知らないでしょう？
07. あの 候補者は、 大統領に なる（ かも ） しれません。
08. 今回の 事件（ に ） ついて、 どう 思いますか。
09. 犯人は 彼（ だ ）と 思うよ。
10. 彼女は 優しい（ し ）、 料理も 上手だ（ し ）、 それに
    美人です。
11. 服は 買う 前に、 着て みた ほう（ が ） いいです。
12. あれ？ この コピー機、 壊れて （ い ） ますよ。
13. 月（ は ） 出て いますが、 星（ は ） 出て いません。
14. コーヒーを 入れて （ あり ）ますから、 よかったら どうぞ。
15. 部屋（ に ）は 空気清浄機が 置いて あります。
16. 予定表に 「会議は 3時から」（ と ） 書いて ありますよ。
17. ルイさんは 「メゾン・ド・高田」（ と ） いう アパートに 住んで
    います。
18. 飲み物は 何（ に ） しますか。
19. 値段を もっと 安（ く ） して くださいよ。
20. ご飯の 量を 半分（ に ） して ください。
21. お金（ を ） 貸して くれる（ と ） 言ったよね。 貸せよ！
22. 鈴木さんは、 荷物（ を ） 運んで くれました。
23. 陳さん（ に ） 引っ越しを 手伝って もらいました。
24. 私は、 彼氏（ の ） 部屋を 掃除して あげました。

二、選擇題：

01. この　野郎！　（　2　）！
　　　1　死にえ　　　　　2　死ね　　　　　　3　死にれ　　　　4　死ぬれ

2. 毒が　入って　いるから　（　1　）！
　　　1　飲むな　　　　　2　飲もうな　　　3　飲めな　　　　4　飲めろ

3. ねえ、　一緒に　（　3　）！
　　　1　遊びよう　　　2　遊べよ　　　　3　遊ぼう　　　　4　遊べよ

4. 明日から　暑く　なる（　2　）。
　　　1　だったろう　　2　だろう　　　　3　だっただろう　4　だろ

5. A：あの　人（　3　）　どう　思う？　　B：嫌な　人だと　思う。
　　　1　に　　　　　　2　が　　　　　　3　を　　　　　　4　で

6. ルイさんは、　うちに　（　4　）　かも　しれない。
　　　1　いて　　　　　2　います　　　　3　いよう　　　　4　いない

7. リサさんは　料理も　（　1　）し、　美人ですし、　それに　優しいです。
　　　1　できます　　　2　できて　　　　3　できましょう　4　でき

8. 明日は　早いですから、　早く　（　2　）ほうが　いいですよ。
　　　1　寝て　　　　　2　寝た　　　　　3　寝ろ　　　　　4　寝よ

9. あっ、　服が　（　2　）　いますね。　洗いましょうか。
　　　1　汚して　　　　2　汚れて　　　　3　汚く　　　　　4　汚に

10. 出前を　頼んで　（　2　）から、　今晩　一緒に　食事しましょう。
　　　1　います　　　　2　あります　　　3　します　　　　4　なります

11. 地震（ **4** ）　アパートが　倒れて　います。
　　1　は　　　　　　2　を　　　　　　3　に　　　　　　4　で

12.A：晩ご飯、　もう　食べた？　B：いいえ、　まだ　（ **1** ）。
　　1　食べて　ない　2　食べた　　　　3　食べる　　　　4　食べるな

13.「立入禁止」は　（ **4** ）　意味ですか。
　　1　なんと　　　　2　どう　　　　　3　という　　　　4　どういう

14. 翔太君は　　（ **3** ）　なりましたね。
　　1　かっこいいに　2　かっこいく　　3　かっこよくに　4　かっこよく

15. 友達は、　自分の　住んで　いる　町（ **2** ）　案内して　くれた。
　　1　に　　　　　　2　を　　　　　　3　が　　　　　　4　の

16. すみませんが、　消しゴムを　（ **1** ）ませんか。
　　1　貸して　くれ　　　　　　　　　2　貸して　もらい
　　3　借りて　くれ　　　　　　　　　4　借りて　もらい

17. 私は　ルイさん（　）、　漢字の　書き方（　）　教えて　あげた。（**2**）
　　1　を／に　　　　2　に／を　　　　3　の／が　　　　4　を／が

18. 私は　ルイさん（　）、　料理の　作り方（　）　教えて　もらった。（**2**）
　　1　を／に　　　　2　に／を　　　　3　の／が　　　　4　を／が

19. 時間が　ありませんから、　同僚（ **1** ）　やって　もらいました。
　　1　に　　　　　　2　の　　　　　　3　を　　　　　　4　が

20. 自分で　できませんから、　同僚（ **4** ）　やって　くれました。
　　1　に　　　　　　2　の　　　　　　3　を　　　　　　4　が

三、請依照表格做適當的動詞變化：

ない形	ます形	て形	た形	原形	禁止形	命令形	意向形
行かない	行きます	行って	行った	行く	行くな	行け	行こう
言わない	言います	言って	言った	言う	言うな	言え	言おう
待たない	待ちます	待って	待った	待つ	待つな	待て	待とう
作らない	作ります	作って	作った	作る	作るな	作れ	作ろう
死なない	死にます	死んで	死んだ	死ぬ	死ぬな	死ね	死のう
呼ばない	呼びます	呼んで	呼んだ	呼ぶ	呼ぶな	呼べ	呼ぼう
飲まない	飲みます	飲んで	飲んだ	飲む	飲むな	飲め	飲もう
書かない	書きます	書いて	書いた	書く	書くな	書け	書こう
泳がない	泳ぎます	泳いで	泳いだ	泳ぐ	泳ぐな	泳げ	泳ごう
消さない	消します	消して	消した	消す	消すな	消せ	消そう
来ない	来ます	来て	来た	来る	来るな	来い	来よう

穩紮穩打日本語 進階 2

解答

「句型１」練習Ｂ

1. 例：眠く　なります・コーヒーを　飲みます

　　→　眠く　なったら、　コーヒーを　飲みます。

　① いっぱい　食べます・お腹を　壊します

　　→　いっぱい　食べたら、　お腹を　壊します。

　② いい　人に　出会います・結婚したいです

　　→　いい　人に　出会ったら、　結婚したいです。

　③ 間に　合いません・タクシーで　行きます

　　→　間に　合わなかったら、　タクシーで　行きます。

　④ 他に　用事が　ありません・帰ります

　　→　他に　用事が　なかったら、　帰ります。

2. 例：あの　ビルに　入ります・喫茶店が　あります

　　→　あの　ビルに　入ったら、　喫茶店が　あります。

　① あの　交差点を　右に　曲がります・左側に　駅が　見えます

　　→　あの　交差点を　右に　曲がったら、　左側に　駅が　見えます。

　② 窓を　開けます・工事の　騒音が　聞こえます

　　→　窓を　開けたら、　工事の　騒音が　聞こえます。

　③ 100 メートルほど　行きます・右側に　郵便局が　あります

　　→　100 メートルほど　行ったら、　右側に　郵便局が　あります。

「句型２」練習Ｂ

1. 例：忙しいです・来なくても　いいです

　　→　忙しかったら、　来なくても　いいです。

　① 軽いです・その　スマホを　買います

　　→　軽かったら、　その　スマホを　買います。

② 重いです・私が　持ちましょうか

→　重かったら、　私が　持ちましょうか。

③ 彼が　好きです・彼に　そう　言って　ください

→　彼が　好きだったら、　彼に　そう　言って　ください。

④ 嫌です・嫌だと　言って

→　嫌だったら、　嫌だと　言って。

⑤ 有名な　先生です・授業料も　高いでしょ（う）？

→　有名な　先生だったら、　授業料も　高いでしょ（う）？

⑥ いい　マンションです・買いたいです

→　いい　マンションだったら、　買いたいです。

⑦ マンションを　買いたいです・親が　お金を　出して　くれます

→　マンションを　買いたかったら、　親が　お金を　出して　くれます。

⑧ 働きたく　ないです・親に　養って　もらいます

→　働きたく　なかったら、　親に　養って　もらいます。

「句型 3」練習 B

1. 例：仕事が　終わります・社長室に　来ます

→　仕事が　終わったら、　社長室に　来て　ください。

① お客様が　来ます・私を　呼びます

→　お客様が　来たら、　私を　呼んで　ください。

② 翔太君が　起きます・教えます

→　翔太君が　起きたら、　教えて　ください。

③ ご飯を　食べます・片付けます

→　ご飯を　食べたら、　片付けて　ください。

④ パソコンを　使います・電源を　切るのを　忘れません

→　パソコンを　使ったら、　電源を　切るのを　忘れないで　ください。

2. 例：会社を　辞めます・起業します

→　A：会社を　辞めたら、　何を　しますか。

　　B：起業したいと　思います。

① 大学を　卒業します・留学します

→　A：大学を　卒業したら、　何を　しますか。

　　B：留学したいと　思います。

② 定年退職します・田舎へ　引っ越します

→　A：定年退職したら、　何を　しますか。

　　B：田舎へ　引っ越したいと　思います。

③ 夏休みに　なります・アルバイトを　します

→　A：夏休みに　なったら、　何を　しますか。

　　B：アルバイトを　したいと　思います。

④ 病気が　治ります・友達に　会ったり、　旅行に　行ったり　します

→　A：病気が　治ったら、　何を　しますか。

　　B：友達に　会ったり、　旅行に　行ったり　したいと　思います。

「句型４」練習Ｂ

1. 例：眠く　なりました・コーヒーを　飲みます

　　→　眠く　なったら、　コーヒーを　飲んだら　どうですか。

① 疲れました・休みます

→　疲れたら、　休んだら　どうですか。

② 間に　合いません・タクシーで　行きます

→　間に　合わなかったら、　タクシーで　行ったら　どうですか。

③ 嫌です・はっきり　嫌だと　言います

→　嫌だったら、　はっきり　嫌だと　言ったら　どうですか。

④ お金が　ありません・親に　買って　もらいます

→　お金が　なかったら、　親に　買って　もらったら　どうですか。

⑤ 行きたいです・早く　ついて　行きます・

→　行きたかったら、　早く　ついて　行ったら　どうですか。

⑥ 大学院に　進学したく　ないです・早く　就職活動を　始めます

→　大学院に　進学したく　なかったら、　早く　就職活動を　始めたら
　　どうですか。

一、填空題（請填寫假名讀音）：

1. 宝くじ（ **が** ）　当たったら、　会社を　辞めて　自分で　起業します。
2. もし、　あなた（ **が** ）　宝くじ（ **に** ）　当たったら、
　何を　買いますか。
3. あなたは　宝くじ（ **を** ）　当てた　ことが　ありますか。
4. お姉さん　（ **が** ）　帰って　来たら、　晩ご飯を　食べましょう。
5. バスが　（　来ません　→　**来なかったら**　）、　歩いて　行く　しか
　ありません。
6. 空港に　（　着きました　→　**着いたら**　）、　連絡を　ください。
7. 明日、　いい　（　天気です　→　**天気だったら**　）、　遊園地へ　行こう！
8. （　まずいです　→　**まずかったら**　）、　食べなくても　いいよ。

二、選擇題：

1. （　**1**　）　乗るな！
　1　飲んだら　　　2　飲んたら　　　3　飲むから　　　4　飲むたら

2. 会社を　（　**2**　）、　アルバイトの　仕事を　探さなければ　なりません。
　1　辞めだったら　　　　　　　2　辞めたら
　3　辞めなかったら　　　　　　4　辞めるたら

3. 交差点（　）　右（　）　曲がったら、　学校が　あります。（**3**）
　1　で／を　　　2　に／を　　　3　を／に　　　4　へ／に

4. ついて　（　**2**　）、　早く　支度しろ！
　1　行ったら　　　　　　　　2　行きたかったら
　3　行かなかったら　　　　　4　行きたら

5. 新入社員が　かっこいい　人（　**3**　）、　デートに　誘います。
　　1　だら　　　　　　　2　たら　　　　　　　3　だったら　　　　4　たっだら

6. あの子の　今の　成績（　**4**　）、　東大は　無理だと　思います。
　　1　たら　　　　　　　2　とは　　　　　　　3　には　　　　　　　4　では

三、翻譯題：

1. 洗濯は　自分で　やったら　どうですか。
　　衣服你自己洗好嗎？／衣服你要不要自己洗呢？

2. 両親は　年金だけで　暮らして　います。
　　我雙親就只靠年金在過活。

3. トイレへ　行きたく　なったら、　先生に　言ってね。（※行きたい＋なる＋たら）
　　如果想要上廁所，要向老師說喔。

4. 大學畢業後，你要回國嗎？
　　大学を　卒業したら／出たら、　国へ　帰りますか。

5. 如果發生地震的話要怎麼辦？
　　もし、　地震が　起きたら　どうしますか。

6. 頭痛的話，稍微休息一下如何？
　　頭が　痛かったら、　少し　休んだら　どうですか。

「句型 1」練習 B

1. 例：ネットで　調べます・答えが　わかりません

　　→　ネットで　調べても、　答えが　わかりません。

① 練習します・上達しませんでした

　→　練習しても、　上達しませんでした。

② 真面目に　働きます・給料が　上がりません

　→　真面目に　働いても、　給料が　上がりません。

③ 別れます・私の　ことを　忘れないで　ください

　→　別れても、　私の　ことを　忘れないで　ください。

④ お金を　持って　います・あなたには　貸しません

　→　お金を　持って　いても、　あなたには　貸しません。

⑤ 時間が　ありません・あなたに　会いたい

　→　時間が　なくても、　あなたに　会いたい。

⑥ 恋人が　いません・寂しくない

　→　恋人が　いなくても、　寂しくない。

⑦ 考えます・無駄です

　→　考えても、　無駄です。

⑧ 死にます・嫌だ

　→　死んでも、　嫌だ。

「句型 2」練習 B

1. 例：忙しいです・あなたに　会いに　行きたいです

　→忙しくても、　あなたに　会いに　行きたいです。

① 安いです・その　スマホを　買いません

　→　安くても、　その　スマホを　買いません。

② 頭が　痛いです・会社へ　行かなければ　なりません

→ 頭が　痛くても、　会社へ　行かなければ　なりません。

③ 大変です・頑張ります

→ 大変でも、　頑張ります。

④ 便利です・スマホ決済は　使いたく　ないです

→ 便利でも、　スマホ決済は　使いたく　ないです。

⑤ 日曜日です・働かなければ　なりません

→ 日曜日でも、　働かなければ　なりません。

⑥ 嘘です・嬉しいです

→ 嘘でも、　嬉しいです。

⑦ マンションを　買いたいです・親が　お金を　出して　くれません

→ マンションを　買いたくても、　親が　お金を　出して　くれません。

⑧ あなたが　やりたく　ないです・やって　もらいますよ

→ あなたが　やりたく　なくても、　やって　もらいますよ。

「句型３」練習Ｂ

1. 例：何を　食べます・美味しくない

→ 何を　食べても、　美味しくない。

① 誰に　聞きます・わからない

→ 誰に　聞いても　わからない。

② どこに　います・仕事が　できる

→ どこに　いても　仕事が　できる。

③ あの　会社は　いつ　倒産します・おかしくない

→ あの　会社は　いつ　倒産しても　おかしくない。

④ 誰が　どう　見ます・あれは　犬では　なくて、　狼だ

→ 誰が　どう　見ても、　あれは　犬では　なくて　狼だ。

⑤ どれを　選びます・値段は　変わらない

→ どれを　選んでも、　値段は　変わらない。

⑥ 何時間　待ちます・彼は　来なかった

→ 何時間　待っても、　彼女は　来なかった。

「句型４」練習Ｂ

1. 例：課長（やり方　わからなかったら　自分で　調べて　ください。）
   → Ａ：課長は　何と　言って　いましたか。
   　　Ｂ：やり方が　わからなかったら　自分で　調べろと　言って　いました。

① 部長（今日の　仕事が　終わったら　もう　帰っても　いいですよ。）
   → Ａ：部長は　何と　言って　いましたか。
   　　Ｂ：今日の　仕事が　終わったら　もう　帰っても　いいと　言って
   　　　　いました。

② 先生（どんなに　大変でも　諦めないで　ください。）
   → Ａ：先生は　何と　言って　いましたか。
   　　Ｂ：どんなに　大変でも　諦めるなと　言って　いました。

③ 鈴木さん（ボーナスが　出たら　ハワイへ　遊びに　行きます。）
   → Ａ：鈴木さんは　何と　言って　いましたか。
   　　Ｂ：ボーナスが　出たら　ハワイへ　遊びに　行くと　言って　いました。

④ 中村さん（何が　あっても　彼女と　結婚します。）
   → Ａ：中村さんは　何と　言って　いましたか。
   　　Ｂ：何が　あっても　彼女と　結婚すると　言って　いました。

⑤ 小林さん（一人で　子供を　育てるのは　大変です。）
   → Ａ：小林さんは　何と　言って　いましたか。
   　　Ｂ：一人で　子供を　育てるのは　大変だと　言って　いました。

⑥ 田村さん（連休中は　どこも　行かない　ほうが　いいです。）
   → Ａ：田村さんは　何と　言って　いましたか。
   　　Ｂ：連休中は　どこも　行かない　ほうが　いいと　言って　いました。

⑦ 山田さん（ホテルは　もう　予約して　あります。）
   → Ａ：山田さんは　何と　言って　いましたか。
   　　Ｂ：ホテルは　もう　予約して　あると　言って　いました。

⑧ 吉田さん（息子を　医者に　します。）
   → Ａ：吉田さんは　何と　言って　いましたか。
   　　Ｂ：息子を　医者に　すると　言って　いました。

一、填空題：

1. 病気でも　会社を　休まない（　**と**　）　陳さんが　言って　いましたよ。
2. 値段（　**を**　）　安く　しても、　この　家を　買う　人は　いません。
3. ちょっと　待って　いて　くださいね。　10分（　**で**　）　戻って　きます。
4. 彼（　**が**　）　謝っても、　私は　絶対に　許して　あげません。
5. 雨が　（　降ります　→　**降っても**　）、　出かけます。
6. （　まずいです　→　**まずくても**　）、　食べなければ　なりません。
7. 私が　綺麗ですって？　（　嘘です　→　**嘘でも**　）、　嬉しいわ。
8. 恋人が　（　いません　→　**いなくても**　）、　寂しくないです。

二、選擇題：

1. この　病気は　薬を　（　**4**　）、　治りません。
　　1　飲んだら　　　2　飲んだら　　　3　飲んても　　　4　飲んでも

2. 病気（　**2**　）、　会社へ　行かなければ　なりません。
　　1　ても　　　　　2　でも　　　　　3　たら　　　　　4　だら

3. （　**3**　）　暑くても　エアコンを　つけません。
　　1　もし　　　　　2　もう　　　　　3　どんなに　　　4　どんな

4. お金が　（　**2**　）、　毎日　幸せです。
　　1　ないでも　　　2　なくても　　　3　なかっても　　4　ないても

5. この　部屋は、　昼（　**1**　）　暗いです。
　　1　でも　　　　　2　ても　　　　　3　くても　　　　4　だっても

6. 松本さんは、　さっき　電話で　少し　遅れると　（　4　）。
　　1　思います　　　　　　　　　　2　言います
　　3　思って　いました　　　　　　4　言って　いました

三、翻譯題：

1. 頑張っても　頑張らなくても、　給料は　変わりません。
　　努不努力，薪水都不會改變。
2. この　本は　難しくて、　何回　読んでも　意味が　わかりません。
　　這本書很難，無論讀幾次都還是看不懂意思。
3. 億万長者に　なっても、　家族が　そばに　いなかったら　無意味です。
　　就算變成了億萬富翁，如果家人不在身邊，就沒有意義。
4. 即便是發燒了，也不向公司請假。（熱が　あります）
　　熱が　あっても、　会社を　休みません。
5. 再貴，我也要買新 iPhone。
　　高くても、　新しい　iPhone を　買います。
6. 小陳說他會遲到 30 分鐘左右。
　　陳さんは　30 分ぐらい／ほど　遅れると　言って　いました。

「句型 1」練習 B

1. 例：辞書（本棚に　戻します。）
　→　A：辞書、　借りても　いい？
　　　B：いいよ。　使ったら　本棚に　戻して　おいてね（戻しといてね）。
① はさみ（私の　引き出しに　しまいます。）
　→　A：はさみ、　借りても　いい？
　　　B：いいよ。　使ったら　私の　引き出しに　しまって
　　　　　おいてね（しまっといてね）。
② カッター（収納ケースに　戻します。）
　→　A：カッター、　借りても　いい？
　　　B：いいよ。　使ったら　収納ケースに　戻して　おいてね（戻しといてね）。
③ シャープペンシル（ペン立てに　入れます。）
　→　A：シャープペンシル、　借りても　いい？
　　　B：いいよ。　使ったら　ペン立てに　入れて　おいてね（入れといてね）。
④ タブレット（机の　上に　置きます。）
　→　A：タブレット、　借りても　いい？
　　　B：いいよ。　使ったら　机の　上に　置いて　おいてね（置いといてね）。
⑤ 会議室（電気を　消します。）
　→　A：会議室、　借りても　いい？
　　　B：いいよ。　使ったら　電気を　消して　おいてね（消しといてね）。
⑥ 切手（新しいのを　買って　きます。）
　→　A：切手、　借りても　いい？
　　　B：いいよ。　使ったら　新しいのを　買って　きて
　　　　　おいてね（買って　きといてね）。

「句型 2」練習 B

1.例：コップを　洗います。（まだ　飲んで　います・そのままに　します）
　　→　Ａ：コップを　洗って　おきましょうか。
　　　　Ｂ：まだ　飲んで　いますから、　そのままに　して　おいて　ください。

① はさみを　しまいます。（後で　使います・置きます）
　　→　Ａ：はさみを　しまって　おきましょうか。
　　　　Ｂ：後で　使いますから、　置いて　おいて（置いといて）　ください。

② カッターを　収納ケースに　戻します。（まだ　使って　います・出します）
　　→　Ａ：カッターを　収納ケースに　戻して　おきましょうか。
　　　　Ｂ：まだ　使って　いますから、　出して　おいて　ください。

③ 会議室の　電気を　消します。（これから　会議です・つけます）
　　→　Ａ：会議室の　電気を　消して　おきましょうか。
　　　　Ｂ：これから　会議ですから、　つけて　おいて　ください。

④ 椅子を　片付けます。
　　（会議は　まだ　終わって　いません・並べます）
　　→　Ａ：椅子を　片付けて　おきましょうか。
　　　　Ｂ：会議は　まだ　終わって　いませんから、
　　　　　並べて　おいて　ください。

⑤ 古い　雑誌を　捨てます。
　　（調べたい　ものが　あります・私の　机に　置きます）
　　→　Ａ：古い　雑誌を　捨てて　おきましょうか。
　　　　Ｂ：調べたい　ものが　ありますから、　私の　机に　置いて　おいて
　　　　　（置いといて）　ください。

⑥ シャンパンを　冷蔵庫から　出します。
　　（みんなが　来るまで　もう　少し　時間が　あります・冷やします）
　　→　Ａ：シャンパンを　冷蔵庫から　出して　おきましょうか。
　　　　Ｂ：みんなが　来るまで　もう　少し　時間が　ありますから、
　　　　　冷やして　おいて　ください。

「句型 3」練習Ｂ

1. 例：レポート・書きました。。

　　→　レポートは　もう　書いて　しまいました。

　① 資料・コピーしました。

　　→　資料は　もう　コピーして　しまいました。

　② 荷物・片付けました。

　　→　荷物は　もう　片付けて　しまいました。

　③ 単語・覚えました。

　　→　単語は　もう　覚えて　しまいました。

　④ 計画書・部長に　提出しました。

　　→　計画書は　もう　部長に　提出して　しまいました。

2. 例：一緒に　帰ります・会議の　資料を　作ります

　　→　Ａ：一緒に　帰りませんか。

　　　　Ｂ：すみません、　会議の　資料を　作って　しまいますから ...。

　① 一緒に　テレビを　見ます・部屋を　片付けます

　　→　Ａ：一緒に　テレビを　見ませんか。

　　　　Ｂ：すみません、　部屋を　片付けて　しまいますから ...。

　② コーヒーでも　飲みます・メールの　返事を　書きます

　　→　Ａ：コーヒーでも　飲みませんか。

　　　　Ｂ：すみません、　メールの　返事を　書いて　しまいますから ...。

　③ もう　寝ます・明日の　プレゼンの　準備を　します

　　→　Ａ：もう　寝ませんか。

　　　　Ｂ：すみません、　明日の　プレゼンの　準備を　して　しまいますから ...。

　④ 晩ご飯を　食べに　行きます・宿題を　やります

　　→　Ａ：晩ご飯を　食べに　行きませんか。

　　　　Ｂ：すみません、　宿題を　やって　しまいますから ...。

「句型４」練習Ｂ

1. 例：傘を　忘れました。

　　→　傘を　忘れて　しまいました（忘れちゃいました）。

傘を　忘れて　しまった（忘れちゃった）。

① 遅刻しました。

→　遅刻　して　しまいました（しちゃいました）。

　　遅刻　して　しまった（しちゃった）。

② 要らない　ものを　買いました。

→　要らない　ものを　買って　しまいました（買っちゃいました）。

　　要らない　ものを　買って　しまった（買っちゃった）。

③ 服を　汚しました。

→　服を　汚して　しまいました（汚しちゃいました）。

　　服を　汚して　しまった（汚しちゃった）。

④ パスポートを　なくしました。

→　パスポートを　なくして　しまいました（なくしちゃいました）。

　　パスポートを　なくして　しまった（なくしちゃった）。

⑤ 雨が　降って　きました。

→　雨が　降って　きて　しまいました（降ってきちゃいました）。

　　雨が　降って　きて　しまった（降ってきちゃった）。

⑥ 授業中に　寝ました。

→　授業中に　寝て　しまいました（寝ちゃいました）。

　　授業中に　寝て　しまった（寝ちゃった）。

⑦ 大学受験に　落ちました。

→　大学受験に　落ちて　しまいました（落ちちゃいました）。

　　大学受験に　落ちて　しまった（落ちちゃった）。

⑧ 嫌な　人が　来ました。

→　嫌な　人が　来て　しまいました（来ちゃいました）。

　　嫌な　人が　来て　しまった（来ちゃった）。

⑨ 妹の　ジュースを　飲みました。

→　妹の　ジュースを　飲んで　しまいました（飲んじゃいました）。

　　妹の　ジュースを　飲んで　しまった（飲んじゃった）。

⑩ 人の　足を　踏みました。

→　人の　足を　踏んで　しまいました（踏んじゃいました）。

　　人の　足を　踏んで　しまった（踏んじゃった）。

一、填空題：

例：猫を　踏んだ　　　　→　踏んで　しまった　　　　→　踏んじゃった
例：猫を　踏みました　→　踏んで　しまいました　→　踏んじゃいました
1. 全部　食べた　　　　→　**食べて　しまった**　　　　→　**食べちゃった**
2. 全部　食べました　→　**食べて　しまいました**　→　**食べちゃいました**
3. 全部　使った　　　　→　**使って　しまった**　　　　→　**使っちゃった**
4. 全部　使いました　→　**使って　しまいました**　→　**使っちゃいました**
5. 財布を　忘れた　　　→　**忘れて　しまった**　　　　→　**忘れちゃった**
6. 財布を　忘れました　→　**忘れて　しまいました**　→　**忘れちゃいました**
7. 猫が　死んだ　　　　→　**死んで　しまった**　　　　→　**死んじゃった**
8. 猫が　死にました　→　**死んで　しまいました**　→　**死んじゃいました**

二、選擇題：

1. 寝る　前に、　明日　使う　ものを　かばんに　入れて（　**3**　）。
　　1　あります　　　　2　みます　　　　　3　おきます　　　　4　います

2. まだ　使って　いますから、　はさみは　そのまま　（　**3**　）。
　　1　置いおいてください　　　　　2　置いておいでください
　　3　置いといてください　　　　　4　置いておきてください

3. 車を　きれいに　洗いましたが、　もう　汚れて（　**1**　）。
　　1　しまいました　2　おきました　　3　ありました　　4　みました

4. あっ、　財布を　（　**2**　）！
　　1　忘れてちゃった　　　　　　2　忘れちゃった
　　3　忘れてじゃった　　　　　　4　忘れじゃった

5. 夏休みの　宿題は　もう　（　1　）　しまいました。
　　1　やって　　　　　2　やった　　　　　3　やりて　　　　　4　やんて

6. この　資料、　いつまで　取って　（　2　）　いいですか。
　　1　おいては　　　　2　おいたら　　　　3　しまったら　　　4　しまっては

三、翻譯題：

1. よく　覚えとけ！（覚えて　おけ）
　　你給我好好記住！
2. 先に　晩ご飯　食べて　ください。　この　仕事を　やって　しまいますから。
　　你先吃飯吧。我要先把這工作做完。
3. スマホを　トイレに　落としちゃった。
　　我不小心把智慧型手機掉到廁所（馬桶）裡。
4. 電視請就這樣開著別關。
　　テレビは　そのまま　つけて　おいて　ください。
5. 印表機的墨水用完了。
　　プリンターの　インクが　切れて　しまいました（切れちゃった）。
6. 藥我全都吃了。
　　薬は　全部　飲んで　しまいました（飲んじゃった）。

第34課

「句型1」練習B

1. 例：かわいい　ブローチです・どこで　買いましたか（イタリア）
　→　A：かわいい　ブローチですね。　どこで　買ったんですか。
　　　B：イタリアで　買いました。
① 美味しい　ケーキです・誰に　もらいましたか（小林さん）
　→　A：美味しい　ケーキですね。　誰に　もらったんですか。
　　　B：小林さんに　もらいました。
② うるさいです・何を　やって　いますか（相撲の　練習）
　→　A：うるさいですね。　何を　やって　いるんですか。
　　　B：相撲の　練習を　やって　います。
③ 日本語が　上手です・どこで　習いましたか（台湾の　大学）
　→　A：日本語が　上手ですね。　どこで　習ったんですか。
　　　B：台湾の　大学で　習いました。
④ おしゃれな　服です・いつ　買いましたか（先週）
　→　A：おしゃれな　服ですね。　いつ　買ったんですか。
　　　B：先週　買いました。

「句型2」練習B

1. 例：頭が　痛いです。
　→　A：どうしたんですか。　B：頭が　痛いんです。
① パソコンの　電源が　切れました。
　→　A：どうしたんですか。　B：パソコンの　電源が　切れたんです。
② スマホ決済の　アプリが　開きません。
　→　A：どうしたんですか。　B：スマホ決済の　アプリが　開かないんです。
③ 財布を　どこかに　落としました。
　→　A：どうしたんですか。　B：財布を　どこかに　落としたんです。

④ 自動販売機から　おつりが　出て　きません。
　→　A：どうしたんですか。
　　　B：自動販売機から　おつりが　出て　こないんです。
⑤ 呼吸が　苦しいです。
　→　A：どうしたんですか。　　B：呼吸が　苦しいんです。
⑥ スマホの　調子が　おかしいです。
　→　A：どうしたんですか。　　B：スマホの　調子が　おかしいんです。
⑦ この　紅茶の　味が　変です。
　→　A：どうしたんですか。　　B：この　紅茶の　味が　変なんです。
⑧ 僕は　パクチーが　苦手です。
　→　A：どうしたんですか。　　B：僕は　パクチーが　苦手なんです。

2. 例：会社を　辞めます（独立します）
　→　A：どうして　会社を　辞めるんですか。　　B：独立するんです。
① 彼と　結婚しました（彼を　愛して　います）
　→　A：どうして　彼と　結婚したんですか。
　　　B：彼を　愛して　（い）るんです。
② 運動会に　参加しません（運動が　嫌いです）
　→　A：どうして　運動会に　参加しないんですか。
　　　B：運動が　嫌いなんです。
③ 昼ご飯を　食べませんでした（財布を　家に　忘れちゃいました）
　→　A：どうして　昼ご飯を　食べなかったんですか。
　　　B：財布を　家に　忘れちゃったんです。

「句型 3」練習 B

1. 例：ちょっと　暑いです・エアコンを　つけます
　→　ちょっと　暑いんですが、　エアコンを　つけて　くれませんか。
　例：ちょっと　暑い・エアコンを　つける
　→　ちょっと　暑いんだけど、　エアコンを　つけて　くれない？
① 銀行へ　行きたいです・道を　教えます

→ 銀行へ　行きたいんですが、　道を　教えて　くれませんか。

② 日本語で　作文を　書きました・文法を　直します

→ 日本語で　作文を　書いたんですが、　文法を　直して　くれませんか。

③ 海外旅行に　行きます・トラベルコンバーターを　貸します

→ 海外旅行に　行くんですが、　トラベルコンバーターを　貸して
　くれませんか。

④ 意味が　よく　わかりません・もう　少し　詳しく　説明します

→ 意味が　よく　わからないんですが、　もう　少し　詳しく　説明して
　くれませんか。

⑤ 今度の　日曜日に　引っ越しを　する・手伝う

→ 今度の　日曜日に　引っ越しを　するんだけど、　手伝って　くれない？

⑥ 財布を　忘れた・お金を　貸す

→ 財布を　忘れたんだけど、　お金を　貸して　くれない？

⑦ 今　忙しい・誰か　この　仕事を　やる

→ 今　忙しいんだけど、　だれか　この　仕事を　やって　くれない？

⑧ 今、　すごく　暇だ・　誰か　付き合う

→ 今、　すごく　暇なんだけど、　誰か　付き合って　くれない？

「句型４」練習Ｂ

---

1. 例：ちょっと　レポートを　見ます。

　→ すみません。　ちょっと　レポートを　見て　ほしいんですが …。

① ちょっと　手伝います。

　→ すみません。　ちょっと　手伝って　ほしいんですが …。

② ちょっと　来ます。

　→ すみません。　ちょっと　来て　ほしいんですが …。

③ メニューを　見せます。

　→ すみません。　メニューを　見せて　ほしいんですが …。

④ お皿を　替えます。

　→ すみません。　お皿を　替えて　ほしいんですが …。

⑤ この　資料を　確認します。

→ すみません。　この　資料を　確認して　ほしいんですが ...。

⑥ これを　日本語に　翻訳します。

→ すみません。　これを　日本語に　翻訳して　ほしいんですが ...。

⑦ 彼を　調べます。

→ すみません。　彼を　調べて　ほしいんですが ...。

⑧ これを　会議室まで　運ぶのを　手伝います。

→ すみません。　これを　会議室まで　運ぶのを　手伝って
ほしいんですが ...。

随堂測驗

一、填空題：

例：雨が　降って　いますか。　　→　降って　いるんですか。　　→　降って　いるの？

1. 頭が　痛いです。　　　　　　　→　痛いんです。　　　　　→　痛いの。

2. お金が　ありません。　　　　　→　ないんです。　　　　　→　ないの。

3. にんじんが　嫌いですか。　　　→　嫌いなんですか。　　　→　嫌いなの？

4. 会社へ　行きたくないです。　　→　行きたくないんです。　→　行きたくないの。

5. 彼は　弁護士です。　　　　　　→　弁護士なんです。　　　→　弁護士なの。

6. 学生では　ありませんか。　　　→　学生じゃ　ないんですか。→　学生じゃないの？

7. 財布を　落としました。　　　　→　落としたんです。　　　→　落としたの。

8. 何か　ありましたか。　　　　　→　あったんですか。　　　→　あったの？

二、選擇題：

1. 今、　雨ですよ。　（　1　）んですか。

　　1　出かける　　　　2　出かけない　　3　出かけた　　　4　出かけます

2. A：どうして　昨日　来なかった（　3　）？

　　B：ごめん、　約束を　忘れちゃって。

　　1　から　　　　　　2　んだ　　　　　3　の　　　　　　4　なの

3.A：いつも　赤い　服を　着て　いますね。

　　B：ええ、　私、　赤が（　**2**　）んです。

　　1　好き　　　　　　2　好きな　　　　　3　好きの　　　　　4　好きだ

4.えっ？　彼女が　社長の　愛人（　**4**　）？

　　1　の　　　　　　　2　だの　　　　　　3　かの　　　　　　4　なの

5.資料が　ほしいんですが、　送って　（　**3**　）ませんか。

　　1　あげ　　　　　　2　もらい　　　　　3　くれ　　　　　　4　しまい

6.我が国の　選手に　金メダルを　とって　（　**1**　）。

　　1　ほしい　　　　　2　おく　　　　　　3　しまう　　　　　4　たい

三、翻譯題：

1.顔色が　悪いね。　どうしたの？

　　你臉色不太好耶。怎麼了呢？

2.大学を　卒業したら　アメリカへ　留学しようと　思って。

　　我想說大學畢業後，要去美國留學。

3.夫に　家事を　手伝って　ほしい。

　　希望老公能夠幫忙做家事。

4.什麼？你會法文喔？

　　えっ、　フランス語が　できるんですか。／できるの？

5.這包包不錯耶，在哪裡買的呢？

　　いい　かばんですね。　どこで　買ったんですか。

6.希望能夠調漲薪水。

　　もっと　給料を　上げて　ほしいです。

「句型 1」練習 B

1. 例：旅行には　行きません・お金が　ありません
   →　旅行には　行けません。　お金が　ないんです。
   ① 忘年会には　参加しません・用事が　あります
   →　忘年会には　参加できません、　用事が　あるんです。
   ② 遠くまで　歩きません・足に　怪我を　して　しまいました
   →　遠くまで　歩けません、　足に　怪我を　して　しまったんです。
   ③ 昨日は　寝ませんでした・入院した　彼の　ことが　心配でした
   →　昨日は　寝られませんでした、　入院した　彼の　ことが
   　　心配だったんです。

2. 例：カタカナを　書きます・漢字を　書きません
   →　カタカナは　書けますが、　漢字は　書けません。
   ① 英語を　話します・フランス語を　話しません
   →　英語は　話せますが、　フランス語は　話せません。
   ② スマホを　使います・パソコンを　使いません
   →　スマホは　使えますが、　パソコンは　使えません。
   ③ 水を　飲みます・食事を　します。
   →　水は　飲めますが、　食事は　できません。

「句型 2」練習 B

1. 例：あの　スーパーでは　安い　果物を　買います。
   →　あの　スーパーでは　安い　果物が　買えます。
   ① この　エレベーターは　10 人以上　乗ります。
   →　この　エレベーターは　10 人以上　乗れます。
   ② こちらの　DVD は　1 週間　借ります。

→　こちらの　DVDは　1週間　借りられます。

③この　アプリで　日本の　ドラマを　見ます。

　　→　この　アプリで　日本の　ドラマを／が　見られます。

④電子辞書で　言葉の　発音を　聞きます。

　　→　電子辞書で　言葉の　発音を／が　聞けます。

⑤ここでは　駐車しません。

　　→　ここでは　駐車できません。

⑥この　ことは　誰にも　話しません。

　　→　この　ことは　誰にも　話せません。

2.例：あそこに　島が　→　あそこに　島が　見えます。

　①部屋の　窓から　何が

　　→　部屋の　窓から　何が　見えますか。

　②隣の　部屋から　ピアノの　音が　はっきり

　　→　隣の　部屋から　ピアノの　音が　はっきり　聞こえます。

　③うるさいですから、　テレビの　音が　よく

　　→　うるさいですから、　テレビの　音が　よく　聞こえません。

　④いい　天気ですから、　星が　たくさん

　　→　いい　天気ですから、　星が　たくさん　見えます。

「句型3」練習B

1.例：今日、　行っても　いいですか。　今日しか　時間が　ありません。

　　→　今日、　行っても　いいですか。　今日しか　時間が　ないんです。

　①日本語で　話して　ください。　日本語しか　わかりません。

　　→　日本語で　話して　ください。　日本語しか　わからないんです。

　②ひらがなで　書いても　いいですか。　ひらがなしか　書けません。

　　→　ひらがなで　書いても　いいですか。　ひらがなしか　書けないんです。

　③1,000円　貸して　くれませんか。　今、　100円しか　持って
　　いません。

　　→　1,000円　貸して　くれませんか。　今、　100円しか　持って

いないんです。

④ ちょっと　休んでも　いいですか。　昨日は　３時間しか　寝ませんでした。

→　ちょっと　休んでも　いいですか。　昨日は　３時間しか
寝なかったんです。

⑤ 一緒に　電車で　行きませんか。　私の　車は　二人しか　乗れません。

→　一緒に　電車で　行きませんか。　私の　車は　二人しか
乗れないんです。

⑥ シャンプーを　取って　きて　くれませんか。
シャワールームには　ボディーソープしか　置いて　いません。

→　シャンプーを　取って　きて　くれませんか。
シャワールームには　ボディーソープしか　置いて　いないんです。

「句型４」練習Ｂ

1. 例：駅前の　空き地に　何が　できますか。（ショッピングモール）
→ ショッピングモールが　できます。
①　ここに　何が　できますか。（お寿司屋さん）
→ お寿司屋さんが　できます。
②　新しい　映画館は　どこに　できましたか。（駅の　近くに）
→ 駅の　近くに　できました。
③　レポートは　いつ　できますか。（明後日）
→ 明後日　できます。
④　この　３つの　定食で　どれが　一番　早く　できますか。（Ａ定食）
→ Ａ定食が　一番　早く　できます。
⑤　この　椅子は　何で　できて　いますか。（段ボール）
→ 段ボールで　できて　います。
⑥　彼女が　できましたか。（はい）
→ はい、　できました。
⑦　彼氏が　できましたか。（いいえ、　まだ）
→ いいえ、　まだ　できません。
⑧　学校で　新しい　友達が　できましたか。（いいえ、　まだ　一人も）

→ いいえ、　まだ　一人も　できて　いません。

隨堂測驗

一、填空題：

例：行きます：　　　（　行けます　）　→　（　行ける　）

1. 飲みます：　　　（　飲めます　　）　（　飲める　　　）
2. 覚えます：　　　（　覚えられます　）　（　覚えられる　）
3. 話します：　　　（　話せます　　）　（　話せる　　　）
4. 聞きます：　　　（　聞けます　　）　（　聞ける　　　）
5. 見せます：　　　（　見せられます　）　（　見せられる　）
6. 見ます：　　　　（　見られます　）　（　見られる　　）
7. 勉強します：　　（　勉強できます　）　（　勉強できる　）
8. 来ます：　　　　（　来られます　）　（　来られる　　）

二、選擇題：

1. あなたは　どんな　料理が　（　4　）か。
   1　作れられます　　2　作りられます　3　作ります　　4　作れます

2. ここ（　4　）　料理は　できません。
   1　が　　　　　2　を　　　　　3　には　　　　4　では

3. 私（　3　）　子供の　泣き声が　聞こえます。
   1　が　　　　　2　を　　　　　3　には　　　　4　では

4. どこで　ゴッホの　絵が　（　4　）か。
   1　見えます　　2　見せます　　3　見えられます　4　見られます

5. 私は　日本語（　2　）　話せません。

1　だけ　　　　　　2　しか　　　　　　3　だら　　　　　　4　でも

6. 元カノ（　）　新しい　彼氏（　）　できた。（1）
　　　1　に／が　　　　　2　は／に　　　　　3　が／を　　　　　4　を／に

三、翻譯題：

1. 近所の　公園で　お花見が　できますよ。
　　附近的公園可以賞花喔。
2. 私は、　日本語は　話せますが　英語は　話せません。
　　我會說日文，但不會說英文。
3. 赤ちゃんが　できちゃった。
　　（不小心）懷孕了。
4. 從我家可以看到富士山。
　　うちから　富士山が　見えます。
5. 這料理只有在這邊才吃得到。
　　この　料理は　ここでしか　食べられません。
6. 這床是瓦愣紙（段ボール）做的。
　　このベッドは　段ボールで　できて　います。

「句型 1」練習 B

1. 例：傘を　持ちます・出かけます

　→傘を　持って、　出かけます。

　① スーツを　着ます・会社へ　行きます

　→　スーツを　着て、　会社へ　行きます。

　② 眼鏡を　掛けます・本を　読みます

　→　眼鏡を　掛けて、　本を　読みます。

　③ 財布を　持ちます・買い物に　行きます

　→　財布を　持って、　買い物に　行きます。

　④ ミルクを　入れます・コーヒーを　飲みます

　→　ミルクを　入れて、　コーヒーを　飲みます。

　⑤ お弁当を　温めます・食べます

　→　お弁当を　温めて、　食べます。

　⑥ 傘を　差します・歩きます

　→　傘を　差して、　歩きます。

　⑦ シートベルトを　締めます・運転します

　→　シートベルトを　締めて、　運転します。

　⑧ 音楽を　聞きます・勉強します

　→　音楽を　聞いて、　勉強します。

「句型 2」練習 B

1. 例：旅行には　ガイドブックを　持って　行きますか。

　→　いいえ、　ガイドブックは　持たないで　行きます。

　① 暑い　日には　帽子を　被って　出かけますか。

　→　いいえ、　帽子は　被らないで　出かけます。

　② コーヒーは　ガムシロップを　入れて　飲みますか。

→　いいえ、　ガムシロップは　入れないで　飲みます。

③ りんごは　皮を　剥いて　食べますか。

→　いいえ、　皮は　剥かないで　食べます。

④ いつも　原稿を　見て　スピーチを　しますか。

→　いいえ、　原稿は　見ないで　スピーチを　します。

2. 例：兄は　大学に　行きません・就職しました

→　兄は、　大学に　行かないで　就職しました。

① 息子は　勉強しません・毎日　遊んで　います

→　息子は、　勉強しないで　毎日　遊んで　います。

② 最近は　電車に　乗りません・会社まで　歩いて　行きます

→　最近は、　電車に　乗らないで　会社まで　歩いて　行きます。

③ ペットボトルは　捨てません・リサイクルしましょう

→　ペットボトルは、　捨てないで　リサイクルしましょう。

④ 作文は　AIを　使いません・自分で　考えて　ください

→　作文は、　AIを　使わないで　自分で　考えて　ください。

「句型 3」練習 B

1. 例：地下鉄が　できました・便利に　なりました

→　地下鉄が　できて　便利に　なりました。

① 宝くじが　当たりました・嬉しいです

→　宝くじが　当たって　嬉しいです。

② 彼女の　ことが　心配です・眠れません

→　彼女の　ことが　心配で　眠れません。

「句型 4」練習 B

1. 例：嫌な　奴が　いません・清々します

→　嫌な　奴が　いなくて　清々します。

① あの　うるさい　お客さんが　来ません・安心しました

→　あの　うるさい　お客さんが　来なくて　安心しました。

② 時間が　足りません・困って　います

→　時間が　足りなくて　困って　います。

③ 一緒に　夕食を　食べられません・残念です

→　一緒に　夕食を　食べられなくて　残念です。

④ お金が　ありません・生活できません

→　お金が　なくて　生活できません。

⑤ この　箱は　軽くないです・一人では　持てません

→　この　箱は　軽くなくて　一人では　持てません。

⑥ 嘘では　ありません・よかったです

→　嘘で（は）　なくて　よかったです。

→　嘘じゃ　なくて　よかったです。

随堂測驗

一、填空題：

例：ニュースを　　（聞きます　→　聞いて　）、　びっくりしました。

1. 妻に　赤ちゃんが　（できました　→　できて　）、　嬉しいです。

2. 血液検査を　しますから、　何も　（食べません　→　食べないで）　来て　ください。

3. アイスコーヒーは、　シロップを　（入れます　→　入れて　）　飲みます。

4. 昨日は、　（寝ません　→　寝ないで　）　勉強して　いました。

5. （うるさいです　→　うるさくて　）、　眠れません。

6. コーヒーを　（飲みます　→　飲んで　）、　元気に　なりました。

7. 雨が　（降りません　→　降らなくて　）、　よかったです。

8. 暗くて、　何も　（見えません　→　見えなくて　）　怖かったです。

二、選擇題：

1. 教科書を　（　2　）　答えて　ください。

　　1　見たり　　　　　2　見て　　　　　3　見た　　　　　4　見ても

2. 彼は　傘を　（　**4**　）　出かけました。
　　1　持ってから　　　2　持ちながら　　　3　持たなくて　　　4　持たないで

3. お金が　（　**3**　）、　買えませんでした。
　　1　足りて　　　　　　2　足りないで　　　3　足りなくて　　　4　足りたまま

4. 吉田さんが　会社を　辞めたのを　聞いて、　（　**2**　）。
　　1　一緒に　やめましょう　　　　　　2　びっくりしました
　　3　山田さんでした　　　　　　　　　4　信じません

5. 重い　病気（　**3**　）、　安心しました。
　　1　でして　　　　　　2　では　ないで　3　では　なくて　4　で

6. 頭が　痛くて　（　**1**　）。
　　1　集中できません　　　　　　　　　2　薬を　飲みます
　　3　会社を　休みました　　　　　　　4　寝ません

三、翻譯題：

1. どこへも　行かないで　私の　そばに　いて。
　　請你哪兒都別去，待在我身邊。
2. 電気を　消して　寝るのが　怖いです。
　　關燈睡覺很恐怖。
3. 彼が　試験に　合格して、　本当に　よかったと　思う。
　　他考試合格，我覺得這真是太好了。
4. 星期天也不休息，（取而代之）要工作。
　　日曜日も、　休まないで　働きます。
5. 星期天也無法休息，很辛苦（大変です）。
　　日曜日も、　休めなくて　大変です。
6. 最近忙到無法休息。
　　最近は、　忙しくて　休めません。

本書綜合練習

一、填空題：

01. もし　宝くじ（　が　）　当たったら、　世界一周旅行を　したい。

02. この道（　を　）　まっすぐ　行ったら、　コンビニが　見えます。

03. 間（　に　）　合わなかったら、　タクシーで　行こう。

04. （帰りたいです　→　**帰りたかったら**　）、　帰っても　いいですよ。

05. 息子（　が　）　病気に　なったら、　会社を　休みます。

06. あなたが　行っても　（行きません　→　**行かなくても**　）、
　　　私は　行きます。

07. ありがとうございます。　（嘘です　→　**嘘でも**　）　嬉しいです。

08. 林さんへ（　の　）　プレゼント、　何が　いい？

09.（承上題）プレゼントは　要らない（　と　）　言って　いましたよ。

10. 食事が　終わったら、　お皿とか（　を　）　洗って　おいてね。

11. まだ　使って　いますから、　はさみは　そのまま（　に　）　して
　　　おいて　ください。

12. 今日中（　に　）　仕事を　やって　しまいたいから、　先に　帰って。

13. コンビニ（　に　）　傘（　を　）　忘れちゃった。

14. 妻（　に　）　浮気（　が　）　バレちゃった。

15. ホッチキス（　で　）　資料（　を　）　留める（　の　）を　手伝って。

16. 顔色が　悪いね。　どうした（　の　）？

17. 顔色が　よくないですね。　どうした（　の／ん　）　ですか。

18. えっ？　陳さんは　この　会社の　社長（　な　）の？

19. あの、　すみません。　自動販売機（　から　）　おつり（　が　）
　　　出ないんですが…。

20. これから　みんな（　で／と　）　飲みに　行くんですが、　一緒に
　　　来ませんか。

21. テレビの　音（　が　）　聞こえないんですが、　音量を　もう少し
　　　上げて　くれませんか。

22. 夫（　に　）　色々　手伝って　欲しい。

23. 交通事故 （ **に** ） 遭って、 足 （ **に** ） 怪我 （ **を** ） しちゃった。

24. フランス語 （ **が／を** ） 話せるの？ すごい！

25. 英語 （ **は** ） 話せますが、 日本語 （ **は** ） 話せません。

26. 秋葉原 （ **で** ） は、 安い パソコンが 買えるかも しれませんよ。

27. 私の 部屋 （ **から** ） は、 何 （ **も** ） 見えません。

28. これは アメリカ （ **で** ） しか 買えない ものなの。

29. 私の 秘密は、 恋人 （ **に** ） しか 話さなかった。

30. 妻 （ **に** ） 赤ちゃん （ **が** ） できました。

31. この 絵は、 あなたの 部屋 （ **に** ） ぴったりです。

32. （立ちます → **立って** ） おしゃべりを しないで ください。

33. 教科書を （見ません → **見ないで** ） 答えて てください。

34. 彼が （来ません → **来なくて** ） 心配です。

35. （高いです → **高くて** ） 買えません。

36. 犯人は （彼では ありません → **彼では／じゃ なくて** ）、
　　よかったです。

二、選択題：

01. 来るな！ （ **2** ） 殺すぞ！
　　1　来て　　　　　2　来たら　　　　3　来るから　　　4　来ても

2. 夫の 今の 給料 （ **4** ）、 家を 買うのは 無理です。
　　1　でも　　　　　2　たら　　　　　3　には　　　　　4　では

3. （ **2** ）、 ファースト・クラスに 乗りたい。
　　1　高かったら　　2　高くても　　　3　高くなくても　4　高くては

4. この 問題は 難しくて、 （ **3** ） 考えても わかりません。
　　1　もし　　　　　2　たとえ　　　　3　いくら　　　　4　もう

5. 陳さんは さっき 電話で、 今日は もう 会社には 戻らないと （ **4** ）。
　　1　思います　　　　　　　　　2　言います

3　思って　いました　　　　　　　4　言って　いました

6. まだ　使って　いるから、　はさみは　そのまま　（　1　）。
　　　1　置いといて　　　2　置いといた　　　3　置いちゃって　4　置いちゃった

7. 間違えて　他人の　靴を　（　3　）。
　　　1　履いといた　　　2　履いどいて　　　3　履いちゃった　4　履いじゃった

8. 今、　雨だよ。　傘　持って　（　2　）の？
　　　1　行く　　　　　　2　行かない　　　　3　行って　おく　4　行って　しまう

9. 重くて　一人では　持てないんですが、　手伝って　（　3　）ませんか。
　　　1　あげ　　　　　　2　もらい　　　　　3　くれ　　　　　4　しまい

10. 我が国の　選手（　1　）、　金メダルを　とって　ほしい。
　　　1　に　　　　　　　2　が　　　　　　　3　へ　　　　　　4　は

11. 台北の　家は　高くて　（　4　）。
　　　1　買われません　　　　　　　　　　　2　買わられません
　　　3　買えられません　　　　　　　　　　4　買えません

12. 私は　ひらがな（　2　）　読めません。
　　　1　だけ　　　　　　2　しか　　　　　　3　だら　　　　　4　でも

13. 音が　小さくて　（　1　）。
　　　1　聞こえません　2　聞けません　　　3　聞かれません　4　聞られません

14. 教科書を　（　1　）　答えて　ください。
　　　1　見ないで　　　2　見なくて　　　　3　見ても　　　　4　見ては

15. この　スーツケースは　（　3　）、　一人では　持てません。
298　　1　軽くないで　　2　軽くて　　　　3　軽くなくて　　4　軽かったら

穩紮穩打日本語 進階 3

解答

「句型 1」練習 B

1. 例：お客さんは　明日　何時に　来ますか・聞いて　きて　ください
　→　お客さんは　明日　何時に　来るか、　聞いて　きて　ください。
① 山田さんは　どこへ　行きましたか・わかりません
　→　山田さんは　どこへ　行ったか、　わかりません。
② 晩ご飯は　何に　しますか・みんなで　相談して　います
　→　晩ご飯は　何に　するか、　みんなで　相談して　います。
③ みんなは　どう　思いますか・考えて　ください
　→　みんなは　どう　思うか、　考えて　ください。
④ 彼女は　今　どこに　いますか・教えて　ください
　→　彼女は　今　どこに　いるか、　教えて　ください。
⑤ この　スマホを　修理するのに　いくら　かかりましたか・知って　いますか
　→　この　スマホを　修理するのに　いくら　かかったか、　知って　いますか。
⑥ どの　方法が　一番　いいですか・みんなで　考えましょう
　→　どの　方法が　一番　いいか、　みんなで　考えましょう。
⑦ 彼は　何と　いう　名前ですか・忘れて　しまい　ました
　→　彼は　何と　いう　名前か、　忘れて　しまい　ました。
⑧ 来年の　日経平均株価は　いくらですか・推測して　みて　ください
　→　来年の　日経平均株価は　いくらか、　推測して　みて　ください。

「句型 2」練習 B

1. 例：今日、　来られますか・翔太君に　聞いて　ください
　→　今日、　来られるか　どうか、　翔太君に　聞いて　ください。
① アメリカの　大統領が　日本に　来ますか・調べて　いるんです
　→　アメリカの　大統領が　日本に　来るかどうか、　調べて　いるんです。

② その　話は　本当ですか・ネットで　調べて　ください

→　その　話は　本当かどうか、　ネットで　調べて　ください。

③ サイズが　合いますか・着て　みて　ください

→　サイズが　合うかどうか、　着て　みて　ください。

④ メールが　届いて　いますか・先方に　確かめて　みます

→　メールが　届いて　いるかどうか、　先方に　確かめて　みます。

⑤ 本体に　傷が　ありませんか・検査した　ほうが　いいですよ

→　本体に　傷が　ないかどうか、　検査した　ほうが　いいですよ。

⑥ 住民票が　必要ですか・電話で　聞いたら　どうですか

→　住民票が　必要かどうか、　電話で　聞いたら　どうですか。

⑦ 息子の　面接が　うまく　行きましたか・心配です

→　息子の　面接が　うまく　行ったかどうか、　心配です。

⑧ あれは　生き物ですか・わかりません

→　あれは　生き物かどうか、　わかりません。

「句型 3」練習 B

1. 例：この　機械を　操作します。

→　この　機械を　操作して　みせて　ください。

① この　歌を　歌います。

→　この　歌を　歌って　みせて　ください。

② この　料理を　作ります。

→　この　料理を　作って　みせて　ください。

③ この　ロボットを　動かします。

→　この　ロボットを　動かして　みせて　ください。

④ この　方程式を　解きます。

→　この　方程式を　解いて　みせて　ください。

「句型 4」練習 B

1. 例：夏休みに　どこへ　行きますか。（ハワイ）

　　→　ハワイへ　行こうと　思って　います。

①　どこで　治療を　受けますか。（目白病院）

　　→　目白病院で　受けようと　思って　います。

②　どんな　犬種を　飼いますか。（マルチーズ）

　　→　マルチーズを　飼おうと　思って　います。

③　いつ　出かけますか。（午後）

　　→　午後、　出かけようと　思って　います。

④　誰と　旅行に　行きますか。（彼女）

　　→　彼女と　行こうと　思って　います。

⑤　明日、　何を　しますか。（家で　小説を　読みます。）

　　→　家で　小説を　読もうと　思って　います。

⑥　卒業したら　何を　しますか。（何も　しないで　ニートに　なります。）

　　→　何も　しないで、　ニートに　なろうと　思って　います。

2. 例：病院へは　もう　行きましたか。（仕事が　終わったら）

　　→　いいえ、　まだ　行って　いません。

　　　　仕事が　終わったら　行こうと　思っています。

①　レポートは　もう　出しましたか。（来週）

　　→　いいえ、　まだ　出して　いません。

　　　　来週　出そうと　思って　います。

②　晩ご飯は　もう　食べましたか。（夫が　帰って　きてから　一緒に）

　　→　いいえ、　まだ　食べて　いません。

　　　　夫が　帰って　きてから　一緒に　食べようと　思って　います。

③　欲しい　車は　もう　買いましたか。（もう　少し　安く　なったら）

　　→　いいえ、　まだ　買って　いません。

　　　　もう　少し　安く　なったら　買おうと　思って　います。

④　もう　結婚しましたか。（経済的に　安定してから）

　　→　いいえ、　まだ　結婚して　いません。

　　　　経済的に　安定してから　結婚しようと　思って　います。

隨堂測驗

一、填空題：

1. 飛行機は　何時に　到着する（　**か**　）、　調べて　ください。
2. 台風 12 号が　上陸する（　**かどうか**　）、　調べて　ください。
3. パソコンを　修理するの（　**に**　）、　いくら　かかったか　教えて。
4. 間違いが　（ありません　→　**ない**　）かどうか、　確かめて　ください。
5. 新しい　先生が　何（　**と**　）　いう　名前（　**か**　）、　忘れちゃった。
6. 息子（　**に**　）　自分の　名前を　書いて　みせた。
7. これから　出かけよう（　**と**　）　思って　います。
8. 馬鹿（　**に**　）しないで　ください。

二、選擇題：

1. これから　スーパーへ　（　**4**　）んですが、　一緒に　行きませんか。
   1　行くと　思う　　　　　　　　　2　行こうと　思います
   3　行くと　思って　いる　　　　　4　行こうと　思って　いる

2. （　**1**　）　大声で　話さないで　ください。　びっくりしますから。
   1　いきなり　　　2　ばったり　　　3　そっくり　　　4　ぴったり

3. 今度（　**3**　）　優勝して　見せる！
   1　だけ　　　　　2　まで　　　　　3　こそ　　　　　4　しか

4. 仕事が　決まったら、　彼女に　プロポーズ（　**2**　）と　思って　います。
   1　する　　　　　2　しよう　　　　3　しろう　　　　4　しそう

5. 大学院に　進学するの？　（　**1**　）　就職するの？
   1　それとも　　　2　それから　　　3　そしたら　　　4　そのまま

6. 卒業後、　日本での　進学（　**2**　）就職を　選んだ　外国人留学生は
全体の　約12%　です。
　1　それとも　　　2　あるいは　　　3　それでは　　　　4　いきなり

三、翻譯題：

1. 娘さんは　どうして　あんな　奴と　恋に　落ちたか、　知ってる？
你知道你女兒為什麼會愛上那樣的人嗎？

2. あの　店は　カレー専門店なので、　麺類が　美味しいか　どうか
わかりません。
那間店是咖哩專門店，所以麵類好不好吃我不知道。

3. 中古の　スマホを　買う　時は、　故障して　いないか　どうか
確かめてから　買った　ほうが　いいと　思うよ。
買中古的智慧型手機時，最好先確定有沒有故障再買比較好喔。

4. 我不知道會議幾點開始。
会議は　何時に　始まるか、　わかりません。

5. 這次的比賽我一定贏給你看！
今度の　試合は、　絶対　勝って／優勝して　みせる！

6. 我打算明年辭掉工作。
来年、　仕事を　辞めようと　思って　います。

「句型１」練習Ｂ

請將下列動詞改為使役形

例：来ます　（　来させます　）　　　行きます　（　行かせます　）

01. 言います　　（　言わせます　）　　支払います（　支払わせます）
02. 習います　　（　習わせます　）　　手伝います（　手伝わせます）
03. 働きます　　（　働かせます　）　　歩きます　（　歩かせます　）
04. 急ぎます　　（　急がせます　）　　泳ぎます　（　泳がせます　）
05. 話します　　（　話させます　）　　直します　（　直させます　）
06. 持ちます　　（　持たせます　）　　勝ちます　（　勝たせます　）
07. 遊びます　　（　遊ばせます　）　　運びます　（　運ばせます　）
08. 飲みます　　（　飲ませます　）　　生みます　（　生ませます　）
09. 作ります　　（　作らせます　）　　やります　（　やらせます　）
10. 座ります　　（　座らせます　）　　入ります　（　入らせます　）

11. 考えます　　（　考えさせます）　　答えます　（　答えさせます）
12. 教えます　　（　教えさせます）　　掛けます　（　掛けさせます）
13. 調べます　　（　調べさせます）　　疲れます　（　疲れさせます）
14. 始めます　　（　始めさせます）　　やめます　（　やめさせます）
15. 浴びます　　（　浴びさせます）　　降ります　（　降りさせます）
16. います　　　（　いさせます　）　　着ます　　（　着させます　）
17. 結婚します　（　結婚させます）　　案内します（　案内させます）
18. 出張します　（　出張させます）　　留学します（　留学させます）
19. 勉強します　（　勉強させます）　　練習します（　練習させます）
20. 心配します　（　心配させます）　　説明します（　説明させます）

「句型２」練習Ｂ

1. 例：山田さんは　資料を　印刷しました。（課長）

　　→　課長は　山田さんに　資料を　印刷　させました。

① 弟は　風邪薬を　飲みました。（母）

　　→　母は　弟に　風邪薬を　飲ませました。

② 娘は　英語を　習って　います。（私）

　　→　私は　娘に　英語を　習わせて　います。

③ 社員は　制服を　着て　います。（社長）

　　→　社長は　社員に　制服を　着させて　います。

④ 息子は　毎日　アニメを　見ます。（私）

　　→　私は　息子に　毎日　アニメを　見させます。

⑤ 学生は　タブレットを　持って　来ました。（先生）

　　→　先生は　学生に　タブレットを　持って　来させました。

⑥ 大臣は　言いたい　ことを　自由に　言いました。（王様）

　　→　王様は　大臣に　言いたい　ことを　自由に　言わせました。

⑦ 秘書は　新幹線が　何時に　着くか（を）　調べました。（部長）

　　→　部長は　秘書に　新幹線が　何時に　着くか（を）　調べさせました。

⑧ 生徒は　答えに　間違いが　ないか　どうか　検査して　います。（先生）

　　→　先生は　生徒に　答えに　間違いが　ないか　どうか　検査　させて
　　　　います。

「句型3」練習B

1. 例：娘は　買い物に　行きました。（私）

　　→　私は　娘を　買い物に　行かせました。

① 甥っ子は　うちの　会社で　働いて　います。（父）

　　→　父は　甥っ子を　うちの　会社で　働かせて　います。

② お客さんは　私の　部屋で　休んで　います。（母）

　　→　母は　お客さんを　私の　部屋で　休ませて　います。

③ 生徒たちは　学校の　プールで　泳ぎました。（先生）

　　→　先生は　生徒たちを　学校の　プールで　泳がせました。

④ 翔太君は　アメリカへ　留学します。（翔太君の　お父さん）

→ 翔太君の　お父さんは　翔太君を　アメリカへ　留学させました。

⑤ 母は　いつも　心配して　います。（私）

→ 私は　いつも　母を　心配させて　います。

⑥ 進学の　ことで　父は　悩んで　います。（弟）

→ 弟は　進学の　ことで　父を　悩ませて　います。

「句型4」練習B

1. 例：この　資料を　コピーします。

　　→　この　資料を　コピーさせて　ください。

　例：子供は　ここで　ご飯を　食べません。

　　→　子供に　ここで　ご飯を　食べさせないで　ください。

① 今日は　早退します。

　→　今日は　早退させて　ください。

② 犬は　ここで　糞や　尿を　しません。

　→　犬に　ここで　糞や　尿を　させないで　ください。

③ 病気で　苦しいから、　もう　死にます。

　→　病気で　苦しいから、　もう　死なせて　ください。

隨堂測驗

一、填空題：

1. 公子供（　に　）　クラシック音楽を　聞かせます。

2. 息子（　を　）　塾へ　行かせました。

3. コーチは　選手たち（　に　）、　公園（　を　）　一周　走らせました。

4. 女の　子（　を　）　泣かせては　いけません。

5. 社長は、　松本さん（　を　）　会議（　に　）　出席させました。

6. 首相は、　大臣（　に　）　言いたい　こと（　を　）　自由（　に　）
　言わせました。

7. 駅の　前で　私（　を　）　降ろして　ください。

8.ドアを　開けて！　私を　ここ（　から　）　出して！

二、選択題：

1.読みたいので、　この　部分だけ　写真を　（　2　）　ください。
　　1　取りさせて　　　2　撮らせて　　　　3　撮させて　　　　4　取りらせて

2.娘に　店の　ことを　（　3　）　います。
　　1　手伝されて　　　2　手伝われて　　　3　手伝わせて　　　4　手伝させて

3.娘は　人形に　服を　（　2　）
　　1　着させました　　　　　　　　　2　着せました
　　3　着らせました　　　　　　　　　4　着せさせました

4.女の子を　（　1　）　ください。
　　1　泣かせないで　　　　　　　　　2　泣きさせないで
　　3　泣きられないで　　　　　　　　4　泣かないで

5.（　4　）　飲み会に　来いよ。　みんな　君に　会いたいって　言ってるよ。
　　1　それとも　　　　2　あるいは　　　3　いきなり　　　4　たまには

6.（タクシーで）ここで　いいです。　ここで　（　3　）　ください。
　　1　降りられて　　　2　降りさせて　　　3　降ろして　　　4　降ろせて

三、翻譯題：

1.ちょっと　待って　くださいね。　すぐ　息子に　書類を　届けさせますから。
　　請你稍等一下，我馬上叫兒子送文件過去。
2.私の　不注意で、　息子を　交通事故に　遭わせて　しまいました。
　　因為我的不小心，讓兒子發生車禍／遇上交通事故。
3.危ないですから、　子供には　これを　触らせないで　ください。
　　因為很危險，所以請不要讓小孩觸摸這個。

4. 請讓我想一下。

　　ちょっと　（私に）　考えさせてください。

5. 不好意思，明天請讓我休息。

　　すみませんが、　明日　休ませて　ください。

6. 請開門！請讓我進去！（× 入らせて　ください）

　　ドアを　開けて　ください！　私を　入れて　ください。

第 39 課

「句型 1」練習 B

---

1. 例：高校では　日本語を　勉強して　いました・少しは　話せます
   → 高校では　日本語を　勉強して　いたので、　少しは　話せます。
   ① 彼が　来るか　どうか　わかりません・先に　食べましょう
   → 彼が　来るか　どうか　わからないので、　先に　食べましょう。
   ② 彼女を　妊娠させて　しまいました・責任を　持って　結婚します
   → 彼女を　妊娠させて　しまったので、　責任を　持って　結婚します。
   ③ インフレで　生活が　苦しく　なりました・家を　売ろうと　思って
   います
   → インフレで　生活が　苦しく　なったので、　家を　売ろうと　思って
   います。

「句型 2」練習 B

---

1. 例：もう　遅いです・早く　帰った　ほうが　いいですよ
   → もう　遅いので、　早く　帰った　ほうが　いいですよ。
   ① 明日は　結婚記念日です・レストランを　予約して　おきました
   → 明日は　結婚記念日なので、　レストランを　予約して　おきました。
   ② 今日は　祝日でした・会社へ　行かなくても　いいです
   → 今日は　祝日だったので、　会社へ　行かなくても　いいです。
   ③ 東京は　家賃が　高いです・千葉に　引っ越そうと　思って　います
   → 東京は　家賃が　高いので、　千葉に　引っ越そうと　思って　います。
   ④ Ａ社の　スマホは　操作が　簡単です・お年寄りでも　使えます
   → Ａ社の　スマホは　操作が　簡単なので、　お年寄りでも　使えます。
   ⑤ 危ないです・知らない　人を　家の　中に　入れないで　ください
   → 危ないので、　知らない　人を　家の　中に　入れないで　ください。

「句型 3」練習 B

1. 例：運転ボタンを　押しました・エアコンが　動きません
   → 運転ボタンを　押したのに、　エアコンが　動きません。
   ① 手術を　受けました・まだ　症状が　よく　なりません
   → 手術を　受けたのに、　まだ　症状が　よく　なりません。
   ② メールを　しました・返事が　来ませんでした
   → メールを　したのに、　返事が　来ませんでした。
   ③ コーヒーを　飲みました・まだ　眠いです
   → コーヒーを　飲んだのに、　まだ　眠いです。
   ④ 毎日　たくさん　寝て　います・疲れが　取れません
   → 毎日　たくさん　寝て　いるのに、　疲れが　取れません。
   ⑤ 一週間　待ちました・商品が　まだ　届いて　いません
   → 一週間　待ったのに、　商品が　まだ　届いて　いません。
   ⑥ 旅行を　楽しみに　して　いました・中止に　なって　しまいました
   → 旅行を　楽しみに　して　いたのに、　中止に　なって　しまいました。
   ⑦ 彼に　会った　ことが　ありません・好きに　なるのは　おかしいです
   → 彼に　会った　ことが　ないのに、　好きに　なるのは　おかしいです。
   ⑧ 何度も　間違いが　ないか　確認しました・結局　間違って　いました
   → 何度も　間違いが　ないか　確認したのに、　結局　間違って　いました。

「句型 4」練習 B

1. 例：あの　レストランは　値段が　高いです・あまり　美味しくないです
   → あの　レストランは　値段が　高いのに、　あまり　美味しくないです。
   ① 東京の　家は　狭いです・家賃が　高いです
   → 東京の　家は　狭いのに、　家賃が　高いです。
   ②こんなに　忙しいです・利益が　なかなか　上がりません
   → こんなに　忙しいのに、　利益が　なかなか　上がりません。
   ③ もう　午前0時です・夫は　まだ　帰って　きません
   → もう　午前0時なのに、　夫は　まだ　帰って　きません。

④ 彼は　話が　下手です・司会を　やらせるんですか

　→　彼は　話が　下手なのに、　司会を　やらせるんですか。

⑤ 連休じゃ　ありません・京都は　観光客で　溢れて　います

　→　連休じゃ　ないのに、　京都は　観光客で　溢れて　います。

⑥ あんなに　仲良しでした・別れちゃったの？

　→　あんなに　仲良しだったのに、　別れちゃったの？

2. 例：高速道路が　混んで　いますね。（今日は　平日です。）

　→ええ、　今日は　平日なのに。

① 毎日　暑いですね。（もう　秋です。）

　→　ええ、　もう　秋なのに。

② 松本さんは　女性に　モテますね。（イケメンでは　ありません。）

　→　ええ、　イケメンじゃ　ないのに。

③ あの　ラーメン屋さん、　行列が　できて　いますね。

　　（美味しくないです。）

　→　ええ、　美味しくないのに。

④ あの　カレー屋さん、　ガラガラですね。（安くて　美味しいです。）

　→　ええ、　安くて　美味しいのに。

隨堂測驗

一、填空題：

1. 英語が　わからない（　ので　）、　旅行ツアーに　参加しました。
2. 英語が　わからない（　のに　）、　一人で　海外旅行を　するんですか。
3. 彼女（　が　）　来るので、　急いで　部屋を　掃除します。
4. 雪（　で　）　新幹線が　止まったので、　会議に　出られませんでした。
5. 暇（　な　）ので、　どっか（どこか）へ　出かけよう。
6. また　あなたに　会えるのを　楽しみ（　に　）　して　います。
7. 頭が　痛くて、　吐き気（　が　）　します。
8. 気（　に　）　するな！　友達じゃないか！

二、選擇題：

1. 彼は　風邪（　1　）　寝込んで　います。
　　1　で　　　　　　2　に　　　　　　3　ので　　　　　　4　のに

2. こんなに　暑い（　2　）、　子供は　外で　遊んで　います。
　　1　ので　　　　　　2　のに　　　　　　3　なので　　　　　　4　なのに

3. うちで　留守番を　して　いる　子供の　ことが　心配（　3　）、　早く
帰りたいです。
　　1　ので　　　　　　2　のに　　　　　　3　なので　　　　　　4　なのに

4. 気分が　（　4　）、　先に　帰ります。
　　1　悪くて　　　　　　2　悪いで　　　　　　3　悪いのに　　　　　4　悪いので

5. 今日は　日曜日なのに、　（　2　）。
　　1　会社へ　行きますか　　　　　　2　会社へ　行くんですか
　　3　会社を　休みます　　　　　　4　会社を　休むんです

6. 顔色が　悪いですね。　（　3　）。
　　1　医者を　診ましたか　　　　　　2　医者に　診ましたか
　　3　医者に　診て　もらいましたか　　4　医者を　診て　もらいましたか

三、翻譯題：

1. せっかく　彼が　映画に　誘って　くれたのに、　都合が　悪くて
行けなかった。
難得他邀我去看電影，但我卻因為行程上不方便，無法去。

2. 彼が　来るかどうか　わからないので、　とりあえず、　彼の　分も
用意して　おきましょう。
因為不知道他會不會來，總之還是先準備好他的份吧。

3. 子供が、 さっき 晩ご飯を 食べたのに、 まだ 食べたいと 言って
いるので 残りの ご飯を 全部 食べさせた。
小孩剛剛吃了晩餐，但因為他說還想吃，所以剩飯全部給他吃了。

4. 我有事，可以先回去嗎？
用事が あるので、 先に 帰っても いいですか。

5. 這麼地忙，你要走了＜回去了＞喔？
こんなに 忙しいのに、 もう 帰るんですか。／の？

6. 每天都吃藥，但病都不會好。
毎日 薬を 飲んで いるのに、 病気が 全然 治りません。

「句型 1」練習 B

例：水は　100 度に　なります・沸騰します
　→　水は　100 度に　なると、　沸騰します。
① そんなに　食べます・太りますよ
　→　そんなに　食べると、　太りますよ。
② ビールは　冷やします・美味しいですよ
　→　ビールは　冷やすと、　美味しいですよ。
③ スマホの　画像を　タップします・保存できます
　→　スマホの　画像を　タップすると、　保存できます。
④ この　アイコンを　クリックします・ログインできます
　→　この　アイコンを　クリックすると、　ログインできます。

「句型 2」練習 B

1. 例：雨が　降りません・作物は　育ちません
　→　雨が　降らないと、　作物は　育ちません。
① 働きません・生きて　いけません
　→　働かないと、　生きて　いけません。
② 成績が　よく　ありません・奨学金が　もらえません
　→　成績が　よく　ないと、　奨学金が　もらえません。
③ 体が　丈夫では　ありません・旅行に　行きたくても　いけません
　→　体が　丈夫で　ないと、　旅行に　行きたくても　いけません。
④ 今　貯金して　おきません・将来　下流老人に　転落して　しまいますよ
　→　今　貯金して　おかないと、　将来　下流老人に　転落して
　　しまいますよ。
⑤ あいつを　殴りません・気が　済みません
　→　あいつを　殴らないと、　気が　済みません。

「句型 3」練習 B

1. 例：黄さんは　経済を　勉強します・日本へ　来ました
　→　黄さんは　経済を　勉強する　ために、　日本へ　来ました。
① 日本語教師に　なります・資格を　取りました
　→　日本語教師に　なるために、　資格を　取りました。
② 癌を　治します・大金を　叩いた
　→　癌を　治すために、　大金を　叩いた。
③ 日本で　起業します・「経営・管理」の　在留資格を　取りました
　→　日本で　起業するために、　「経営・管理」の　在留資格を　取りました。
④ 国際会議に　出ます・わざわざ　ニューヨークまで　行った
　→　国際会議に　出るために、　わざわざ　ニューヨークまで　行った。

2. 例：翻訳アプリを　ダウンロードしました。（海外旅行）
　→　海外旅行の　ために、　翻訳アプリを　ダウンロードしました。
① アパートを　借りました。（就職）
　→　就職の　ために、　アパートを　借りました。
② 働ければ　なりません。（生活）
　→　生活の　ために、　働ければ　なりません。
③ ビーガンに　なろうと　思って　います。（健康）
　→　健康の　ために、　ビーガンに　なろうと　思って　います。
④ もう　一度　確認します。（念）
　→　念の　ために、　もう　一度　確認します。
⑤ 頑張ります。（子供）
　→　子供の　ために、　頑張ります。
⑥ 多言語看板を　設置して　あります。（外国人観光客）
　→　外国人観光客の　ために、　多言語看板を　設置して　あります。
⑦ あなたは　死ねますか。（愛する　人）
　→　愛する　人の　ために、　あなたは　死ねますか。
⑧ 戦争が　始まったら　戦いますか。（国）
　→　国の　ために、　戦争が　始まったら　戦いますか。
　→　戦争が　始まったら、　国の　ために　戦いますか。

「句型 4」練習 B

1. 例：結婚式は　ハワイで　やります。
    →　結婚式は　ハワイで　やる　つもりです。
    ① 新婚旅行は　ギリシャへ　行きます。
    →　新婚旅行は　ギリシャへ　行く　つもりです。
    ② 結婚したら　今の　仕事を　辞めます。
    →　結婚したら　今の　仕事を　辞める　つもりです。
    ③ 政府は　国民を　死ぬまで　働かせます。
    →　政府は　国民を　死ぬまで　働かせる　つもりです。
    ④ 弟は　親の　遺産で　一生　遊んで　暮らします。
    →　弟は　親の　遺産で　一生　遊んで　暮らす　つもりです。

2. 例：結婚したら　子供を　産みますか。（大変です。）
    →　いいえ。　大変なので、　子供は　産まない　つもりです。
    ① 年を　取ったら　運転しますか。（危ないです。）
    →　いいえ。　危ないので、　運転しない　つもりです。
    ② 土日も　働きますか。（人生は　仕事だけじゃ　ありません。）
    →　いいえ。　人生は　仕事だけじゃ　ないので、　土日は　働かない
       つもりです。
    ③ 中国に　行ったら　王さんに　会いますか。（そんな　暇は　ありません。）
    →　いいえ。　そんな　暇は　ないので、　王さんには　会わない
       つもりです。
    ④ 大学を　卒業したら　大学院へ　行きますか。（家族の　ために
       働かなければ　なりません。）
    →　いいえ。　家族の　ために　働かなければ　ならないので、
       大学院は／大学院へは　行かない　つもりです。

一、填空題：

1. 信号（　**を**　）　右（　**に**　）　曲がると、　左側（　**に**　）
コンビニが　あります。
2. ステーキは　白ご飯と　一緒に　食べる（　**と**　）　美味しいですよ。
3. 君（　**が**　）　やらないと、　困ります。
4. この　タブレットは　軽くて、　持ち歩くの（　**に**　）　便利です。
5. 早く　ジグソーパズルを　完成させないと、　気（　**が**　）　済まない。
6. 将来（　**の**　）　ために、　今　頑張らないと　いけません。
7. 日本に　移住したいんですが、　何（　**か**　）　いい　方法は　ありませんか。
8. (承上題) 日本で　起業して、　「経営・管理」ビザを　取得するの（　**は**　）
どうですか。

二、選擇題：

1. お金が　（　**3**　）、　旅行に　行きたいです。
　　1　あると　　　　　2　あっても　　　3　あったら　　　4　あるのに

2. 春に　なると、　（　**1**　）
　　1　桜が　咲く　　　　　　　　　2　旅行へ　行きたい
　　3　花見を　しない？　　　　　　4　結婚しよう

3. 大阪から　東京まで　飛行機（　**2**　）　約　1時間です。
　　1　とは　　　　　2　だと　　　　　3　のに　　　　　4　には

4. ダイエットして　いますから、　晩ご飯は　（　**2**　）　つもりです。
　　1　食べる　　　　2　食べない　　　3　食べた　　　　4　食べます

5. もっと　節約しないと、　お金が　（　**3**　）　なるよ。
　　1　ないに　　　　2　ないと　　　　3　なく　　　　　4　なくし

6. いい　天気だと　どっかへ　遊びに　行きたく　なるね。　（　**4**　）
　　もう　朝ご飯は　食べた？
　　　１　あるいは　　　　２　かわりに　　　　３　でしたら　　　　４　ところで

三、翻譯題：

1. 明日、　重要な　会議が　あるから、　会社へ　行かないと　駄目なんだ。
　　明天有重要的會議，不去公司不行啊。
2. いい　男に　なる　ために、　外見や　内面を　磨いて　います。
　　為了成為一個好男人，我磨練著外表以及內心精神。
3. レンタル動画は、　視聴期限を　過ぎると　見られなく　なるから、　早く
　　見よう。
　　（網路上）租借的影片，過了觀賞期間就沒辦法看了，所以快一點看吧。
4. 這個加上美乃滋（マヨネーズ）很好吃喔。
　　これ、　マヨネーズを　つけると　美味しいですよ。
5. 我沒有錢，所以我打算一輩子不結婚。
　　お金が　ありませんから、　一生　結婚しない　つもりです。
6. 你到底是為了什麼而拼死拼活（一生懸命）地工作？
　　あなたは　一体　何の　ために　一生懸命　働いて　いるのんですか。／の？

「句型 1」練習 B

請將下列動詞改為被動形

例：来ます　（　来られます　）　　　書きます　（　書かれます　）

01. 言います　（　言われます　）　　　支払います（　支払われます）
02. 習います　（　習われます　）　　　手伝います（　手伝われます）
03. 働きます　（　働かれます　）　　　歩きます　（　歩かれます　）
04. 急ぎます　（　急がれます　）　　　泳ぎます　（　泳がれます　）
05. 話します　（　話されます　）　　　直します　（　直されます　）
06. 持ちます　（　持たれます　）　　　勝ちます　（　勝たれます　）
07. 遊びます　（　遊ばれます　）　　　運びます　（　運ばれます　）
08. 飲みます　（　飲まれます　）　　　生みます　（　生まれます　）
09. 作ります　（　作られます　）　　　やります　（　やられます　）
10. 座ります　（　座られます　）　　　入ります　（　入られます　）

11. 考えます　（　考えられます）　　　答えます　（　答えられます）
12. 教えます　（　教えられます）　　　掛けます　（　掛けられます）
13. 調べます　（　調べられます）　　　遅れます　（　遅れられます）
14. 始めます　（　始められます）　　　やめます　（　やめられます）
15. 浴びます　（　浴びられます）　　　降ります　（　降りられます）
16. います　（　いられます　）　　　着ます　（　着られます　）
17. 結婚します（　結婚されます）　　　案内します（　案内されます）
18. 出張します（　出張されます）　　　留学します（　留学されます）
19. 勉強します（　勉強されます）　　　練習します（　練習されます）
20. 心配します（　心配されます）　　　説明します（　説明されます）

「句型 2」練習 B

1. 例：警察官は　泥棒を　捕まえました。

→　泥棒は　警察官に　捕まえられました。

① 翔太君は　私を　笑いました。

→　私は　翔太君に　笑われました。

② 親戚の　叔母さんは　私を　育てました。

→　私は　親戚の　叔母さんに　育てられました。

③ 知らない　人が　私を　助けました。

→　私は　知らない　人に　助けられました。

④ あの人が　父を　殺しました。

→　父は　あの人に　殺されました。

⑤ 変な　おじさんが　私に　話しかけました。

→　私は　変な　おじさんに　話しかけられました。

2. 例：警察官は　犯人を　警察署へ　連れて　いきました。

→　犯人は　警察官に　警察署へ　連れて　いかれました。

① 陳さんは　私を　パーティーに　招待しました。

→　私は　陳さんに　パーティーに　招待されました。

② 娘は　朝早く　私を　起こしました。

→　私は　朝早く　娘に　起こされました。

③ 会社の　子が　吉田さんを　ディナーに　誘いました。

→　吉田さんは　会社の　子に　ディナーに　誘われました。

④ 彼は　監視カメラで　私を　見て　います。

→　私は　彼に　監視カメラで　見られて　います。

⑤ 同級生が　いつも　あの子を　いじめて　います。

→　あの子は　いつも　同級生に　いじめられて　います。

「句型 3」練習 B

1. 例：ジャック先生は　翔太君に　英語を　教えました。

　→　翔太君は　ジャック先生に　英語を　教えられました。

①　子供は　親に　おもちゃを　ねだりました。

　→　**親は　子供に　おもちゃを　ねだられました。**

②　警察官は　タクシーの　運転手さんに　交通違反の　切符を　渡しました。

　→　**タクシーの　運転手さんは　警察官に　交通違反の　切符を
　渡されました。**

③　外国人は　夫に　道を　尋ねました。

　→　**夫は　外国人に　道を　尋ねられました。**

2. 例：春日さんは、　パーティーには　行けないと　言いました。

　→　（私は）　春日さんに　パーティーには　行けないと　言われました。

①　警察官は、　在留カードを　見せろと　言いました。

　→　**（私は）　警察官に、　在留カードを　見せろと　言われました。**

②　店の　人は、　店の　前に　車を　止めるなと　言いました。

　→　**（私は）　店の　人に、　店の　前に　車を　止めるなと　言われました。**

③　管理人さんは、　ゴミの　出し方に　ついて　注意しました。

　→　**（私は）　管理人さんに、　ゴミの　出し方に　ついて　注意されました。**

④　面接で、　面接官が　趣味に　ついて　聞きました。

　→　**（私は）　面接で、　面接官に　趣味に　ついて　聞かれました。**

「句型 4」練習 B

1. 例：友達が　私の　服を　汚しました。

　→　私は　友達に　服を　汚されました。

①　兄が　私の　ケーキを　食べました。

　→　**私は　兄に　ケーキを　食べられました。**

②　通り魔が　私の　息子を　殺しました。

　→　**私は　通り魔に　息子を　殺されました。**

③　蜂が　私の　腕を　刺しました。

　→　**私は　蜂に　腕を　刺されました。**

④ 電車で、　隣の　人が　私の　足を　踏みました。

　　→　私は、　電車で　隣の　人に　足を　踏まれました。

2. 例：誰かが　私の　ケーキを　食べました。

　　→　Ａ：どうしたんですか。　　　Ｂ：ケーキを　食べられたんです。

① 誰かが　私の　指輪を　盗みました。

　　→　Ａ：どうしたんですか。　　　Ｂ：指輪を　盗まれたんです。

② 誰かが　私の　傘を　間違えました。

　　→　Ａ：どうしたんですか。　　　Ｂ：傘を　間違えられたんです。

③ 誰かが　私の　論文を　パクりました。

　　→　Ａ：どうしたんですか。　　　Ｂ：論文を　パクられたんです。

④ 誰かが　私の　髪を　引っ張りました。

　　→　Ａ：どうしたんですか。　　　Ｂ：髪を　引っ張られたんです。

隨堂測驗

一、填空題：

1. 私は　弟に、　彼女からの　手紙（　を　）　読まれた。
2. 変な　おじさんに、　住所と　電話番号（　を　）　聞かれた。
3. ここを　動くな（　と　）、　兵士は　長官（　に　）　命令されました。
4. 面接官に、　趣味（　に　ついて　）　聞かれた。
5. Ａ：吉田さんの　ダンスって、　面白いよね。

　　Ｂ：（　こ／そ／あ　）の　人は　本当に　変な　人ね。
6. Ａ：先輩の　朴さん、　知ってる？　Ｂ：ううん。　誰？

　　（　こ／そ／あ　）の　人？
7. 列（　に　）　割り込まないで、　後ろ（　に　）並んで　ください。
8. これ以上　近づかないで。　警察（　に　）　通報するわよ。

二、選擇題：

1. 私は　妹（　）、　勝手に　服（　）　着られた。（**1**）
 1　に／を　　　　2　を／に　　　　3　に／に　　　　4　を／を

2. マッチングアプリで　知り合った　彼（　）、　デート（　）　誘われた。（**3**）
 1　に／を　　　　2　を／に　　　　3　に／に　　　　4　を／を

3. 朴さんって、　（　**4**　）　一つ上の　先輩だったよね。
 1　たぶん　　　　2　たとえ　　　　3　きっと　　　　4　たしか

4. 電車で、　他の　乗客に　（　**3**　）　後ろから　押されて　びっくりした。
 1　わざわざ　　　2　ぴったり　　　3　いきなり　　　4　せっかく

5. 彼は　警察に　（　**1**　）。
 1　連れて　いかれた　　　　　　2　連れられて　いった
 3　連れて　いられた　　　　　　4　連られて　いった

6. お巡りさん、　あいつが　犯人だ！　早く　あいつを　（　**2**　）！
 1　捕まって　　　　　　　　　　2　捕まえて
 3　捕まえられて　　　　　　　　4　捕まられて

三、翻譯題：

1. 余計な　ことを　言うと、　怒られるよ。
 你講一些多餘的話，會被生氣（罵）喔。
2. 妻に、　宝くじが　当たったのを　知られたく　ないです。
 我不想被老婆知道我中樂透的事。
3. 私は　太郎に、　花子を　紹介されました。
 我被太郎介紹了花子（太郎介紹花子給我。）
4. 我在學校被老師誇獎了
 私は　学校で　先生に　褒められました。
5. 我被老師誇獎了我的成績。

私は　先生に　成績を　褒められました。

6. 我被爸爸說了請放棄夢想（爸爸叫我放棄）。

　　父に　夢を　諦めろと／って　言われました。

第 42 課

「句型 1」練習 B

1. 例：土曜日に　この　映画を　テレビで　放送します。

　→この　映画は　土曜日に　テレビで　放送されます。

　① トラックで　荷物を　運びます。

　→　荷物は　トラックで　運ばれます。

　② 2024 年に　パリで　オリンピックを　行います。

　→　オリンピックは　2024 年に　パリで　行われます。

　③ ロシアから　天然ガスを　輸入して　います。

　→　天然ガスは　ロシアから　輸入されて　います。

2. 例：この　本・初心者・書きました

　→　この　本は、　初心者の　ために　書かれました。

　① この　化粧品・肌が　悪い　女性・作りました

　→　この　化粧品は、　肌が　悪い　女性の　ために　作られました。

　② この　ワープロソフト・目の　不自由な　人・開発しました

　→　この　ワープロソフトは、　目の　不自由な　人の　ために
　　　開発されました。

　③ この　椅子・体が　小さい　人・設計しました

　→　この　椅子は、　体が　小さい　人の　ために　設計されました。

　④ AI・仕事・使って　います

　→　AI は　仕事の　ために　使われて　います。

「句型 2」練習 B

1. 例：電話は　ベルが　発明しました。

　→　電話は　ベルに　よって　発明されました。

　① 「銀河鉄道の夜」は　宮沢賢治が　書きました。

→　「銀河鉄道の夜」は　宮沢賢治に　よって　書かれました。

② 金閣寺は　足利義満が　建てました。

　　→　金閣寺は　足利義満に　よって　建てられました。

③ 般若心経は　三蔵法師が　翻訳しました。

　　→　般若心経は　三蔵法師に　よって　翻訳されました。

④ 日本は　神武天皇が　建国しました

　　→　日本は　神武天皇に　よって　建国されました

⑤ この　イラストは　AIが　自動生成しました。

　　→　この　イラストは、　AIに　よって　自動生成されました。

2. 例：エジプトで　新しいピラミッドを　発見しました。

　　→　エジプトで　新しいピラミッドが　発見されました。

① 広島で　G7サミットを　開催しました。

　　→　広島で　G7サミットが　開催されました。

② 620年ぐらい前に　金閣寺を　建てました。

　　→　620年ぐらい前に　金閣寺が　建てられました。

③ 今から　約2000年前に　キリストを　生みました。

　　→　今から　約2000年前に　キリストが　生まれました。

④ 来年、　台湾では　新しい　大統領を　選びます。

　　→　来年、　台湾では　新しい　大統領が　選ばれます。

⑤ 毎年　7月と　12月に　日本語能力試験を　行います。

　　→　毎年　7月と　12月に　日本語能力試験が　行われます。

「句型3」練習B

1. 例：泥棒が　ホテルの　部屋に　入りました。

　　→　（私は）　泥棒に、　ホテルの　部屋に　入られて　しまった。

① 新入生が　自分の　席に　座りました。

　　→　（私は）　新入生に、　自分の　席に　座られて　しまった。

② 背の　高い　人が　前に　立ちました。

　　→　（私は）　背の　高い　人に、　前に　立たれて　しまった。

③ 忙しいのに、　同僚が　帰りました。

→　忙しいのに、　（私は）　同僚に　帰られて　しまった。

④ やっと　捕まえたのに、　犯人が　逃げました。

→　やっと　捕まえたのに、　（私は）　犯人に　逃げられて　しまった。

「句型４」練習Ｂ

1.例：弟が　大音量で　テレビを　見ました・勉強に　集中できませんでした

　→　弟に　大音量で　テレビを　見られて、　勉強に　集中できませんでした。

① 管理人さんが　玄関に　鍵を　掛けました・

　外に　出られなく　なりました

→　管理人さんに　玄関に　鍵を　掛けられて、　外に　出られなく
　なりました。

② 誰かが　勝手に　黒板を　消しました・

　困って　います

→　（誰かに）　勝手に　黒板を　消されて、　困って　います。

③ 誰かが　自分が　欲しいと　思って　いた　服を　先に　買いました・
　がっかりしました

→　（誰かに）　自分が　欲しいと　思って　いた　服を　先に　買われて、
　がっかりしました。

随堂測驗

一、填空題：

1.2021年に、　東京（　で　）　オリンピック（　が　）　開かれました。

2.聖書は　世界中（　で　）　読まれて　います。

3.これは　有名な　作家（　に　よって　）　書かれた　本です。

4.事務所（　に　）は、　世界地図（　が　）　貼られて　います。

5.雨（　に　）　降られて、　外出できなかった。

6.飛行機の　中で　赤ちゃん（　に　）　泣かれて、　全然　休めなかった。

7. 夜中に、　隣の　おばさん（　に　）　大声で　歌（　を　）　歌われて
　　困って　います。

8. お客様、　起きて　ください。　ここ（　で　）　寝られて（　は　）
　　困ります。

二、選擇題：

1. 新種の　ウイルスが　（　2　）。
　　1　発見した　　　　2　発見された　　　4　発見させた　　　3　発見られた

2. ベルが　電話を　（　1　）
　　1　発明した　　　　2　発明された　　　3　発明させた　　　4　発明られた

3. レストランで　隣の　席の　人（　）、　たばこ（　）　吸われて　困りました。
　　（　4　）
　　1　を／に　　　　　2　に／が　　　　　3　が／を　　　　　4　に／を

4. これは　何（　1　）　いう　料理ですか。
　　1　と　　　　　　　2　を　　　　　　　3　で　　　　　　　4　が

5. ただで（　2　）　狭い　部屋なのに、　泊まりに　来られては　困ります。
　　1　でも　　　　　　2　さえ　　　　　　3　まで　　　　　　4　しか

6. キャビア、フォアグラ、トリュフは　世界三大珍味と　（　3　）　います。
　　1　言って　　　　　2　言わせて　　　　3　言われて　　　　4　言わされて

三、翻譯題：

1. 漢字は　アジアの　国々で　使われて　います。
　　漢字在亞洲各個國家被使用。

2. 大変なのは　わかるが、　こう　頻繁に　休まれては　困ります。

我知道你很辛苦，但你這麼頻繁地請假，我很困擾。

3. 飛行機の　中で、　前に　座って　いた　子供に　騒がれて　不快な　思いを
した。

在飛機裡面，被坐在前面的小孩吵，感到很不愉快。

4. 這是江戶時代所畫的畫

これは　江戶時代に　描かれた　絵です。

5. 這是葛飾北齋所畫的畫

これは　葛飾北斎に　よって　描かれた　絵です。

6. 在車庫前面被停了車子，出不去。

車庫の　前に　車を　止められて、　出られません（でした）。

本書綜合練習

一、填空題：

01. 部長は　いつ　出張する（　**か**／かどうか　）、　知って　いますか。

02. 彼が　会議に　出席しない　理由は、　本当（　か／**かどうか**　）
　　わかりません。

03. 娘に、　自分の　名前を　書いて　（見た／**見せた**／見られた）。

04. 大学を　卒業したら、　一人で　（暮らしよう／**暮らそう**／暮ろう）と
　　思って　います。

05. 今年　（**こそ**／さえ）　大学に　合格して　みせる！

06. 部長は　山田さん（　**を**　）　出張させました。

07. 部長は　山田さん（　**に**　）　出張の　レポートを　書かせました。

08. 山田さんは、　いつも　おかしな　ことを　言って　みんな（　**を**　）
　　笑わせて　くれます。

09. 部長、　今回の　仕事は　ぜひ　私に　（やる／やらさせて／**やらせて**）
　　ください。

10. ドアを　開けろ！　俺（　**を**　）　ここから　出せ！

11. 雨が　降った（**ので**／のに）、　出かけないで　うちに　います。

12. 雨が　降って　いる（ので／**のに**）、　子供たちは　外で　遊んで　います。

13. お金が　ないのに、　旅行に　（行きますか／**行くんですか**）。

14. 体の　調子が　（**悪いので**／悪くて）、　今日は　会社を　休ませて
　　ください。

15. 彼女（は／**が**）　料理を　作って　くれたのに、　出前を　頼むんですか。

16. 春に　（**なると**／なったら）　結婚しよう。

17. 次の　交差点（　**を**　）　左（　**に**　）　曲がると、　東京タワーが
　　見えます。

18. この　カバンは、　重くて　持ち歩くの（　**に**　）　不便です。

19. お金を　出せ！　出さない（　**と**　）　殺すぞ！

20. 結婚しても　会社を　（**辞めない**／辞めよう）　つもりです。

21. この　クーポン券、　期限を　過ぎると　使え（ないに／**なく**）　なるから

331

気を　つけて。

22. 私は　妹に　日記（　を　）　読まれました。

23. 生徒：昨日、　学校で　先生（　に　）　褒められて　嬉しかった。

24. 母親：昨日、　学校で　娘（　を　）　褒められて　嬉しかった。

25. エコノミークラスの　お客様は　この　列（　に　）　並んで　ください。

26. また、　新しい　星（　が　）　発見されたのを　知って　いますか。

27. 法隆寺は、　聖徳太子（　に　）　よって　建てられた（　と　）
　　　言われて　います

28. ただでさえ　忙しいのに、　急に　辞められて（　は　）　困ります。

29. 雪（　に　）　降られて、　新幹線の　ダイヤが　大幅に　乱れた。

30. 家の　前に　車（　を　）　駐車されて、　困って　います。

二、選択題：

01. 答え（　）　間違い（　）　ないかどうか、　もう一度　確認して　ください。
（**3**）
　　　1　が／を　　　　　　2　が／に　　　　　3　に／が　　　　　4　に／を

02. これから　（　**3**　）と　思って　いるんですが、　一緒に　行きませんか。
　　　1　出かける　　　　2　出かけそう　　　3　出かけよう　　　4　出かけろう

03. 行くの？　（　**1**　）　行かないの？
　　　1　それとも　　　　2　それから　　　　3　そしたら　　　　4　そのまま

04. 毎朝、　犬（　**2**　）　公園で　散歩させて　います。
　　　1　が　　　　　　　2　を　　　　　　　3　で　　　　　　　4　へ

05. 毎朝、　犬（　**4**　）　公園を　散歩させて　います。
　　　1　が　　　　　　　2　を　　　　　　　3　で　　　　　　　4　に

06. 家の　前の　道路で　子供を　（　**1**　）　ください。

1　遊ばせないで　　　　　　　　　2　遊ばせなくて

　　3　遊ばれないで　　　　　　　　　4　遊ばれなくて

07. 交通事故（　1　）　電車が　止まって　います。
　　1　で　　　　　　2　に　　　　　　3　ので　　　　　　4　のに

08. 交通事故（　3　）　健康保険は　使えません。
　　1　ので　　　　　2　のに　　　　　3　なので　　　　4　なのに

09. ここに　いられては　（　4　）、　どっかへ　行って　ください。
　　1　困って　　　　2　困るで　　　　3　困るのに　　　4　困るので

10. お金が　（　2　）、　旅行に　行きたいです。
　　1　ないと　　　　2　なくても　　　3　なかったら　　4　ないので

11. ジャムを　塗って　（　1　）　美味しいよ。
　　1　食べると　　　2　食べて　　　　3　食べるのに　　4　食べるために

12. 私は　弟（　）　パソコン（　）　壊されて　しまった。（1）
　　1　に／を　　　　2　を／に　　　　3　に／に　　　　4　を／を

13. 子供を　いい　大学に　入れる　ために、　毎日　塾に　（　3　）
　　います。
　　1　通させて　　　2　通われて　　　3　通わせて　　　4　通させて

14. 電話は　ベルに　よって　（　2　）。
　　1　発明した　　　2　発明された　　3　発明させた　　4　発明られた

15. 泥棒（　）、　部屋（　）　入られて　財布を　とられて　しまった。（1）
　　1　に／に　　　　2　に／を　　　　3　を／に　　　　4　が／に

穩紮穩打日本語 進階 4

解答

「句型 1」練習 B

1. 例：この　ボールペン・書きます
　　→　この　ボールペンは　書きやすいです。
　① Ｔ社の　電気自動車・運転します
　　→　Ｔ社の　電気自動車は　運転しやすいです。
　② 昨日　買った　靴・履きます
　　→　昨日　買った　靴は　履きやすいです。
　③ あの　店・入ります
　　→　あの　店は　入りやすいです。

2. 例：山の　天気・変わります
　　→　山の　天気は　変わりやすいです。
　① セラミック製の　お皿・割れます
　　→　セラミック製の　お皿は　割れやすいです。
　② 白い　シャツ・汚れます
　　→　白い　シャツは　汚れやすいです。
　③ 暗記・忘れます
　　→　暗記は　忘れやすいです。

「句型 2」練習 B

1. 例：東京は　物価が　高いです。（生活します）
　　→　東京は、　物価が　高くて　生活しにくいです。
　① あの　宿は　山奥に　あります。（行きます）
　　→　あの　宿は、　山奥に　あって　行きにくいです。
　② この　道は　狭いです。（運転します）
　　→　この　道は、　狭くて　運転しにくいです。

③ 感謝の　言葉は　恥ずかしいです。（言います）

　→　感謝の　言葉は、　恥ずかしくて　言いにくいです。

2. 例：暗いです・見えません

　→　暗くて、見えにくいです。

① 音が　小さいです・聞こえません

　→　音が　小さくて、　聞こえにくいです。

② 丈夫です・割れません

　→　丈夫で、　割れにくいです。

③ 複雑です・わかりません

　→　複雑で、　わかりにくいです。

「句型 3」練習 B

1. 例：お酒を　飲みます・頭が　痛いです

　→お酒を　飲みすぎて、　頭が　痛いです。

①笑います・顎が　外れました

　→笑いすぎて、　顎が　外れました。

②本を　読みます・目が　疲れました

　→本を　読みすぎて、　目が　疲れました。

③マンションの　価格が　上がります・買えません

　→マンションの　価格が　上がりすぎて、　買えません。

2. 例：働きます・体を　壊します

　→　働きすぎると、　体を　壊しますよ。

① 歌います・喉が　痛く　なります

　→　歌いすぎると、　喉が　痛く　なりますよ。

② 崖に　近づきます・危険です

　→　崖に　近づきすぎると、　危ないですよ。

③ 車の　スピードを　出します・事故を　起こして　しまいます

　→　車の　スピードを　出しすぎると、　事故を　起こして　しまいますよ。

④ お酒を　飲みます・肝臓を　悪く　して　しまします

→　お酒を　飲みすぎると、　肝臓を　悪く　して　しまいますよ。

⑤ インターネットの　ショート動画を　見ます・頭が　悪く　なります

→　インターネットの　ショート動画を　見すぎると、　頭が　悪く
なりますよ。

「句型 4」練習 B

1. 例：ここは　静かです・怖いです

　→　ここは、　静かすぎて　怖いです。

① この　スイカは　大きいです・冷蔵庫に　入りません

　→　この　スイカは、　大きすぎて　冷蔵庫に　入りません。

② この　料理は　辛いです・食べられません

　→　この　料理は、　辛すぎて　食べられません。

③ この　道は　狭いです・運転しにくいです

　→　この　道は、　狭すぎて　運転しにくいです。

④ 先生の　声が　小さいです・はっきり　聞こえません

　→　先生の　声が、　小さすぎて　はっきり　聞こえません。

⑤ 隣の　人は　親切です・迷惑して　います

　→　隣の　人は、　親切すぎて　迷惑して　います。

⑥ この　説明書は　複雑です・わかりにくいです

　→　この　説明書は、　複雑すぎて　わかりにくいです。

⑦ 社長の　家は　豪華です・びっくりしました

　→　社長の　家は、　豪華すぎて　びっくりしました。

⑧ 彼は　優しいです・一緒に　いると　疲れて　しまいます

　→　彼は　優しすぎて、　一緒に　いると　疲れて　しまいます。

⑨ 息子は　礼儀が　ありません・困って　います

　→　息子は、　礼儀が　なさすぎて　困って　います。

隨堂測驗

一、填空題：

1. この 本は、 レイアウト （ **が** ） シンプルで 読みやすいです。
2. 文庫版の 本は、 目の 悪い 私（ **に** ）は 読みにくいです。
3. 子供は （ 素直です → **素直で** ）、 騙されやすいです。
4. ネットが （ 重いです → **重くて** ）、 繋がりにくいです。
5. 甘い もの（ **の** ） 食べすぎは 体に よくないですよ。
6. これを 使って みて（ **は** ） どうですか。
7. この 頃は お金が （ ありません → **なさ** ）すぎて、 カップ麺しか 食べられなかった。
8. スピードを （出しすぎます → **出しすぎる** ）と 交通事故に 遭いますよ。

二、選擇題：

1. A社の スマホは 高いですが、 とても 使い（ **1** ）です。
   1　やすい　　　　2　にくい　　　　3　つらい　　　　4　すぎ

2. この 問題は 小学生には （ **2** ） すぎます。
   1　難しい　　　　2　難し　　　　3　難しく　　　　4　難しで

3. 昨日の パーティーで 飲みすぎた。 （ **3** ） 二日酔いに なって しまった。
   1　でしたら　　　2　それでは　　　3　それで　　　　4　それに

4. A：北向きの 部屋は 冬に なると 寒いんです。
   B：（ **4** ）、 こちらの 南の 部屋は いかがですか。
   1　あるいは　　　2　ところで　　　3　それから　　　4　でしたら

5. 大丈夫ですか。　何か　気（　**2**　）　ことが　あったら、　相談して
　　くださいね。
　　1　が　する　　　　2　に　なる　　　　3　が　合う　　　　4　を　つける

6. 目やにが　ついて、　目（　**2**　）んです。
　　1　を　開けない　　　　　　　　　　2　が　開かない
　　3　を　開けられない　　　　　　　　4　が　開かれない

三、翻譯題：

1. Facebook とかの　SNS を　見すぎると、　鬱に　なるから　あまり　見ない
　　ほうが　いいよ。
　　看太多臉書這類的社交軟體，會變得憂鬱，最好不要常看喔。

2. えっ？　こんな　ことで　子供を　殴るの？　いくらなんでも　酷すぎる！
　　什麼？因為這樣的事而打小孩？怎麼說都太過分了！

3. いい　機会なので　チャレンジして　みては　どうですか。
　　這是個好機會，你要不要挑戰看看？

4. 這條路車子很多，很難走路。
　　この　道は、　車が　多くて　歩きにくいです。

5. 鄉下的土地很難賣掉（売れます）。
　　田舎の　土地は　売れにくいです。

6. 喝酒喝太多對身體不好，要適量喔。
　　お酒の　飲みすぎは、　体に　よくないですから　ほどほどにね。

「句型 1」練習 B

1. 例：漢字が　読めます・毎日　10個ずつ　覚えます
　 → 漢字が　読めるように、　毎日　10個ずつ　覚えます。
① 黒板の　字が　見えます・一番前の　席に　座りました
　 → 黒板の　字が　見えるように、　一番前の　席に　座りました。
② 朝　起きられます・目覚まし時計を　セットしました
　 → 朝　起きられるように、　目覚まし時計を　セットしました。
③ ぐっすり　眠れます・睡眠薬を　多めに　飲みました
　 → ぐっすり　眠れるように、　睡眠薬を　多めに　飲みました。
④ 彼が　もう　一度　歩けます・リハビリを　頑張って　ほしいです
　 → 彼が　もう　一度　歩けるように、　リハビリを　頑張って　ほしいです。
⑤ 元気が　出ます・ビタミン剤の　サプリを　飲んで　います
　 → 元気が　出るように、　ビタミン剤の　サプリを　飲んで　います。
⑥ 新鮮な　空気が　入ります・窓を　開けました
　 → 新鮮な　空気が　入るように、　窓を　開けました。
⑦ 洗濯物が　早く　乾きます・外に　干して　あります
　 → 洗濯物が　早く　乾くように、　外に　干して　あります。
⑧ 試験に　合格します・一生懸命　勉強しなさい
　 → 試験に　合格するように、　一生懸命　勉強しなさい。

「句型 2」練習 B

1. 例：風邪を　引きません・気を　つけて　ください
　 → 風邪を　引かないように、　気を　つけて　ください。
① 両親に　心配を　掛けません・真面目に　働いて　います
　 → 両親に　心配を　掛けないように、　真面目に　働いて　います。
② 赤ちゃんを　起こしません・静かに　歩いて　ください

→ 赤ちゃんを　起こさないように、　静かに　歩いて　ください。

③ これ以上　太りません・ダイエットを　して　います

→ これ以上　太らないように、　ダイエットを　して　います。

④ 忘れません・スマホの　リマインダー機能を　オンに　しました

→ 忘れないように、　スマホの　リマインダー機能を　オンに　しました。

⑤ 食べすぎません・小皿に　出して　います

→ 食べすぎないように、　小皿に　出して　います。

⑥盗まれません・金庫に　入れて　保管して　あります

→ 盗まれないように、　金庫に　入れて　保管して　あります。

⑦ 他人に　嫌な　思いを　させません・言葉遣いに　気を　つけましょう

→ 他人に　嫌な　思いを　させないように、　言葉遣いに　気を
つけましょう。

⑧ 花が　枯れません・毎日　水を　やるのを　忘れないで　ください

→ 花が　枯れないように、　毎日　水を　やるのを　忘れないで　ください。

⑨ 犬が　どこかへ　行って　しまいません・リードで　繋いで　おきます

→ 犬が　どこかへ　行って　しまわないように、　リードで　繋いで
おきます。

⑩ 外から　見えません・カーテンは　いつも　閉めて　あります

→ 外から　見えないように、　カーテンは　いつも　閉めて　あります。

「句型 3」練習 B

1. 例：着替えは　一人で　できるように　なりましたか。

→ いいえ、　まだ　できません。　早く　できるように　なりたいです。

① ケーキが　作れるように　なりましたか。

→ いいえ、　まだ　作れません。　早く　作れるように　なりたいです。

② リハビリで　歩けるように　なりましたか。

→ いいえ、　まだ　歩けません。　早く　歩けるように　なりたいです。

③ 新しい　ソフトが　使えるように　なりましたか。

→ いいえ、　まだ　使えません。　早く　使えるように　なりたいです。

2. 例：年を　取りました・はっきり　見えません

　→　年を　取ったから、　はっきり　見えなく　なった。

① コロナで　入国禁止に　なりました・国へ　帰れません

　→　コロナで　入国禁止に　なったから、　国へ　帰れなく　なった。

② 鍵を　家の　中に　忘れて　しまいました・入れません

　→　鍵を　家の　中に　忘れて　しまったから、　入れなく　なった。

③ タブレットを　買いました・パソコンを　使いません

　→　タブレットを　買ったから、　パソコンを　使わなく　なった。

④ 彼と　喧嘩しました・二人は　話しません

　→　彼と　喧嘩したから、　二人は　話さなく　なった。

⑤ 悪い　評判が　広まりました・お客さんが　来ません

　→　悪い　評判が　広まったから、　お客さんが　来なく　なった。

「句型４」練習Ｂ

1. 例：社内で　上司に　会ったら、　必ず　挨拶を　します。

　→　社内で　上司に　会ったら、　必ず　挨拶を　するように　しましょう。

① 何か　あったら、　必ず　上司に　報告します。

　→　何か　あったら、　必ず　上司に　報告するように　しましょう。

② 予定が　変わったら、　必ず　上司に　連絡します。

　→　予定が　変わったら、　必ず　上司に　連絡するように　しましょう。

③ わからない　ことが　あったら、　必ず　上司に　相談します。

　→　わからない　ことが　あったら、　必ず　上司に　相談するように
　しましょう。

2. 例：体の　調子が　悪い　時は、　うちで　ゆっくり　休みます。

　→　体の　調子が　悪い　時は、　うちで　ゆっくり　休むように　して
　います。

① 時間が　なくても、　毎日　親に　電話します。

　→　時間が　なくても、　毎日　親に　電話するように　して　います。

② 時間の　無駄ですから、　SNSは　使いません。

→　時間の　無駄ですから、　　SNSは　使わないように　して　います。

③ 受験前日には、　試験会場の　下見を　します。

→　受験前日には、　試験会場の　下見を　するように　して　います。

④ 私は、　わからない　物には　投資を　しません。

→　私は、　わからない　物には　投資を　しないように　して　います。

隨堂測驗

一、填空題（請填入「ように」或「ために」）：

1. 起業する（　**ために**　）、　貯金して　います。
2. 日本語が　話せる（　**ように**　）、　毎日　練習して　います
3. この　病気を　治す（　**ために**　）、　アメリカに　渡りました。
4. 病気が　早く　治る（　**ように**　）、　神様に　祈りました。
5. うちの　中へ　蚊が　入らない（　**ように**　）、　網戸を　閉めて　います。
6. よく　見える（　**ように**　）、　字を　大きく　書いて　ください。
7. ネットフリックスを　見る（　**ために**　）、　大きい　タブレットを　購入した。
8. 健康の（　**ために**　）、　早寝早起きします。

二、選擇題：

1. 親（　**1**　）　心配しないように、　毎日　連絡して　います。
　　1　が　　　　　2　に　　　　　3　を　　　　　4　は

2. 子供（　**2**　）も　食べて　もらえるように、　細かく　刻んで　あります。
　　1　が　　　　　2　に　　　　　3　を　　　　　4　は

3. 近くに　デパートが　できたから、　お客さんは　うちの　店に　（　**4**　）　なった。
　　1　来ないに　　　2　来ないで　　　3　来なくて　　　4　来なく

4. この　駅に　特急が　止まるように　（　3　）、　さらに　町が　発展して
きました。
　　1　なるのは　　　　2　なったのに　　　3　なってから　　　4　なっては

5. 食後は、　必ず　歯を　磨く（　2　）　います。
　　1　ように　なって　　　　　　　　2　ように　して
　　3　ために　なって　　　　　　　　4　ために　して

6. 健康の　（　）に、　毎晩　早く　寝る（　）に　して　います。（1）
　　1　ため／よう　　　　　　　　　　2　よう／ため
　　3　ため／ため　　　　　　　　　　4　よう／よう

三、翻譯題：

1. 資産形成の　ために、　給料が　入ったら　株を　少しずつ　買うように
して　います。
　　為了累積資產，只要薪水進來，我就盡可能地買一些股票。
2. 日本語が　できるように　なると、　視野が　もっと　広がりますよ。
　　（經努力）學會日文後，你的視野會更寬廣喔。
3. 傘を　間違えられないように、　持ち手に　自分の　名前を　書きました。
　　為了雨傘別被拿錯，我在把手上寫了自己的名字。
4. 為了讓小孩也可以讀懂，我用平假名寫了。
　　子供にも　読めるように、　ひらがなで　書きました。
5. 我總算會騎摩托車（バイク）了。
　　やっと　バイクに　乗れるように　なりました。
6. 我盡可能地每日都讀／學習日文。
　　できるだけ　毎日　日本語を　勉強するように　して　います。

第 45 課

「句型 1」練習 B

請將下列動詞改為條件形

例：来ます　　　（　　来れば　　　）　行きます　　（　　行けば　　　）
01. 言います　　（　　言えば　　　）　働きます　　（　　働けば　　　）
02. 歩きます　　（　　歩けば　　　）　急ぎます　　（　　急げば　　　）
03. 話します　　（　　話せば　　　）　飲みます　　（　　飲めば　　　）
04. やります　　（　　やれば　　　）　入ります　　（　　入れば　　　）
05. 考えます　　（　　考えれば　　）　調べます　　（　　調べれば　　）
06. やめます　　（　　やめれば　　）　います　　　（　　いれば　　　）
07. 結婚します　（　　結婚すれば　）　勉強します　（　　勉強すれば　）
08. 寒いです　　（　　寒ければ　　）　高いです　　（　　高ければ　　）
09. 安全です　　（　　安全なら　　）　真面目です　（　　真面目なら　）
10. 帰りません　（　帰らなければ　）　食べません　（　食べなければ　）
11. 寒くないです（　寒くなければ　）　重くないです（　重くなければ　）
12. 好きじゃない（好きじゃなければ）　便利じゃない（便利じゃなければ）

「句型 2」練習 B

1. 例：毎日　練習します・上手に　なります

　→　毎日　練習すれば、　上手に　なります。

　① コーヒーを　飲みます・元気に　なります

　→　コーヒーを　飲めば、　元気に　なります。

　② 引っ越し業者に　頼みます・荷物を　まとめて　くれます

　→　引っ越し業者に　頼めば、　荷物を　まとめて　くれます。

　③ この　店で　買い物を　します・ポイントが　もらえます

　→　この　店で　買い物を　すれば、　ポイントが　もらえます。

④ 彼に　聞きます・教えて　くれるかも　しれません

→　彼に　聞けば、　教えて　くれるかも　しれません。

⑤ 来週に　なります・桜が　咲くと　思いますよ

→　来週に　なれば、　桜が　咲くと　思いますよ。

⑥ 急行が　止まるように　なります・土地の　価値が　上がるでしょう

→　急行が　止まるように　なれば、　土地の　価値が　上がるでしょう。

「句型３」練習Ｂ

1. 例：また　機会が　あります・誘って　ください

→　また　機会が　あれば、　誘って　ください。

① 眼鏡を　掛けません・何も　見えません

→　眼鏡を　掛けなければ、　何も　見えません。

② 英語が　話せません・あの　会社には　入れません

→　英語が　話せなければ、　あの　会社には　入れません。

③ 彼が　来ません・課長に　報告して　ください

→　彼が　来なければ、　課長に　報告して　ください。

④ 詐欺の　仕組みが　わかります・騙されません

→　詐欺の　仕組みが　わかれば、　騙されません。

⑤ 都合が　いいです・ぜひ　参加したいです

→　都合が　よければ、　ぜひ　参加したいです。

「句型４」練習Ｂ

1. 例：いい　天気です・散歩に　行きましょう

→　いい　天気なら、　散歩に　行きましょう。

① 使い方が　簡単です・売れると　思います

→　使い方が　簡単なら、　売れると　思います。

② 嫌です・帰っても　いいですよ

→　嫌なら　帰っても　いいですよ。

③ 一人で　無理です・手を　貸しましょうか

→ 一人で　無理なら、　手を　貸しましょうか。

④ 英語です・少し　話せます

→ 英語なら、　少し　話せます。

2. 例：来週　ハワイへ　行きます。（ワイキキビーチが　綺麗）

→ ハワイなら、　ワイキキビーチが　綺麗ですよ。

① 新しい　テレビを　買おうと　思って　いるんですが。

　（ヤマダ電機が　安い）

→ テレビなら、　ヤマダ電機が　安いですよ。

② この　近くに　パン屋は　ありませんか。（「ポール」が　美味しい）

→ パン屋なら、　「ポール」が　美味しいですよ。

③ 旅行の　本を　紹介して　ください。（「地球の歩き方」が　詳しい）

→ 旅行の　本　なら、　「地球の歩き方」が　詳しいですよ。

随堂測驗

一、填空題：

1. AI を　（使います　→　使えば　）、　すぐに　できますよ。

2. （高いです　→　高ければ　）、　買いません。

3. （幸せです　→　幸せなら　）、　手を　叩こう。

4. この　学校の　（学生です　→　学生なら　）、　誰でも　知って　いる
　ことです。

5. カードで　（支払いません　→　支払わなければ　）、　ポイントが
　もらえませんよ。

6. （死にたく　ないです　→　死にたく　なければ　）、　金を　出せ！

7. （嫌じゃないです　→　嫌じゃなければ／嫌じゃないなら　）、　抱きしめて。

8. 君さえ　（いいです　→　よければ　）、　私は　構わないよ。

二、選擇題：

1. 宝くじが　（　2　）、　家を　買おう！

1　当たると　　　　2　当たったら　　　3　当たれば　　　　4　当たるなら

2. 男の　人（　1　）　誰でも　いいです。　早く　結婚したいです！
　　　1　なら　　　　　　2　ば　　　　　　　3　たら　　　　　　4　ても

3. スマホ（　3　）　あれば、　事業を　始められます。
　　　1　しか　　　　　　2　こそ　　　　　　3　さえ　　　　　　4　まで

4. 怖いですか。　　（　3　）　一緒に　行きましょうか。
　　　1　なんでも　　　　2　なんでは　　　　3　なんなら　　　　4　なんにも

5. お金を　　（　1　）、　喜んで　やりますよ。
　　　1　くれれば　　　　2　くれば　　　　　3　くれなら　　　　4　くれれなら

6. お金が　足りないから、　今日は　これ（　4　）に　します。
　　　1　でも　　　　　　2　しか　　　　　　3　なら　　　　　　4　だけ

三、翻譯題：

1. コツさえ　掴めば、　勉強が　できるように　なります。
　　只要抓到訣竅，就唸書唸得好了。
2. 食事の　時、　野菜から　食べるように　すれば、　太りにくく　なりますよ。
　　吃飯時，如果從蔬菜開始吃的話，就不容易胖喔。
3. お金の　ことなら　私に　任せて。
　　錢的事，就交給我。
4. 我想要詳細地了解經濟的事，應該要讀哪本書比較好呢？
　　経済の　ことを　詳しく　知りたいんですが、　どの本を　読めば
　　いいですか。
5. 經濟的書，我推薦這本。
　　経済の　本なら、　この　本が　お薦めです。
6. 如果離車站不遠的話，我想要租這個房子。
　　駅から　遠くなければ、　この　家を　借りたいです。

「句型 1」練習 B

1. 例：食べます・太ります
   → 食べれば　食べるほど　太ります。
   ① 頑張ります・給料が　上がります
   → 頑張れば　頑張るほど　給料が　上がります。
   ② 練習します・上手に　なります
   → 練習すれば　（練習）するほど、　上手に　なります。
   ③ 鏡を　見ます・自分が　嫌に　なります
   → 鏡を　見れば　見るほど、　自分が　嫌に　なります。
   ④ クレジットカードを　使います・ポイントが　貯まります
   → クレジットカードを、　使えば　使うほど　ポイントが　貯まります。
   ⑤ この　説明書は　読みます・わからなく　なります
   → この　説明書は、　読めば　読むほど　わからなく　なります。

2. 例：タブレットは　軽いです・いいです
   → タブレットは、　軽ければ　軽いほど　いいです。
   ① アパートは　駅に　近いです・人気が　あります
   → アパートは、　駅に　近ければ　近いほど　人気が　あります。
   ② 暑いです・アイスクリームは　売れます
   → 暑ければ　暑いほど、　アイスクリームは　売れます。
   ③ 野菜は　新鮮です・いいです
   → 野菜は、　新鮮なら　新鮮なほど　いいです。
   ④ 建物は　丈夫です・安心です
   → 建物は、　丈夫なら　丈夫なほど　安心です。
   ⑤ レストランは　有名です・予約が　難しいです
   → レストランは、　有名なら　有名なほど　予約が　難しいです。

「句型 2」練習 B

1. 例：火事が　起きました・慌てないで　非常口から　逃げて　ください
   → 火事が　起きた　場合は、　慌てないで　非常口から　逃げて　ください。
   ① 何か　問題が　あります・担当者に　言って　ください
   → 何か　問題が　ある　場合は　担当者に　言って　ください。
   ②1時間後に　私が　戻って　きません・すぐに　警察に　通報して
     ください
   → 1時間後に　私が　戻って　こない　場合は、　すぐに　警察に
     通報して　ください。
   ③ 乗車中に　地震が　起きました・慌てないで　手すりに　捕まって
     ください
   → 乗車中に　地震が　起きた　場合は、　慌てないで　手すりに　捕まって
     ください。
   ④ アルコールを　少しでも　飲みました・絶対に　運転するな
   → アルコールを　少しでも　飲んだ　場合は、　絶対に　運転するな。
   ⑤ 住宅ローンの　審査が　通りませんでした・契約を　解除できます
   → 住宅ローンの　審査が　通らなかった　場合は、　契約を　解除できます。
   ⑥ 体の　調子が　悪いです・学校に　来なくても　いい
   → 体の　調子が　悪い　場合は、　学校に　来なくても　いい。
   ⑦ 1週間　経っても　取引先から　返信が　ありません・催促メールを
     送りましょう
   → 1週間　経っても　取引先から　返信が　ない　場合は、　催促メールを
     送りましょう。
   ⑧ 納期限までに　納税が　困難です・早めに　税務署に　相談した　ほうが
     いいですよ
   → 納期限までに　納税が　困難な　場合は、　早めに　税務署に　相談した
     ほうが　いいですよ。

「句型 3」練習 B

1. 例：パジャマを　着ました・出かけました
   → 　パジャマを　着た　まま、　出かけました。
   ① 暑くても　窓を　開けました・寝ない　ほうが　いいです
   → 　暑くても、　窓を　開けた　まま　寝ない　ほうが　いいです。
   ② 眼鏡を　掛けました・寝て　しまった
   → 　眼鏡を　掛けた　まま、　寝て　しまった。
   ③ 靴を　履きました・部屋に　上がるな
   → 　靴を　履いた　まま、　部屋に　上がるな。
   ④ ポケットに　大事な　メモを　入れました・洗濯して　しまいました
   → 　ポケットに　大事な　メモを　入れた　まま、　洗濯して　しまいました。
   ⑤ スプレー缶は　中身が　入りました・捨てると　危ないですよ
   → 　スプレー缶は、　中身が　入った　まま　捨てると　危ないですよ。
   ⑥ 昨日の　会議は　結論が　出ません・終わって　しまった
   → 　昨日の　会議は、　結論が　出ない　まま　終わって　しまった。
   ⑦ 原因が　わかりません・死んじゃった
   → 　原因が　わからない　まま　死んじゃった。
   ⑧ 浴衣です・出かけないで
   → 　浴衣の　まま　出かけないで。

「句型 4」練習 B

1. 例：ずっと　雨が　降りません・困ります
   → 　ずっと　雨が　降らない　ままだと　困ります。
   ① 髪が　濡れます・風邪を　引くぞ
   → 　髪が　濡れた　ままだと　風邪を　引くぞ。
   ② 長時間　電源を　入れます・壊れて　しまいますよ
   → 　長時間　電源を　入れた　ままだと　壊れて　しまいますよ。
   ③ スマホの　画面が　割れます・危険だぞ
   → 　スマホの　画面が　割れた　ままだと　危険だぞ。

④ 長時間　立ちます・腰が　痛く　なります

→　長時間　立った　ままだと　腰が　痛く　なります。

⑤ 相場を　知りません・悪徳業者に　騙されるぞ

→　相場を　知らない　ままだと　悪徳業者に　騙されるぞ。

⑥ 彼の　本当の　気持ちが　わかりません・不安です

→　彼の　本当の　気持ちが　わからない　ままだと　不安です。

⑦ 部屋が　暑いです・熱中症に　なって　しまうぞ

→　部屋が　暑い　ままだと、　熱中症に　なって　しまうぞ。

⑧ 相続した　家が　亡くなった　親の　名義です・売る　ことは　できません

→　相続した　家が、　亡くなった　親の　名義の　ままだと　売る　ことは
　できません。

随堂測驗

一、填空題：

1. 給料は、　（　多けれ　）ば　多いほど　いいです。
2. （　寝れ　）ば　寝るほど　疲れます。
3. 説明は、　簡単なら　（　簡単な　）ほど　いいです。
4. 機械が　（故障しました　→　故障した　）　場合は、　係員に　連絡して
　ください。
5. Suica の　残高が　（足りません　→　足りない　）場合は、　精算機で
　チャージ　してください。
6. パソコンが　（重いです　→　重い　）場合は、　再起動して　みて
　ください。
7. エアコンを　（つけました　→　つけた　）　まま　出かけて　しまった。
8. このまま　勉強しない　ままだ（　と　）、　成績が　どんどん　下がって
　しまいますよ。

二、選擇題：

1. 昨日、 テレビを 　（ 　4 　） 寝て しまった。
　 1 　つける 　場合 　　　　　　　　　 2 　つけた 　場合
　 3 　つける 　まま 　　　　　　　　　 4 　つけた 　まま

2. 海外で 　パスポートを 　なくした 　（ 　3 　）、 　どうしたら 　いいですか。
　 1 　まま 　　　　　 2 　ように 　　　 3 　場合は 　　　　 4 　と

3. 駄目だと 　（ 　2 　） 言われるほど 　やりたく 　なります。
　 1 　言われば 　　　 2 　言われれば 　　 3 　言わられれば 　 4 　言われれば

4. A： これから 　アメリカへ 　出張します。 　 B：（ 　1 　） 　急ですね。
　 1 　ずいぶん 　　 2 　わざわざ 　　　 3 　せっかく 　　　 4 　そろそろ

5. (承上題)A： ええ。 　 （ 　2 　）、 　 空港まで 　送って 　欲しいんですが。
　 1 　それに 　　　 2 　それで 　　　 3 　つぎに 　　　　 4 　でしたら

6. まず、 　航空券を 　予約して、 　 （ 　2 　） 　ホテルを 　決めましょう。
　 1 　これから 　　 2 　それから 　　 3 　あれから 　　 4 　今から

三、翻譯題：

1. モバイル搭乗券で 　搭乗する 　場合は、 　スマホが 　いつでも
　インダーネットに 　繋がるように 　して 　おいて 　ください。
　 使用電子登機證搭機時，請保持智慧型手機隨時能連上網路。
2. みんなで 　討論すれば 　するほど、 　意見が 　まとまらなく 　なるから
　私が 　決めちゃいました。
　 大家越討論，意見越分歧，所以我直接決定了。
3. 税金の 　ことを 　知らない 　ままだと 　損を 　して 　しまいますよ。
　 如果一直都不了解稅金的事，會吃虧喔。
4. 越思考頭越痛。
　 考えれば 　考えるほど 　頭が 　痛いです。

5. 我（不小心）戴著眼鏡進了浴室。

　　眼鏡を　かけた　まま　お風呂に　入って　しまいました。

6. 發生火災的話，請立即打 119。

　　火事が　起きた　場合は、　すぐに　119 番に　電話して　ください。

「句型 1」練習 B

1. 例：先生が　言いました・やって　みました
　　→　先生が　言った　通りに　やって　みました
　　① 聞きました・書いて　ください
　　→　聞いた　通りに　書いて　ください。
　　② 殺人現場で　見ました・警察官に　話しました
　　→　殺人現場で　見た　通りに　警察官に　話しました。
　　③ 授業で　習いました・やらないと　減点されるぞ
　　→　授業で　習った　通りに　やらないと、　減点されるぞ。
　　④ 本に　書いて　あります・すれば　きっと　うまく　行く
　　→　本に　書いて　あった　通りに　すれば、　きっと　うまく　行く。
　　⑤ いつも　練習して　います・やりましょう
　　→　いつも　練習して　いる　通りに　やりましょう。
　　⑥ この　レシピ・料理を　作りました
　　→　この　レシピの　通りに／レシピ通りに　料理を　作りました。
　　⑦ 矢印・前に　進みなさい
　　→　矢印の　通りに／矢印通りに　進みなさい。
　　⑧ 株価は　予想・動きません
　　→　株価は　予想の　通りに／予想通りに　動きません。

「句型 2」練習 B

1. 例：テレビで　見ました。
　　→　ドバイの　様子は　テレビで　見た　通りでした。
　　① ドバイの　様子・想像して　いました。
　　→　ドバイの　様子は　想像して　いた　通りでした。
　　② ドバイの　様子・友達が　言いました。
　　→　ドバイの　様子は　友達が　言った　通りでした。

③ ドバイの　様子・ガイドブックに　書いて　あります。
→　ドバイの　様子は　ガイドブックに　書いて　あった　通りでした。
④　ドバイの　様子・私が　思いました。
→　ドバイの　様子は　私が　思った　通りでした。

「句型 3」練習 B

1. 例：家の　周りは　畑です。（畑）
→　家の　周りは　畑ばかりです。
例：食べて　いると　太りますよ。（食べて）
→　食べて　ばかり　いると　太りますよ。
① 彼は　コーヒーを　飲んで　います。（コーヒー）
→　彼は　コーヒーばかり　飲んで　います。
② 彼は　コーヒーを　飲んで　います。（飲んで）
→　彼は　コーヒーを　飲んで　ばかり　います。
③ この　マンションの　住人は　年寄りです。（年寄り）
→　この　マンションの　住人は　年寄りばかりです。
④ 遊んで　いないで　勉強しなさい。（遊んで）
→　遊んで　ばかり　いないで、　勉強しなさい。
⑤ 彼は　食事中に　写真を　撮って　います。（写真）
→　彼は　食事中に　写真ばかり　撮って　います。
⑥ 毎日　犬と　遊んで　います。（犬）
→　毎日　犬とばかり／犬ばかりと　遊んで　います。

「句型 4」練習 B

1. 例：先月　旅行に　行きました・今度の　連休は　どこへも　行きたくないです。
→　先月　旅行に　行った　ばかりですから、　今度の　連休は　どこへも
　行きたくないです。
① さっき　着きました・少し　休ませて　ください
→　さっき　着いた　ばかりですから、　少し　休ませて　ください。

② 家を　買いました・今は　あなたに　貸す　お金は　ありません
→　家を　買った　ばかりですから、　今は　あなたに　貸す　お金は
　　ありません。
③ SNSを　始めました・フォロワー数が　まだまだ　少ないです
→　SNSを　始めた　ばかりですから、　フォロワー数が　まだまだ
　　少ないです。
④ 部屋を　掃除しました・靴を　履いた　まま　入らないで　ください
→　部屋を　掃除した　ばかりですから、　靴を　履いた　まま　入らないで
　　ください。

2.例：この　パソコンは　修理しました・また　故障して　しまった
→　この　パソコンは　修理した　ばかりなのに、　また　故障して
　　しまった。
① ボーナスを　もらいました・もう　全部　使っちゃった
→　ボーナスを　もらった　ばかりなのに、　もう　全部　使っちゃった。
② 発売されました・もう　売り切れなの？
→　発売された　ばかりなのに、　もう　売り切れなの？
③ 彼は　先月　結婚しました・もう　浮気を　して　いるの？
→　彼は　先月　結婚した　ばかりなのに、　もう　浮気を　して　いるの？
④ 部屋を　片付けました・また　子供が　散らかしちゃった
→　部屋を　片付けた　ばかりなのに、　また　子供が　散らかしちゃった。

随堂測驗

一、填空題：

1. 私が　説明した　通り（　に　）、　もう一度　やって　みて　ください。
2. 私が　言った　通り（　の　）　方法で　やって　みて　ください。
3. テレビ　を　見て　（　ばかり　）　いないで　勉強しなさい。
4. 眠いんですか。　さっき　コーヒーを　飲んだ　ばかり（　な　）のに。
5. 生まれた　ばかり（　の　）　子犬を　飼って　います。

6. この　文章は　平仮名ばかり　（　で　）　読みにくいです。

7. 彼は　全然　変わって　いなくて、　昔の　（まま／通り）でした。

8. パリは　すごく　綺麗で、　映画で　見た　（まま／通り）でした。

二、選擇題：

1. 母に　（　3　）　通りに　料理を　作りました。
　　1　習う　　　　　　　2　習って　　　　　　3　習った　　　　　4　習の

2. これから、　先生（　1　）　言う　通りに　しなさい。
　　1　が　　　　　　　　2　は　　　　　　　　3　を　　　　　　　4　なら

3. この　クラスは　勉強が　嫌いな　子（　4　）です。
　　1　通り　　　　　　　2　場合　　　　　　　3　まま　　　　　　4　ばかり

4. あの　男の　子は、　女の　子（　1　）　話して　います。
　　1　とばかり　　　　　2　ばかりが　　　　　3　がばかり　　　　4　をばかり

5. 日本に　来た　ばかり（　2　）　頃は、　言葉も　喋れなくて　大変だった。
　　1　に　　　　　　　　2　の　　　　　　　　3　で　　　　　　　4　な

6. スマホを　（　3　）　ばかり　いると　目が　悪く　なりますよ。
　　1　見る　　　　　　　2　見た　　　　　　　3　見て　　　　　　4　見

三、翻譯題：

1. 先週　ネットで　買った　ものは、　思って　いた　通りの　商品でした。
　　上個星期在網路上買的東西，是個如我所想的商品。

2. 入社した　ばかりなので、　まだ　覚えなければ　ならない　ことが
　　たくさん　あります。
　　我才剛進公司，所以還有許多非記住不可的事情。

3. 嘘ばかり　つくと、　周りから　信頼されなく　なって　しまいます。

　　一直在說謊的話，就會失去周遭對你的信任。

4. 請按照順序排好（隊）。

　　順番通りに　　（列に）　並んで　ください。

5. 明明上個星期才剛學，卻已經忘記了。

　　先週　習った　ばかりなのに、　もう　忘れちゃった／忘れて　しまった。

6. 我爸休假日都一直在睡覺。

　　お父さんは、　休みの　日は　寝て　ばかり　います。

第48課

「句型1」練習B

1. 例：株価が　下落します・どう　すれば　いいですか（～たら）
   →　株価が　下落し始めたら、　どう　すれば　いいですか。
   ① 仕事を　やり始めました・わからない　ことが　たくさん　ある
      （～ばかりだから）
   →　仕事を　やり始めた　ばかりだから、　わからない　ことが　たくさん
      ある。
   ② 犬を　飼い始めます・毎日　早く　帰る　ように　します（～から）
   →　犬を　飼い始めましたから、　毎日　早く　帰る　ように　します。
   ③ 今から　仕事を　やり始めます・今日中に　終わらないぞ（～ないと）
   →　今から　仕事を　やり始めないと、　今日中に　終わらないぞ。
   ④ せっかく　桜が　咲き始めました・雨続きで　残念です（～のに）
   →　せっかく　桜が　咲き始めたのに、　雨続きで　残念です。
   ⑤ 今から　予備校に　通い始めます・無駄だ（～ても）
   →　今から　予備校に　通い始めても　無駄だ。
   ⑥ ピルは　いつから　飲み始めます・いいですか（～ば）
   →　ピルは　いつから　飲み始めれば　いいですか。

「句型2」練習B

1. 例：犬が　吠えます。
   →　犬が　急に　吠え出して、　びっくりしました。
   ① 彼が　笑います。
   →　彼が　急に　笑い出して、　びっくりしました。
   ② 上司が　怒ります。
   →　上司が　急に　怒り出して、　びっくりしました。
   ③ 止まって　いる　電車が　動きます。

→　止まって　いる　電車が　急に　動き出して、　びっくりしました。

④ 電車の　中で　前の　乗客が　踊ります。

→　電車の　中で　前の　乗客が　急に　踊り出して、　びっくりしました。

⑤ 変な　人が　こっちに　向かって　走ります。

→　変な　人が　急に　こっちに　向かって　走り出して、
　びっくりしました。

⑥ レストランで　隣に　座って　いる　人が　歌います。

→　レストランで　隣に　座って　いる　人が　急に　歌い出して、
　びっくりしました。

「句型３」練習 B

1. 例：ここは　いい　会社なので、　ずっと　ここで　<u>働き</u>たいです。

→　ここは　いい　会社なので、　ずっと　ここで　働き続けたいです。

① 諦めないで、　最後まで　<u>走って</u>　ください。

→　諦めないで、　最後まで　走り続けて　ください。

② 大学卒業後も、　実家に　<u>住む</u>　つもりです。

→　大学卒業後も、　実家に　住み続ける　つもりです。

③ 結果が　出るまで、　<u>頑張る</u>　ことが　大事です。

→　結果が　出るまで、　頑張り続ける　ことが　大事です。

④ この　スマホは、　もう　５年以上も　<u>使って</u>　います。

→　この　スマホは、　もう　５年以上も　使い続けて　います。

⑤ ランプが　<u>点滅する</u>　場合は、　再起動　して　みて　ください。

→　ランプが　点滅し続ける　場合は、　再起動　して　みて　ください。

⑥ このまま　気温が　<u>上がる</u>と、　氷河が　溶けて　大惨事に　なります。

→　このまま　気温が　上がり続けると、　氷河が　溶けて　大惨事に
　なります。

「句型４」練習 B

1. 例：説明を　読みました・私を　呼んで　ください（〜たら）

→　説明を　読み終わったら、　私を　呼んで　ください。

① DVD を　見ました・これから　寝ます（〜ので）

→　**DVD を　見終わったので、　これから　寝ます。**

② 全員が　食べました・お皿を　下げます（〜てから）

→　**全員が　食べ終わってから、　お皿を　下げます。**

③ はさみを　使いました・元の　場所に　戻して　おいて　ください（〜たら）

→　**はさみを　使い終わったら、　元の　場所に　戻して　おいて　ください。**

④ 質問は　私が　話します・待って　ください（〜のを）

→　**質問は、　私が　話し終わるのを　待って　ください。**

⑤ 私が　勉強します・話しかけないで（〜まで）

→　**私が　勉強し終わるまで、　話しかけないで。**

⑥ 掃除しました・ゴミを　捨てて　来い（〜後）

→　**掃除し終わった後、　ゴミを　捨てて　来い。**

随堂測驗

一、填空題：

1. 今から　レポートを　書き（始め→　**始めて**　）も、　締め切りには　間に
合わない。

2. 相続の　ことは、　いつ頃から　考え（始め→　**始めれ**　）ば　いいですか。

3. 赤ちゃんが　泣き（出し→　**出した**　）ら、　まずは　抱っこして
あげましょう。

4. 急に　雨が　降り（出し→　**出して**　）、　帰れなく　なった。

5. 一生、　学び（続け→　**続ける**　）つもりです。

6. 人口が　減り（続け→　**続けて**　）いるのに、　政府は　なんの　対策も
打たない。

7. その　本を　読み（終わ→　**終わった**　）ら、　返して　ください。

8. 私が　レポートを　書き（終わ→　**終わる**　）まで、　ここで　待って　いて
ください。

二、選擇題：

1. 日本（ **3** ）　起業は、　在留資格を　取得しなければ　なりません。
　　1　で　　　　　　2　へ　　　　　　3　での　　　　　　4　への

2. 先生（ **4** ）　手紙は　もう　出しました。
　　1　に　　　　　　2　へ　　　　　　3　にの　　　　　　4　への

3. 顔（　）　金（　）　ない　あなたと、　誰が　付き合うの？（**4**）
　　1　は／が　　　　2　と／と　　　　3　に／も　　　　4　も／も

4. 王さんと　仲が　悪い　彼は　送別会には、　来ない（ **2** ）と　思います。
　　1　でしょう　　　2　だろう　　　　3　ばかりだ　　　4　ままだ

5. 努力や　才能だけ（ **1** ）　成功できません。
　　1　では　　　　　2　でも　　　　　3　での　　　　　4　ばかり

6. A：なんで　王さんと　仲直りしないの？　B：（ **2** ）　私の　せいじゃ
ないもん。
　　1　それで　　　　2　だって　　　　3　ところで　　　4　つまり

三、問答題：

1. 工事が　順調に　進んでいるか　どうか、　現場に　行って　確かめて　きて。
　　工程有沒有進行順利，你去現場確認看看。
2. うちは　小さい　会社ですから、　さらに　人を　雇い入れる　余裕は　ない。
　　我們是小公司，沒有餘力再請更多的人。
3. 今日は　忙しくて　疲れただろうから、　ゆっくり　休んでね。
　　今天很忙，你大概累了，好好休息喔。
4. 小狗突然吠（吠えます）了起來，嚇了我一大跳。
　　犬が　急に　吠え出したので、　びっくりしました。

5. 社長連續講話（喋ります）講了兩小時。

　　社長は　２時間も　喋り続けました。

6. 這部影集全系列（全シリーズ）我都看完了。

　　この　ドラマを　全シリーズ　見終わりました。

本書綜合練習

一、填空題：

01. 暑い日は、 肉類の もの（ **が** ） 腐りやすいです。

02. 東京は 人が 多くて、 私（ **に** ）は 住みにくいです。

03. 無症状ですから、 自分（ **で** ）は 気が つきにくい 病気です。

04. お酒（ **の** ）飲み過ぎは 体に よくないです。

05. 怪しいです。 いくらなん（ **でも** ） 安すぎます。

06. 日本人の 先生と、 マンツーマン（ **で** ） 授業を 受けて います。

07. お客様（ **が** ） もっと 来る ように、 売り場を リニューアルしました。

08. 後ろの 人（ **に** ）も 聞こえる ように、 大きい 声で 話して います。

09. 嫌われない よう（ **に** ）、 人の 悪口を 言うのを やめよう。

10. できる（ **だけ** ） 運動するように してください。

11. 頑張って 勉強すれば 大学（ **に** ） 受かります。

12. この 薬さえ 飲め（ **ば** ）、 治ります。

13. あなた（ **が** ） 行けば、 私も 行きます。

14. A：陳さん いる？ B：陳さん（ **なら** ） さっき 帰ったよ。

15. この 仕事は、 やれば やる（ **ほど** ） 好きに なります。

16. 店が 暇（ **なら** ） 暇なほど、 収入が 減る。

17. 書類（ **に** ） 押印（ **が** ） 必要な 場合は、 私に 言って ください。

18. コピー機が 使えない ままだ（ **と** ） 困るから、 早く 修理を 頼んで ください。

19. 久しぶり（ **に** ） 彼に 会ったが、 昔の ままです。

20. （遊びます → **遊んで** ）ばかり いないで、 勉強しなさい。

21. さっき おやつを （食べます→ **食べた** ）ばかりでしょう？ もう ないです。

22. 私が 言う 通り（ **に** ） しなさい。

23. 美味しかったです。 期待通り（ **の** ） 料理でした。

24. どうしたの？ 急（ **に** ） 泣き出して。

25. クレジットカード（ **で** ）の 支払いは、 手数料が かかります。

26. 色々 お世話に なりました。 では、 お元気（ **で** ）。

二、選択題：

1. A社の パソコンは 軽くて 使い（ **1** ）です。
　　1　やすい　　　　2　にくい　　　　3　つらい　　　　4　すぎ

2. この 問題は 大学生には （ **4** ） すぎます。
　　1　簡単に　　　　2　簡単な　　　　3　簡単で　　　　4　簡単

3. A：この タブレットは 重すぎます。 B：（ **2** ）、 こちらの 製品は いかがですか。
　　1　それから　　　2　でしたら　　　3　あるいは　　　4　ところで

4. 親が 心配しない（ **1** ）、 毎日 連絡して います。
　　1　ように　　　　2　ために　　　　3　のに　　　　　4　には

5. やっと 日本語で 手紙が （ **3** ） ように なりました。
　　1　書く　　　　　2　書こう　　　　3　書ける　　　　4　書いた

6. 雨が （ **2**)、 公園へ 遊びに 行こう。
　　1　止めば　　　　2　止んだら　　　3　止むなら　　　4　止むと

7. これ（ **3** ） あれば、 他に 何も 要らない。
　　1　しか　　　　　2　こそ　　　　　3　さえ　　　　　4　まで

8. 温泉（ **1** ） 箱根が いいよ。
　 1　なら　　　　　 2　でも　　　　　 3　では　　　　　 4　とは

9. 昨日は とても 疲れて いたので、 お風呂に （ **3** ） 寝て
　 しまった。
　 1　入る　場合　　　　　　　 2　入った　場合
　 3　入らない　まま　　　　　 4　入って　まま

10. 予約したのに 行かなかった （ **3** ）、 全額 請求されます。
　 1　まま　　　　 2　ように　　　　 3　場合は　　　　 4　と

11. これから （ **1** ） 通りに やって みて ください。
　 1　言う　　　　 2　言って　　　　 3　言った　　　　 4　言の

12. あの 男の 子は、 女の 子（ **1** ） 話して います。
　 1　ばかりと　　　　 2　がばかり　　　　 3　をばかり　　　　 4　でばかり

13. 甘い ものばかり （ **2** ） いると、 目が 悪く なりますよ。
　 1　食べた　　　　 2　食べて　　　　 3　食べ　　　　 4　食べる

14. 電車が 急に 動き（ **3** ）、 びっくり した。
　 1　続けて　　　　 2　終わって　　　　 3　出して　　　　 4　出て

15. 大阪へ 来たら、 いつ（ **4** ） 連絡を ください。
　 1　には　　　　 2　まで　　　　 3　から　　　　 4　でも

穩紮穩打日本語 進階篇～教師手冊與解答

編 著	目白 JFL 教育研究会
代 表	TiN
排 版 設 計	想閱文化有限公司
總 編 輯	田嶋 惠里花
發 行 人	陳郁屏
插 圖	想閱文化有限公司
出 版 發 行	想閱文化有限公司
	屏東市 900 復興路 1 號 3 樓
	Email：cravingread@gmail.com
總 經 銷	大和書報圖書股份有限公司
	新北市 242 新莊區五工五路 2 號
	電話：(02)8990 2588
	傳真：(02)2299 7900
初 版	2024 年 03 月
定 價	680 元
I S B N	978-626-97662-5-3

國家圖書館出版品預行編目 (CIP) 資料

穩紮穩打日本語 . 進階篇 , 教師手冊與解答 / 目白 JFL 教育研究
会編著 . -- 初版 . -- 屏東市 : 想閱文化有限公司 , 2024.02
　面 ; 　公分 . -- (日本語 ; 10)
ISBN 978-626-97662-5-3(平裝)

1.CST: 日語 2.CST: 讀本

803.18　　　　　　　　　　　113002174